엠마의 비밀 과학 노트

에밀리 서 지음 · 그레이시 장 그림 · 안솔비 옮김

두 소녀의 비밀 거래, 우정에도 공식이 필요할까?

북스힐

The Science of Boys
Emily Seo, Gracey Zhang
ⓒ Tradewind Books
All rights reserved

Korean translation rights arranged through Icarias Agency

이 책의 한국어판 저작권은 Icarias Agency를 통해 Tradewind Books와 독점 계약한 북스힐에 있습니다.
저작권법에 의하여 한국 내에서 보호를 받는 저작물이므로 무단전재와 복제를 금합니다.

엠마의 비밀과학노트

초판 인쇄 2025년 7월 10일
초판 발행 2025년 7월 15일

지은이 에밀리 서
그린이 그레이시 장
옮긴이 안솔비
펴낸이 조승식
펴낸곳 도서출판 북스힐

등록 1998년 7월 28일 제22-457호
주소 서울시 강북구 한천로 153길 17
전화 02-994-0071
팩스 02-994-0073
인스타그램 @bookshill_official
블로그 blog.naver.com/booksgogo
이메일 bookshill@bookshill.com

ISBN 979-11-5971-639-3
정가 16,800원

• 잘못된 책은 구입하신 서점에서 교환해 드립니다.

§

화학자이자 이야기꾼인
나의 아빠에게
_에밀리 서

§

청소년과 젊은이의
운동 에너지를 위하여
_그레이시 장

§

편집에 도움을 준 에이단 파커에게
감사를 전합니다
_트레이드윈드 출판사

차례

Chapter 1	화학반응	006
Chapter 2	세포 분화	017
Chapter 3	부력	026
Chapter 4	활성화 장벽	038
Chapter 5	촉매	046
Chapter 6	만유인력의 법칙	053
Chapter 7	빛의 이중성	061
Chapter 8	분자운동론	069
Chapter 9	확산	076
Chapter 10	핵연쇄반응	087
Chapter 11	전자기파 스펙트럼	096
Chapter 12	가시 스펙트럼	104
Chapter 13	파동 그래프	113
Chapter 14	열역학 제2 법칙	127
Chapter 15	끓는점	136
Chapter 16	판구조론	143
Chapter 17	섭입	149
Chapter 18	유화	157
Chapter 19	질량보존의 법칙	163

Chapter 20	뉴턴의 제3 법칙	171
Chapter 21	대기압	178
Chapter 22	뉴턴 제3 법칙의 실행	185
Chapter 23	마찰	193
Chapter 24	발열반응	201
Chapter 25	세포호흡	209
Chapter 26	관성	213
Chapter 27	가역과정과 비가역과정	222
Chapter 28	응결	229
Chapter 29	정전기 상호작용	238
Chapter 30	연소	246
Chapter 31	블랙홀	252
Chapter 32	증발	257
Chapter 33	결정화	262
Chapter 34	세포 이론	268
Chapter 35	녹는점	276
Chapter 36	광합성	282

 감사의 글 285

Chapter 1
화학반응

분자를 이루는 원자가 재배치되어 새로운
분자가 만들어지는 현상

A, B, C, D…. 학교 성적표에 적히는 것과 같은 글자, 같은 순서였지만, 의미는 알기 어려웠다. 브래지어 진열대를 쭉 훑어보아도 내 사이즈에 얼추 맞을 만한 건 없었다.

누군가가 열쇠를 짤랑거리며 근처로 다가오길래 얼른 실크 잠옷이 걸린 행거 아래로 몸을 숙였다. 위로 빼꼼 내다보니 한 중년 여성이 직원에게 보정 속옷에 대해 물어보고 있었고, 또 다른 여성은 10대 딸과 함께였다. 그 여자애는 키나 가슴 크기로 보건대 나보다 두세 살 더 많아 보였다. 나는 티셔츠 밖으로는 거의 티도 나지 않는 내 가슴을 내려다보았다.

그때 한 여성이 허리를 숙이며 나에게 말을 걸어왔다. "손님, 찾으시는 거 있나요?" 점원은 아담한 키에 벨트를 단단히 동여맨 모래시계 같은 몸매였다.

"어, 그게…." 나는 뒷걸음질 치며 안경에 걸쳐진 앞머리를 털어 냈다. "그러니까 저는…." 턱이 가슴에 닿을 정도로 고개를 푹 숙인 채 중얼거렸다.

"찾으시는 게 뭔지 딱 알겠어요." 점원이 파스텔 톤의 속옷이 진열된 곳으로 망설임 없이 걸어가는 동안, 나는 불안한 눈으로 속옷들과 꽃무늬 벽지를 번갈아 쳐다보았다. 엄마와 같이 온 여자애가 이해할 수 없다는 눈으로 나를 쳐다보는 것만 같았다. '너는 무슨 이유로 브래지어를 보러 왔니?'

잠깐의 그 순간이 영원처럼 느껴졌지만, 이내 나는 실내화를 구경하는 척하면서 슬쩍 다음 행거에서 그다음 행거로 하나씩 이동하

며 마침내 문 앞에 다다랐다. '그냥 다음에 엄마랑 같이 와야겠다.'

가게를 나오자 태양이 뜨겁게 내리쬐었다. 겉옷을 벗은 뒤 딸기 무늬 모자를 꺼내 쓰고는 올리브와 만나기로 한 선착장을 향해 걸었다. 바닷가 옆의 나무판자 산책길은 사람으로 가득했다. 모두들 여름휴가가 공식적으로 끝나기 전에 마지막 햇살을 만끽하려는 듯했다. 식당과 카페에는 놀러 나온 사람으로 북적거렸고, 사방에서 웃음소리가 터져 나왔다. 여름날의 하늘은 구름 한 점 없이 맑았지만 내 머리 위로는 먹구름이 드리우는 기분이었다.

'왜 굳이 일찍 왔는지 모르겠어. 어차피 올리브는 항상 늦는데.' 기다리면서 뭘 할지 생각하다가 치즈 없는 피자 한 조각을 사서 피셔맨스 와프(어부의 선착장이라는 뜻으로 해안을 따라 해산물 식당과 다양한 상점이 모여 있는 관광 명소-옮긴이) 주변을 돌아다녔다. 스티브스톤에 사는 바다사자 사울이 물 밖으로 벌름거리는 코를 내밀고 배 주위를 헤엄치면서 오늘 잡힌 신선한 생선 냄새를 맡고 있었다.

마침내 선착장 끝에 다다랐을 때 길 끄트머리에 걸터앉아 책을 읽고 있는 한 여자아이가 내 눈길을 끌었다. 그 아이에게 느껴지는 익숙함 때문에 눈을 뗄 수 없었다. 여자아이는 머리를 뒤로 쓸어 넘기고 먼 곳을 응시했다. 그 모습을 보니 엄마가 떠올랐다. 무언가를 그리워하는 눈빛이 엄마와 닮아 있었다. 다가가 말을 걸고 싶었지만 무슨 말을 할지 막막했다. '낯선 사람에게 다가가는 건 너무 어려워.'

여자아이가 책을 든 손을 위로 쭉 뻗자, 잉크가 얼룩진 그림의 표지가 보였다. '저건 나도 읽은 책이야.' 어쩌면 저 아이에게 책 내용이 마음에 드냐고 물어볼 수 있을지도 몰랐다. 순간 용기가 나서 여자아이 쪽으로 걸어갔지만, 가까워지자마자 덜컥 겁이 났다.

마음을 접고 돌아서려는데, 들고 있던 피자를 바닥에 떨어뜨리고 말았다. 피자는 여자아이 바로 옆에 착지하며 선착장 가장자리에 간당간당 걸친 모양새가 됐다. 그러자 물속에 있던 사울이 튀어 올라 거대한 코로 여자아이를 밀었다.

"으악!" 그 아이는 비명을 지르며 휘청거리더니….

풍덩!

물에 빠진 아이는 팔을 휘적거리며 사방으로 물을 튀겼고, 나는 머릿속이 하얘져서 아무 생각도 할 수 없었다. 멀리서 사람들 목소리가 들렸지만, 나서서 도와주는 사람은 아무도 없었다. 심장이 터질 듯이 쿵쾅거렸다. 얼른 저 아이를 물에 띄울 만한 걸 찾아야 했다. 그때 바로 옆 기둥에 묶인 구명 튜브가 눈에 띄었다. 허겁지겁 구명 튜브를 풀어서 여자아이 쪽으로 던졌다.

퍽!

'앗, 안 돼!' 여자아이의 머리가 다시 물속으로 들어갔다. 나는 두 손으로 얼굴을 감싸고 발을 동동 구르며 손가락 사이로 살짝 엿보았다. '제발 아무 일 없어라.'

여자아이의 머리가 물 밖으로 올라왔다. 다행히 괜찮아 보였다. 적어도 의식은 있었으니까 말이다. 그 애는 선착장으로 힘차게 헤엄쳐 왔다. 내가 손을 내밀었지만, 매섭게 노려보기만 할 뿐 혼자 힘으로 기어 올라왔다. 그러고는 나를 보고 소리쳤다. "뭐 하는 짓이야!

나 죽이려고 작정했니?" 여자애의 얼굴에 머리카락이 해초처럼 들러붙었지만, 그 와중에도 여전히 예뻤다.

"미안해. 내가 뭐라도…."

"내 책 어디 갔지?"

"너랑 같이 물에 빠진 것 같아." 나는 입술을 잘근잘근 씹었다.

"아, 이런. 우리 아빠가 주신 건데." 여자애는 머리를 아래로 숙이고 물기를 털다가 갑자기 고개를 휙 들어 올렸다. "핸드폰은 어디로 갔지?" 그 애는 주머니를 더듬어 보더니 이리저리 뛰어다니며 바닷속을 들여다보았다.

나는 물이 아무리 탁하더라도 핸드폰이 훨씬 밀도가 높기 때문에 바닥으로 가라앉았을 것이라고 알려 주고 싶었다. 하지만 입을 꾹 다물고 잠자코 있었다.

"참 고맙다." 여자애는 툭 말을 내뱉고 발을 쿵쿵거리며 가 버렸다.

나는 가만히 바다를 바라보며 마음을 진정시켰다. 어떻게 말을 걸면 좋았을까? 내 소개를 먼저 했다면? "안녕, 나는 엠마라고 해. 그 책 멋지지 않니?" 여자아이는 내 말에 동의했을 테고, 우리는 가장 좋아하는 장면을 이야기하며 수다를 떨었을 것이다. 그리고 나는 이렇게 물어봤을 것이다. "이 동네 처음이야? 한 번도 본 적 없는 얼굴이라서." 그럼 그 애는 대답했겠지. "응. 여기 스티브스톤으로 얼마 전에 이사 왔어. 내 이름은…." 그럼 나는 동네 구경을 시켜 줄 테고, 우리는 금세 친구가 되었을 것이다.

"엠마!" 올리브를 보자마자 나는 상상에서 빠져나왔다. 올리브

와 나는 서로의 팔찌를 짤랑 부딪쳤다.

"유럽 여행은 어땠어?" 내가 물었다.

"너무 좋았어! 영화 투어를 했는데 〈사운드 오브 뮤직〉 촬영지였던 잘츠부르크의 산도 가고, 〈수도사 바비〉를 찍은 에든버러의 아서 시트 공원도 갔어. 참, 그리고 네가 재밌어할 새로운 사실을 알아 왔어. 에펠탑 높이는 겨울보다 여름에 더 크대."

"맞아. 열팽창 때문에 약 15cm 정도 높이가 늘어나."

"아무렴 네가 모를 리가 없지. 간만에 너한테 가르쳐 줄 게 생긴 줄 알았는데. 어쩜 너는 모르는 게 없니? 약 오른다니까." 올리브가 씩 웃으며 말했다.

"그래, 나도 너 보고 싶었어." 나는 혀를 쭉 내밀었다.

"넌 여름방학 잘 보냈어?"

"괜찮았어…. 근데 그렇게 입고 덥지 않아?" 나는 올리브의 검은색 긴팔 티셔츠를 잡아당기며 물었다.

"검은색이 날씬해 보이거든."

"그 이론을 증명할 만한 과학적 증거는 없어."

올리브는 입을 삐죽거렸다. "이거 봐, 너 진짜 짜증 나."

"기분이 좀 나아질지 모르겠는데, 검은색 점이 같은 크기의 하얀색 점보다 더 작아 보인다는 연구 결과가 있으니까 네 말이 일리가 있을 수도 있어." 나는 어깨를 으쓱거렸다. "어쨌든 무슨 상관이야?"

"알아, 신경 쓸 필요 없지…." 올리브는 흡족한 미소를 지었고, 우리는 지젤네 젤라토 가게로 향했다. 가게에 가까워지자 갓 구운 와플 콘의 달콤한 냄새가 풍겨 왔다. 건물 모퉁이를 돌아 맨 뒤에 줄을 섰다.

"너 그 이야기 들었어?" 올리브의 눈동자가 반짝거렸다. "〈마법의 존재들〉 영화가 인기가 많아서 TV 드라마로도 제작될 거래."

"진짜?" 올리브만큼 신나진 않았지만 나도 밝은 목소리로 대답했다.

아이스크림 줄이 줄어들기 시작했고 우리는 다시 모퉁이를 돌았다. 가게 앞에 놓인 '초보자를 위한 무료 메이크업 강좌' 표지판이 눈에 들어왔다. 나는 그 표지판을 가리키며 말했다. "우리 저기 가 보자."

올리브가 눈썹을 치켜올리며 말했다. "네가 언제부터 화장에 관심이 있었다고?"

"이제 중학교에 들어가잖아…. 나도 새로운 모습을 보여 주고 싶어. 연구에 따르면 외모를 어떻게 가꾸는지에 따라 그 사람의 행동과 태도, 기분이 바뀌고, 결국 인간관계나 면접과 같은 사회 활동에도 큰 영향을 준대."

"걱정 안 해도 돼. 너는 내가 아는 사람 중에서 제일 똑똑하니까."

올리브는 목소리를 한껏 낮췄다. "그리고 나는 네가 그런 애들처럼 되는 건 싫어."

"그런 애들?"

"옷이나 화장에만 정신 팔린 애들 말이야. 겉모습만 신경 쓰는 건 별로야."

나는 휘둥그레진 눈으로 물었다. "좀 전에 날씬해 보이고 싶다고 한 건 너 아니야?"

"맞아, 하지만 좀 달라. 나는 그냥…."

그 순간, 선착장에서 만난 여자아이를 발견한 나는 올리브의 말에 집중할 수가 없었다. 그새 옷을 갈아입었는지 청색 원피스에 얇은 벨트를 맨 차림새였다. 어떻게 저 옷에 벨트를 할 생각을 했을까? 왜 두꺼운 벨트도 아니고 굳이 얇은 벨트를 골랐을까? 머리카락은 약간 젖어 있었지만 윤기 나는 웨이브는 여전히 살아 있었다. 그 아이는 걸음을 멈추고 고개를 이리저리 돌리며 가게 줄을 쳐다보았다.

"무슨 생각해?" 올리브가 내 멍한 눈빛을 알아챘다. "내 말 듣고 있긴 한 거야?"

"우리 저 애한테 같이 줄 서자고 해 볼까?" 내 물음에 올리브는 의아한 표정을 지었다.

샴푸 광고 속 모델 같은 여자아이에게 말을 걸까 고민하는 사이,

두 명의 아이가 그 애를 향해 걸어갔다. 그들이 나와 초등학교 때부터 앙숙인 아이비와 수지라는 걸 깨달은 순간 심장이 쿵 하고 떨어졌다.

나는 그대로 뒷걸음질하며 마치 일식 때 태양이 달 뒤에 숨듯 모르는 아저씨의 불록한 배 뒤로 몸을 가렸다. "너 미나토 중학교 다닐 거라면서? 우리도 그래!" 아이비의 가식적인 목소리가 들렸다. 나는 고개를 내밀고 목걸이를 자랑하는 아이비와 수지를 지켜봤다.

"이제 우리 차례야." 올리브가 말했다. 나는 고개를 돌려 진열대를 가득 채우고 있는 온갖 종류의 맛있는 아이스크림으로 시선을 돌렸다. 늘 그랬듯이 초콜릿 맛이 먹고 싶었지만 그건 유제품이 들어 있어서, 어쩔 수 없이 와플 콘에 코코넛우유로 만든 바닐라 맛을 고르는 걸로 만족해야 했다. 올리브는 콘 대신 컵에 쿠키 앤 크림 맛 아이스크림을 두 스쿱 주문했다.

가게를 나오는 길에 아이비가 나를 발견하고는 내 딸기 무늬 모자를 가리키며 비꼬았다. "모자 예쁘다, 엠마. 유치원생이라도 되니?"

옆에서 수지도 맞장구쳤다. "그래, 참 잘 어울린다."

그들 옆에 서 있던 여자아이가 나를 물끄러미 바라보자, 이마에서 땀이 솟구치는 느낌이 들었다. 생각할 새도 없이 내 입은 저절로 움직였다. "딸기가 아스코르브산, 그러니까 쉬운 말로 비타민 C의 좋은 공급원이라는 거 알고 있니?" '나 지금 뭐라는 거야?'

아이비는 손으로 입을 가리고 "괴짜"라고 말했지만, 큰 목소리여서 모두가 들을 수 있었다. 심지어 아이비는 내 옆을 지나치며 팔꿈치로 툭 쳤고, 그 바람에 나는 손에서 아이스크림을 놓치고 말았다. 판자

바닥에 거꾸로 곤두박질친 아이스크림은 곧바로 녹기 시작했다.

"남 일에 참견 좀 하지 마!" 올리브가 못마땅한 표정을 지었다.

올리브처럼 대꾸할 수 있다면 좋았겠지만, 나는 애꿎은 안경을 고쳐 쓰고 바닥에 떨어진 아이스크림이 밀크셰이크가 되는 모습을 지켜보고만 있었다.

"내 아이스크림이라도 같이 먹을 수 있으면 좋을 텐데." 올리브가 자기 컵을 들어 올리며 말했다.

"그러게." 이럴 땐 정말 유당불내증(우유 등 유당이 들어간 식품을 잘 소화하지 못하는 증상-옮긴이)이 원망스럽다.

올리브는 밝아진 표정으로 말했다. "아 참, 미나토 중학교에 연극 동아리가 있대. 우리 무조건 가입하자."

"농담하는 거지?" 내 모습을 보고도 그런 말이 나오냐는 표정을 지었다.

"알았어. 그럼, 영화 동아리는 어때?"

"잘 모르겠어. 네가 정말 하고 싶으면 해."

"나는 너랑 같이하고 싶단 말이야."

"과학 동아리는 어때?"

내 질문에 올리브는 조금 전의 나처럼 장난하냐는 눈빛을 쏘았다. "난 올해 우리가 최고로 재미있는 시간을 보내면 좋겠다고…."

"나도 마찬가지야." 내 대답은 진심이었다. '나도 등교하는 게 즐거워지고 싶어. 나한테 못되게 구는 여자애들이랑 마주칠까 봐 걱정하고 싶지 않아. 친구들이 나를 괴짜라고 생각하지 않고 좋아해 주면 좋겠어.' 지금의 내가 아닌 더 멋있는 나, '엠마 2.0'이 될 수 있는 화학반응을 찾을 수 없다는 현실이 안타까웠다. 나는 잠깐이나마 행복한 상상을 했다. 괴짜 엠마가 멋진 엠마로 바뀔 수 있다면.

정신 차려, 엠마. 아무 소용 없어. 절대 일어날 수 없는 일이야.

Chapter 2
세포 분화

**줄기세포가 뚜렷한 형태의
세포로 변화하는 과정**

저녁 해가 넘어가고 하늘에는 붉은 노을빛만 남았다. 온 세상이 어두워진 뒤에도 우리 집은 이웃집과 많이 달라 보였다. 마당의 잔디는 노랗게 변했고, 정원에는 흙더미가 쌓여 있었으며, 현관에 놓인 벤치에는 거미줄이 길게 늘어져 있었다.

문을 열고 집 안으로 들어가자 고기 육즙에 젖은 종이 포장지 냄새가 훅 풍겨 왔다. 거실에서 아빠가 과학 잡지를 읽으며 즉석식품을 먹는 중이었다. 아빠 주위에는 과학 논문과 분자 구조를 만들 수 있는 모형들, 그리고 우리가 직접 그린 엘리멘터블 게임용 원소기호 타일이 여기저기 흩어져 있었다. 아빠와 내가 만든 엘리멘터블은 원소주기율표의 원소기호를 사용해서 단어를 만들어 내는 게임이었다.

"아빠, 같이 게임 할래요?"

"지금은 바빠서."

"뭐 읽고 계세요?"

"줄기세포 내용이야."

줄기세포가 특별한 세포라는 건 나도 알고 있다. 줄기세포는 뼈 세포나 피부세포, 근육세포와 같은 다른 형태의 세포가 될 수 있다. 다만 왜 그렇게 되는지 이유를 모를 뿐이다. "어떤 세포가 될지는 어떻게 결정되는 거예요?"

"여러 요인이 있지." 아빠는 잡지에서 눈을 떼지 않고 대답했다. 예전의 우리였다면 이 이야기로 한바탕 토론을 벌였겠지만, 책임 연구원 자리를 잃은 후부터 아빠는 투덜쟁이가 되었다. 새 직장을 구한 지금도 예전만큼의 활기는 찾을 수 없었다.

주방으로 가서 저녁거리를 찾았지만, 냉장고에는 양념장과 시든 채소, 유통기한이 많이 지나 버린 음식뿐이었다. 냉동실을 열어 주스 농축액과 엄마의 하이힐 뒤에 숨어 있는 즉석식품을 꺼냈다. '엄마가 돌아오시기 전에 정리를 해야겠어.' 나는 엄마가 늦지 않게 집에 돌아와 나와 함께 새 학년맞이 쇼핑을 갈 거라고 굳게 믿었다. 전자레인지가 땡 소리를 내며 음식이 다 되었다고 알렸지만, 더 이상 배가 고프지 않았다. 나는 기껏 데운 음식을 버리고 내 방으로 들어갔다.

중학교 첫 등교까지 채 13시간도 남지 않았지만, 뭘 입을지 아직도 결정하지 못했다. 내가 읽은 모든 책에서는 첫인상이 매우 중요하다고 입을 모았다. '기회는 단 한 번뿐이야.' 나는 서랍장을 열어 손에 잡히는 대로 옷을 전부 끄집어내기 시작했다. 티셔츠, 반바지, 치마, 스웨터, 청바지, 원피스, 민소매 티셔츠, 딱 붙는 바지…. 하나하나 살펴보고 마음에 들지 않는 건 뒤로 던졌다. '이건 너무 작고, 이건 너무 짧고, 이건 너무 오래된 옷이야. 이건 너무 해졌고, 이건 더울 테고, 이건 너무 평범해…. 으악, 정말 미치겠네!' 겨드랑이에서 땀이 삐질삐질 났지만 건질 만한 게 아무것도 없었다. 방바닥에는 옷장이 폭발이라도 한 듯 온갖 잔해가 널브러졌다.

내가 미처 못 본 옷이 있을까 봐 몸을 웅크리고 침대 아래까지 살폈다. 하지만 냄새나는 양말과 엘리멘터블 타일 몇 개뿐이었다. 질소의 'N', 에르븀의 'Er', 그리고 디스프로슘의 'Dy' 타일이 옹기종기 모여 나에게 '괴짜(Nerdy)'라고 비웃는 것 같았다 서둘러 타일들을 뒤섞고 구석으로 치워 버렸다. 그리고 거기에서 엄마가 작년 이

맘때쯤 사 준, 내가 제일 좋아하는 공주 그림 티셔츠를 발견했다. 티셔츠 앞판에 붙어 있는 왕관 그림 스팽글을 아래로 쓸어내렸다가 위로 쓸었더니 은색으로 변했다가 다시 금색이 되었다. 나는 티셔츠에 머리를 넣었다. 다행히 아직 옷이 잘 맞았고 스팽글이 내 가슴을 완벽하게 가려 주었다.

다음 날 아침, 나는 어제 찾은 티셔츠와 좀 오래되었지만 잘 늘어나는 레깅스를 입었다. 창틀 위에 놓인 실험 식물이 화분 밖으로 축 늘어져 있길래 잘 자라기를 바라며 물을 뿌리고 직접 만든 비료도 주었다.

아침이 됐어도 배는 고프지 않았지만, 아빠가 챙겨 둔 초콜릿 하나를 꺼내 입안에서 천천히 녹여 먹었다. 달콤함 덕분에 슬쩍 기분이 좋아진 것도 잠시, 내 발에 유일하게 맞는 너덜너덜한 신발을 신을 때쯤엔 마음이 다시 가라앉았다.

집 밖을 나오니 하늘은 맑고 푸르렀지만, 내 머리 위에는 여전히 먹구름이 떠 있는 것만 같았다. 전력 질주로 벗어나려고 해도 먹구름은 지치지 않고 계속 나를 따라왔다. 정문 앞에서 마주친 아이들 중에 내가 아는 얼굴은 아무도 없었다. 나를 보는 몇몇 시선은 이렇게 말하는 것 같았다. "여기에서 뭐 하니? 너는 여기에 어울리지 않잖아."

올리브는 어디에 있지? 왜 이렇게 매번 늦는 거야? 나는 DNA 이중나선 모양의 팔찌를 빙글빙글 돌렸다. 내가 힘든 시간을 겪을 때 올리브가 이 팔찌를 만들어 주면서 우리는 자매 같은 친구기 때문에 어디에 있든 나는 절대 혼자가 아니라고 위로해 주었다. "우리는 실제로 같은

DNA를 공유한 거야." 올리브는 이렇게 말하며 내 것과 똑같이 생긴 자기 팔찌를 내 팔찌에 짤랑 소리가 나게 부딪쳤다.

나는 낯선 얼굴들에 위축되어 고개를 푹 숙였다. 오른쪽 신발의 앞코가 닳아서 곧 찢어질 것 같았다. 나는 허리를 펴고 턱을 세운 채 당당해 보이려고 애썼다. 하지만 몇 걸음 만에 발을 헛디디고 땅바닥에 넘어지고 말았다. 손바닥에서 작은 피가 새어 나오는 걸 보자 머리가 어지러웠다. '제발, 여기서 기절하면 안 돼.' 주차장 한쪽의 보행로 끝에 주저앉아서 《과학의 오늘과 내일》 최신 호를 꺼내 들었다. 첫 번째 기사를 읽어 내려가자, 마음이 진정되기 시작했다. 하지만 곧이어 주변에서 힐끗거리는 시선이 느껴졌고, 어디선가 킥킥거리는 소리도 들렸다. 나는 얼른 과학 잡지를 가방에 쑤셔 넣었다. 나도 다른 애들처럼 핸드폰이 있으면 화면을 넘기면서 시간을 때울 수 있을 텐데.

그때 누가 나를 툭 쳤다. "옷 참 예쁘네요, 공주님." 아이비였다. "작년에도 그 옷 입지 않았었니?"

"그러게 말이야." 수지도 옆에서 거들었다.

내가 쿵쾅거리는 가슴을 양팔로 가리자 아이비는 날카롭게 쏘아붙였다. "넌 가릴 것도 없잖아. 나무판자처럼 납작한 주제에." 아이비와 수지는 나를 보며 킬킬거렸고 다른 애들도 따라 웃었다. 얼굴이 뜨겁게 달아오르는 동시에 두 발은 그대로 땅에 얼어붙어 버렸다.

때마침 올리브가 나를 향해 달려왔다. "사람 외모 가지고 놀리지 마."

하지만 아이비는 굴하지 않고 올리브를 비웃으며 말했다. "당연히 넌 그렇게 말하겠지."

올리브는 내 팔을 잡아끌었다. "저런 애들 말 듣지 마."

"너는 쟤네 저러는 거 짜증 나지 않아?"

"맞아. 하지만 누가 어떻게 생각하든 무슨 상관이야?"

불행하게도 나는 상관이 있었다. "어떻게 저 말을 흘려들을 수 있어?"

"내가 예전에도 말한 적 있지만, 너는 내가 아는 사람 중에서 제일 똑똑해. 그런 네가 나를 제일 친한 친구라고 여기니까 나도 꽤 멋진 사람이라고 생각해."

네 말대로 내가 그렇게 똑똑하다면 왜 난 나를 좋아하는 방법은 모르는 걸까?

마침 종소리가 울렸고 우리는 서둘러 교실로 향했다. 반에는 얼굴을 아는 사람이 없어서 바로 보이는 빈자리에 앉으려고 했지만, 어떤 여자아이가 다른 친구를 위해 맡아 둔 자리라며 비켜 달라고 했다. 그래서 어쩔 수 없이 바로 옆줄 빈자리에 앉았다. 내 옆에 이미 앉아 있던 남자아이는 무선 이어폰을 끼고 박자에 맞춰 머리를 흔들고 있었다. 우리 반 담임 선생님인 그리말디 선생님은 엄격한 분 같았다. 뾰족한 코 위에 안경이 얹혀 있었고, 양팔은 단단하게 팔짱을 끼었으며, 둥글게 말아 올린 머리는 내 마음속 근심처럼 쉽게 풀릴 것 같지 않았다. "전자기기는 전부 넣어라!" 그리말디 선생님은 내 옆에 앉은 남자애의 귀에서 이어폰을 뽑으며 말했다.

"네, 알겠습니다. 고질라 선생님." 남자애가 작은 목소리로 중얼거렸다.

선생님은 출석을 부르기 시작했고, 내 순서를 기다리면서 바닥을 내려다보고 있다가 신발 앞코가 눈에 들어왔다. 신발이 그새 찢어져서 작은 구멍으로 엄지발가락이 빼꼼 고개를 내밀었다.

"엠마 사카모토."

나는 어정쩡하게 손을 올렸다가 내렸다.

선생님은 우리에게 시간표와 유인물 몇 장, 학교 일정표, 번호 자물쇠를 나눠 주었다. 시간표를 확인하고 있을 때 누군가 걸어 들어오는 소리가 들렸다.

"늦어서 죄송해요, 선생님. 저는 포피 싱클레어고, 이 학교는 처음이에요."

선착장에서 만났던 그 여자아이였다. 이번에는 우주 비행사 헬멧 그림이 있는 책을 들고 있었다.

그리말디 선생님이 교실 건너편에 있는 여자애를 쏘아보았다. "여기 있는 모든 학생이 이 학교에 처음 오는 거란다. 너만 특별한 게 아니야."

포피가 책상 사이를 걸어오자 아이들 몇 명이 자기 옆의 빈자리를 가리켰고, 그중에는 나에게 자리를 맡아 뒀다고 말한 여자애도 있었다. 포피는 내 앞자리에 앉아서 핸드폰을 꺼냈다. 포피가 핸드폰을 쉽게 바꾼 것 같아서 조금 안도했다. 그때 선생님이 빽 소리를 질렀다. "핸드폰 넣어라!" 포피는 서둘러 핸드폰을 주머니에 넣더니 입술을 꾹 다물었다. 점점 더 많은 아이들이 그리말디 선생님을 고질라라고 부르기 시작했다. 선생님에게 영화 속 거대한 괴물 같은 모습은 찾아볼 수 없었지만, 그 별명은 입소문 탄 동영상처럼 순식간에 퍼져 나갔다.

나눠 받은 종이를 다 작성하고 자물쇠를 열 수 있다는 걸 확인받고 난 뒤에야 교실을 나갈 수 있었다. 포피가 자물쇠와 씨름하는 동안 나는 계속 뭔가를 쓰는 척하면서 기다렸다. 내가 도와주겠다고 말하려던 순간 포피 옆에 앉은 남자애가 자기 의자를 포피 쪽으로 당겨 앉았다. 그 애는 자물쇠보다 포피의 얼굴에 더 집중하고 있었다.

"자기 책상으로 돌아가라." 교실 반대편에 있던 고질라 선생님이 안경을 아래로 내리며 말했다. "자기 자물쇠는 반드시 혼자 힘으로 열어야 한다!"

마침내 포피가 자물쇠를 여는 데 성공했을 때는 교실에 학생이 거의 남아 있지 않았다. 선착장에서 있었던 일을 사과할 좋은 기회였다. "저기…. 안녕. 혹시 나 기억해?"

포피는 눈을 가늘게 뜨고 생각하더니 대답했다. "응. 네가 나 물에 빠뜨렸잖아." 그러고는 쌩하고 나를 지나쳐 버렸다.

갑자기 우유를 들이켠 것처럼 배가 아팠다.

밖으로 나가 보니 아이들이 정문 앞에 왁자지껄 모여 있었다. 소란스러운 이유를 알고 싶어서 사람들 틈을 비집고 들어가려고 했지만, 다른 아이들의 팔꿈치에 밀려나기만 했다. 그때 구석에 있는 자전거 보관대를 발견하고 그 위로 기어 올라갔다.

아이들의 시선은 한 팔로 중심을 잡고 거꾸로 서서 빙글빙글 돌고 있는 남자아이에게 쏠려 있었다. 공중에서 돌고 있는 그 애의 형광 초록색 신발은 꼭 부메랑 같았다. 한참을 돌던 아이는 물구나무 선 자세로 멈춰 포즈를 잡았다. 몰려든 아이들은 핸드폰으로 마구 사진을 찍어 댔다. 그중에는 포피도 있었다. 포피가 한쪽 어깨로 틈을 비집고 들어가자 아이들이 포피에게 자리를 내주었다. 몇 초 만에 포피는 맨 앞줄에 섰고 다른 아이들과 이야기를 하며 웃음을 터뜨렸다. 포피는 어떻게 저렇게 쉽게 호감을 얻을까? 사람들이 어떤 말과 행동을 좋아하는지 다 알고 있는 걸까?

인기가 많은 아이는 꼭 줄기세포 같다. 그런 아이들은 어디에 데려다 놓아도 무리에 잘 어울린다. 다른 아이들은 어떤 세포에 비교할 수 있을까? 나는 상상의 나래를 펼치기 시작했다. 운동을 잘하는 아이는 근육세포, 원칙주의자는 뼈세포, 다른 사람을 잘 보호하는 아이는 피부세포, 똑똑한 아이는 신경세포, 그리고 포피와 같은 소수의 사람은 줄기세포일 것이다. 줄기세포 같은 아이들은 어떤 세포든 될 수 있고, 누구와도 잘 어울린다.

어떤 세포가 될지 결정하는 요인은 타고나는 걸까, 아니면 나중에 만들어지는 걸까? 이 모든 걸 설명해 주는 과학책이 있으면 좋겠다. 포피와 같이 어울리다 보면 방법을 알아낼 수 있지 않을까?

'일단 포피가 기억하는 내 첫인상부터 바꿔야 해.'

Chapter 3
부력

**기체나 액체 속에서 어떤 물체의 무게에 반하여
위쪽으로 작용하는 힘**

다음 날 아침, 나는 먼지 뭉치가 굴러다니는 계단 아래에서 신발 상자 크기의 꾸러미를 발견했다. 포장된 상태나 반듯한 손 글씨로 볼 때 누가 보낸 건지 단번에 알 수 있었다. 서둘러 포장지를 풀고 쪽지를 찾았다.

"새 학년맞이 쇼핑에 함께 가지 못해서 미안해."

심장이 두근거렸다. '새 옷인가 봐!' 나는 세련된 셔츠와 매끈한 레깅스, 유행하는 신발을 기대했다.

하지만 막상 상자의 뚜껑을 열어 보니 행성과 별이 가득 그려진 운동복과 어린이용 실험 가운, 안전 고글이 들어 있었다. 선물을 확인한 나는 어리둥절했다. 엄마가 이런 옷을 고를 리가 없는데…. 아, 그렇구나. 엄마는 아빠가 좋아할 만한 옷을 고른 모양이었다. 아마 진짜 옷은 나한테 직접 주면서 기뻐하는 내 얼굴을 보려는 계획일 것

이다. '분명 그러실 거야.'

나는 엄마에게 고맙다는 말을 전하기 위해 전화를 걸었다. 엄마의 음성 사서함이 삐 소리를 냈다.

"엄마, 저예요. 선물 감사하다고 말하고 싶어서 전화했어요…. 아무튼, 전화 기다릴게요." 나는 과학자 같은 옷을 도로 집어넣고 학교로 향했다.

학교에 도착해 교실 복도에 들어섰을 때 어떤 아이가 반갑게 손을 흔들며 나를 향해 걸어왔다. '드디어 마음씨 착한 새 친구를 사귈 수 있겠어.'

나도 환하게 웃으며 손을 흔들었다. 하지만 그 아이는 그냥 지나쳐 가더니 내 뒤에 있는 사람과 반갑게 인사를 나누었다. 당황한 나는 계속 팔을 들어 올린 채로 다른 사람에게 손을 흔드는 척했다. 허겁지겁 모퉁이를 돌아 몸을 숨긴 뒤 입술을 꽉 물고 고개를 떨구었다. '어, 이런.' 그새 신발에 난 구멍이 더 커져 있었다.

"진심으로 하는 말인데, 너 다른 신발은 없니? 학교 밖에서도 네 발 냄새가 날 것 같아." 아이비가 평소처럼 거만한 말투로 말했다. 옆에서 수지는 코를 막는 시늉을 했고, 다른 애들도 같이 키득거렸다. 누가 내 얼굴에 모래를 뿌린 것 같은 기분이 들었다.

'내 힘으로 이겨 내야 해. 뭐라고 말 좀 해…. 뭐든지 제발.' 올리브가 오지 않았을까 싶어 주위를 둘러보았지만 어디에도 보이지 않았다. 굳어 버린 다리가 풀리자마자 나는 달려서 자리를 벗어났다.

드디어 내가 온종일 기다린 과학 수업 시간이 되었다. 맨 앞줄에 앉으려고 일찍 과학실에 도착했지만 잠깐 멈칫했다. '맨 앞에 앉았다간 범생이처럼 보일 거야.' 나는 뒤에서 두 번째 줄에 앉은 뒤 《과학의 오늘과 내일》 잡지를 꺼냈다. 그리고 '가정에서 배 만드는 법'을 읽었다. 이 기사에서는 물에 뜨는 물질과 가라앉는 물질은 무엇이 다른지 설명하고 있었다.

잠시 후 학생들 몇 명이 교실로 들어왔다. 그중에는 형광 초록 신발을 신은 브레이크 댄서와 드디어 내가 아는 친구인 조지도 있었다. 조지와는 초등학교 때부터 알고 지낸 사이였다. 조지도 나처럼 여름방학 동안 별로 달라진 게 없었다. 여전히 키가 작고 말랐으며,

자기 몸집보다 커 보이려고 큰 사이즈 옷을 입고 있었다. 하지만 조지를 비난할 생각은 없었다. 성공에 있어 외모가 중요하다고 말하는 여러 논문들이 많은 지면을 할애해 가며, 대기업 경영자들이 평균보다 키가 더 커 보인다고 설명하니까 말이다. 조지는 내 옆자리에 앉아 여름방학이 어땠는지 물었다. "너는 뭐 하고 보냈어? 얼굴도 거의 못 봤잖아."

"그냥 동네에 있었어." 내가 대답했다.

"야외 탐사 같은 거라도 했어? 아니면 늘 하던 실험?"

"뭐, 그렇다고 할 수 있지…."

"너랑 같이 과학 수업을 받다니 정말 신난다. 너의 똑똑한 뇌를 내가 조금이라도 닮으면 좋을 텐데."

조지의 말에 나는 씩 웃었다. 하지만 곧 아이비와 수지가 교실로 들어오는 걸 보고 표정이 딱딱하게 굳어 버렸다. 둘은 다른 친구를 보며 반갑게 손을 흔들었다. 그들과 눈을 마주치지 않으려고 애쓰고 있을 때 아이비가 머리띠를 한 여자아이에게 예쁘다고 칭찬했다. 그러더니 아이비와 수지는 맨 뒷줄로 걸어가면서 속삭였다. "머리띠 때문에 이마가 더 넓어 보여." 둘은 킬킬거리더니 바로 내 뒷자리에 앉았다. 나한테 또 시비를 걸 것 같아서 심장이 두근거렸다.

그때 포피가 교실로 들어왔다. 핸드폰을 들여다보는 포피의 모습은 브레이크 댄서를 포함한 여러 아이들의 시선을 끌었다.

"안녕!" 아이비가 크게 인사했다. "이리 와. 같이 앉자."

포피는 나를 지나쳐서 아이비와 수지 옆으로 걸어갔다. 나는 그

둘이 얼마나 못된 애들인지 포피가 간파하기를 간절히 원했지만, 아이비의 목소리는 여느 때보다도 더 다정했다. "옷 너무 예쁘다."

수지도 동의했다. "진짜 귀여워."

왜 나한테는 저렇게 친절하지 못한 걸까?

종소리가 울리자마자 올리브가 〈마법의 존재들〉 티셔츠를 입고 들어왔다. 올리브는 조지 옆의 빈자리에 앉고는 팔을 쭉 뻗어 나와 팔찌를 부딪쳤다.

"괴짜 친구들 다 모였네." 아이비가 비아냥거렸다.

그와 동시에 단추를 잘못 채운 실험 가운을 입고 안전 고글을 비뚤게 쓴 과학 선생님이 서둘러 교실로 들어왔다. "안녕, 애들아. 내 이름은 팀버랙이야." 선생님은 양팔을 들어 올리고 교실을 둘러보았다. "이게 뭔지 알겠니?"

일란성 쌍둥이인 여자아이 두 명이 손을 들었다. "벽이요!" 쌍둥이 몰리가 대답했다.

"칠판인가요?" 다른 쌍둥이 홀리가 물었다.

"네 말도 맞고, 네 말도 맞아. 벽이나 칠판, 또는 너희들이 앉아 있는 이 교실까지도 세상의 모든 건 원자와 분자로 이루어져 있어. 우리 눈에 보이든 보이지 않든 과학은 어디에나 있단다." 그리고 가슴을 한껏 부풀리더니 숨을 내쉬었다. "나는 방금 너희 눈에 보이지 않는 분자를 내뿜었어." 선생님은 시원하게 웃음을 터뜨리고는 조지를 가리켜 물었다. "오늘 아침으로 뭘 먹었니?"

"팬케이크요." 조지가 대답했다.

이번에는 올리브에게 물었다. "너는 무얼 먹었니?"

"계란프라이요. 노른자는 반숙이었어요." 뒷자리에서 키득키득 웃음소리가 들렸다.

팀버랙 선생님이 아이비를 가리키자 아이비는 웃음을 그쳤다. "넌 어떤데?"

"케일 주스요." 아이비가 대답했다.

"팬케이크와 계란을 굽고," 선생님은 손으로 뒤집는 시늉을 하더니 "케일이 자라고," 쭈그리고 앉아서 손을 모아 꿈틀꿈틀 움직였다. "이건 모두 화학적인 과정이 일어나는 거란다." 그리고 이번에는 브레이크 댄서를 가리켰다. "오늘 학교 끝나고 뭘 할 거니?"

"스케이트보드를 탈 거예요." 남자아이가 대답했다.

팀버랙 선생님은 교실 한가운데에 있는 여자아이에게 질문했다. "핸드폰 게임 할 거예요."

그리고 선생님은 나를 똑바로 바라보았다. "너는 뭘 할 거니?"

"어…." 뒷자리에서 웃음소리가 났다. "아직 생각 중이에요."

선생님은 팔을 활짝 벌리고 신나게 말을 이어 갔다. "내가 말하려는 게 바로 그거야. 스케이트보드를 타든 농구를 하든 그냥 생각을 하든, 모든 물리적 과정과 화학적 과정은 계속 일어나고 있어." 내가 지금까지 알던 선생님과 다르게 팀버랙 선생님은 특별한 순서를 따르지 않고 수업을 가르칠 거라고 했다. "과학은 어디에나 있어. 그래서 나는 굳이 구분하지 않으려고 해." 선생님은 꼬리에 꼬리를 무는 질문을 던졌다. 쉴 새 없이 팔을 휘두르고 고개를 까닥거리는 모습이 꼭 오케스트라 지휘자 같았다.

과학 수업이 끝난 후, 올리브가 같이 〈닌자 걸스〉를 보자며 집으로 나를 초대했다.

"우리 그거 말고 다른 재미있는 거 하자."

"닌자 걸스가 악당 물리치는 것보다 재미있는 게 어디 있어?"

"그냥 동네나 바닷가 근처를 돌아다니자고."

"어떻게 그게 더 재미있는데?"

"집 안에만 있으면 재미있는 걸 어떻게 찾을 수 있겠어?"

"알겠어. 척척박사가 하자는 대로 해야지. 얼른 가자!" 올리브는 고개를 돌려 조지에게 물었다. "너도 같이 놀래?"

"난 집에 일찍 가야 해. 내 사촌이 오늘 비행기 타고 도착했거든."

그래서 조지와는 나중에 선착장에서 만나기로 했다.

올리브와 나는 바다로 가기 전에 먼저 동네를 돌아다녔다. 그러다가 아이스크림 가게가 나오자 발걸음을 멈췄다. 평소처럼 가게 줄은 모퉁이를 돌아 길게 이어져 있었고, 우리는 맨 끝으로 가서 섰다. 어쩐지 오늘따라 줄이 천천히 줄어드는 것 같았다.

"너무 신난다." 올리브가 비꼬듯이 말했다.

"하! 아직 하루는 끝나지 않았다고."

"흠, 그래도…. 다행히 이번 주말에 좋은 일이 있어."

"이번 주말에?" 내가 까먹은 신나는 계획이 있을까 기대하면서 물었다.

"우리가 이번에 공상과학 전시회 표를 구했거든." 올리브는 이모티콘처럼 엉덩이를 흔들고 어깨를 들썩였다.

"우리가 누군데?"

"부모님이랑 나…." 올리브는 아차 싶은 듯 목소리가 기어들어 갔다. "너도 같이 갈래? 엄마한테 표 하나 더 구할 수 있는지 물어볼게."

"아니야, 난 됐어." 나는 공상과학에는 별로 관심이 없다. 게다가 우리는 이제 중학생이지 않은가? 이 나이쯤 되면 부모님 없이도 혼자 할 수 있어야 한다. 굳이 부모님이 왜 필요하겠는가?

바다 쪽으로 시선을 돌리자, 배가 내려다보이는 의자에 앉아 책을 읽고 있는 포피를 발견했다. 한 손으로는 머리카락을 빙글빙글 돌리고 있었는데, 우리 엄마가 깊은 생각에 잠겼을 때 하는 행동과 비슷했다. 그때 어디선가 나타난 아이비와 수지가 포피에게 다가가 말을 걸었다. 포피는 재빨리 책을 가방에 집어넣고 핸드폰을 꺼내 들었다.

올리브는 내 눈앞에 손을 흔들며 물었다. "그래서 넌 어떤데?"

"뭘?"

"학교 밖에 있는 동아리에 가입하는 거 말이야. 우리 둘 다 학교 안에서는 같이 하고 싶은 게 없었잖아." 올리브는 핸드폰을 꺼냈다. "뭐가 있는지 한번 찾아보자." 핸드폰을 톡톡 두드리던 올리브의 입이 떡 벌어졌다. "말도 안 돼. 〈마법의 존재들〉 드라마가 지금 스티브스톤에서 촬영하고 있대!" 올리브가 고개를 들어 주변을 훑어보았다. "배우들을 우연히 만날 수도 있는 거 아니야?"

"여기야!" 조지가 우리와 비슷한 나이대의 남자아이와 함께 걸어오면서 소리쳤다. 부드러운 곱슬머리에 짙은 녹색 눈동자를 가진 아이였다. 어디선가 본 것 같았지만 정확하게 기억나지 않았다.

"너는 그…." 올리브는 말을 잇지 못하고 핑크빛 뺨만 더 발그레해졌다.

"여기는 내 사촌, 콜이라고 해." 조지가 말했다. "잠깐 우리 집에 놀러 왔어."

"만나서 반가워." 콜은 들고 있던 피시 앤 칩스(생선튀김과 감자튀김을 곁들여 먹는 음식-옮긴이)를 내밀며 말했다. "먹을래?"

아이스크림 줄에서 나오자는 올리브의 설득에 못 이겨 우리는 다 같이 테이블이 있는 벤치로 향했다. 콜이 자리에 앉자마자 올리브는 콜 바로 옆자리에 슬며시 앉아 턱에 손을 괴었다.

콜에게 비행은 어땠는지 물어보려던 순간, 조지가 튀김 하나를 콜에게 던졌다. 콜은 입으로 튀김을 받아먹더니 자기도 하나를 들어 조지에게 던졌다. 그 후로도 조지와 콜은 몇 번 더 주고받았는데, 한 번은 조지가 튀김 한 조각을 아주 높게 던졌다. 콜은 자리에서 뛰어 올라 공중 부양한 튀김을 입으로 받아 냈다. 그리고 콜이 자리에 앉자마자 '뿌우우우웅' 하고 엄청나게 큰 방귀 소리가 났다. 핸드폰에서 방귀 소리 앱을 켠 조지가 배꼽을 잡고 웃었다.

"철 좀 들어라, 조지!" 콜이 다시 조지에게 튀김을 던졌다.

이번에는 케첩이 조지의 팔에 길게 묻었는데, 조지는 가슴을 움켜쥐고 땅으로 굴러떨어지며 총에 맞은 척 연기를 했다.

주위에 있던 사람들이 시끌벅적하게 떠드는 우리를 쳐다보았다.

그중에는 포피도 있었다.

내가 이런 애들과 친구라고 포피가 오해할까 봐 걱정되었다. '하여간 남자들은 애 같을 때가 있다니까.' 혹여나 남자친구에 관한 과학책이 있다고 할지라도 아마 나는 그들을 이해하지 못할 것이다.

콜은 다른 약속이 있어 먼저 돌아갔고, 올리브와 조지, 그리고 나는 저녁 먹기 전까지 함께 놀았다. 헤어지기 전에 올리브는 나에게 어깨동무를 하고 이렇게 말했다. "네 말이 맞았어. 오늘 진짜 재미있었어."

혼자 남은 나는 선물 가게로 걸어갔다. 선물 가게 밖에 놓인 가판대에는 다양한 초코바와 잡지, 기념품이 즐비했다. 초코바를 하나 산 뒤 청소년 잡지를 쭉 넘기다가 요즘 유행하는 스타일을 짚어 주는 내용에서 멈췄다. 인터넷에 돌아다니는 웃긴 사진이 들어간 티셔츠, 무선 이어폰, 열쇠 달린 목걸이. 나는 궁금해졌다. '이런 유행은 누가 만드는 거야?'

그때 누군가 내 어깨를 톡 두드렸다. "안녕."

익숙한 목소리에 뒤를 돌아보니 포피가 서 있었다. 유행한다는 열쇠 목걸이가 포피의 목에 걸려 있었다.

나는 턱이 뻣뻣해졌다. "저기, 그때 일은 정말 미안했어…."

"됐어, 괜찮아." 포피는 손사래를 쳤다. "그나저나 너 콜 제임스랑은 어떻게 아는 사이야?" 내가 대답도 하기 전에 포피가 말했다. "내가 콜이랑 같이 다니는 걸 보면 친구들이 진짜 찜찜 놀릴 거야!"

"콜이랑?" 나는 이해할 수 없었다.

"응, 걔 치즈 광고에 나오잖아. 쭉 늘어나요 치~즈." 포피는 손으로 입에서 치즈가 늘어나는 시늉을 했다.

'아, 거기에서 본 애구나.'

"걔 팔로워가 몇천 명은 될 거야. 아무튼, 내가 손을 흔들었는데 그 애가 그냥 무시하더라고. 아이비랑 수지 말로는 네가 괴짜래. 근데 그렇다는 건 똑똑하다는 거잖아, 안 그래? 그 애랑 친해질 수 있게 네가 도와주면 안 돼?"

포피의 말에 나는 깜짝 놀랐다. 포피는 내 도움이 필요 없을 텐데? 하지만 동시에 마음이 두근거렸다. 마치 초콜릿을 한입 베어 문 기분이었다. "내가 콜한테 너를 소개시켜 줄게."

"일단 첫인상이 좋아야 해. 눈에 띄어야 한다고."

너는 너무 예뻐서 이미 그러고 있다고 말하고 싶었지만, 꾹 참았다. 친구 만들기에 절박한 사람처럼 보이고 싶지 않았다.

긴 침묵이 이어졌다. "어때?" 포피가 다그쳤다.

나는 콜과 조지의 방귀 장난을 떠올렸다. "내가 지금 남자친구에 관한 과학책을 쓰고 있거든." 나도 모르게 입이 저절로 움직였다.

포피의 눈이 휘둥그레졌다. "정말? 나한테 보여 줄 수 있어?"

'뭐? 잠깐만!' 심장이 너무 두근거려서 입 밖으로 튀어나올 것 같았다. '나 지금 무슨 짓을 한 거지?' 나는 턱 끝까지 물에 빠진 듯 허우적거렸다. "어, 그러니까…. 아직 쓰는 중이야." '제발 입 좀 다물어!'

"괜찮아. 1장부터 읽으면 되지."

나는 머릿속이 텅 비어 버렸다. 폐에 공기를 가득 들이마시고 숨을 꾹 참았지만… 계속 물밑으로 가라앉았다.

"네가 날 도와주면, 너의 그 애매한 스타일을 내가 바꿔 줄게." 포피가 나를 위아래로 가리키며 말했다.

내 머리가 다시 물 밖으로 빠져나왔다. "그래?" 물에 빠지지 않으려면 그게 꼭 필요했다. "좋아." 내 대답과 함께 우리는 악수했다.

하지만 문제가 하나 있었다. '나는 남자에 대해서 아무것도 몰라.'

Chapter 4
활성화 장벽

화학반응이 일어나기 위해 필요한 최소한의 에너지양

아빠는 주방에 앉아 오렌지 주스를 마시며 과학 논문을 읽고 있었다. 나는 목을 가다듬고 말을 꺼냈다. "제가 중학교에 들어가면 핸드폰 사 주겠다고 말씀하신 거 기억하세요?"

아빠는 나를 쳐다보지도 않고 뭔가를 적으면서 대답했다. "그런 말 한 적 없는데."

새로운 직장에 다니게 된 아빠는 예전만큼 돈을 벌지 못한다. 예전에 아빠랑 엄마가 그런 이야기를 하는 걸 엿들어서 알고 있었다. "제 돈으로 살게요."

"넌 핸드폰을 갖기에는 아직 너무 어려."

"하지만 약속하셨잖아요!"

"그런 적 없다니까."

"그러면 엄마가 그렇게 말씀하셨나 봐요. 누가 그러셨든 핸드폰

사 주세요."

아빠는 벽에 걸린 베이지색 전화기를 가리켰다. 나는 불만스럽게 입을 내밀고 수화기를 들어 엄마 전화번호를 눌렀다. 그러자 곧장 음성 사서함으로 연결되었다. "엄마, 저예요. 제가 중학교 들어가면 핸드폰 사 주기로 약속하셨던 거 아빠한테 좀 말해 주실 수 있어요? 아무튼, 보고 싶어요…."

아빠가 잠깐 나를 쳐다보더니 고개를 숙이고 눈을 비볐다. 꼭 눈물을 닦는 것 같았다.

"또 전화할게요." 나는 전화를 끊었다. "아빠, 왜 그래요?"

아빠는 손수건을 꺼내서 코를 풀었다. "알레르기인가 봐." 당연히 그럴 만했다. 엄마가 떠난 이후로 우리 집은 예전보다 먼지가 많아졌으니까 말이다. 아빠는 다시 논문을 읽기 시작했다.

나는 아빠가 보는 논문 속에 뾰족하게 솟은 그래프를 가리켰다. "이건 뭐예요?"

아빠는 손으로 그래프를 쭉 따라갔다. "어떤 물질에 화학반응이 일어나기 위해서는 이 장벽을 넘을 수 있을 만큼 충분한 에너지가 필요해. 산을 오르기 위해 필요한 에너지 같은 거지."

"장벽 이야기하니까 말인데요, 중학교는 학교 지체만으로도 이미 어려움이 많아요. 핸드폰이 있으면 큰 도움이 될 거예요."

아빠는 고개를 절레절레 저었다. "연구 결과에 따르면 청소년 시기에 전자기기를 과도하게 사용하는 건 인지 발달에 방해가 된다고 해. 실리콘 밸리(첨단 기술 회사가 모여 있는 미국 샌프란시스코 남부 지역을 부르는 말—옮긴이)의 거물들이 자녀들을 가능한 한 오래 전자기기 없이 키우는 데에는 다 이유가 있는 거야."

"하지만 여기는 실리콘 밸리가 아니잖아요. 스티브스톤에 사는 제 또래 애들은 다 핸드폰을 가지고 있다고요." 나는 이 말을 내뱉자마자 싸움에서 졌다는 걸 알았다. 아빠는 유행을 따르거나 다른 사람이 한다는 이유만으로 따라 하는 사람이 아니다. 아빠는 평소에도 나만의 독특함을 인정하라고 말하곤 했고 나도 늘 그런 아빠의 말을 믿어 왔지만, 이제는 그 말이 의심스러워졌다. 게다가 예전에는 주방에서 재미있는 실험실 놀이를 하면서 맛있는 음식을 만들어 주기도 했지만, 지금 아빠는 요리는커녕 형체를 알아볼 수 없을 정도로 메마른 고기를 먹고 있었다.

아빠랑 말싸움하는 건 시간 낭비일 뿐이었다. 나에게는 이미 넘어야 할 큰 산이 있었다. '도대체 뭐라고 책을 써야 하지?'

나는 컴퓨터를 쓰기 위해 아빠의 서재로 들어갔다. 서재에는 서류철 더미가 곳곳에 쌓여 있었고, 종이들은 마치 타일처럼 바닥을 덮고 있었다. 나는 책상 위를 치우고 컴퓨터에서 새 문서를 열어 키보드를 두드리기 시작했다. "남자친구들은…." 혀 차는 소리를 내며 다음 말을 고민했지만, 머릿속에는 아무것도 떠오르지 않았다.

인터넷에서 자료를 찾기 위해 검색창을 열어 '남자의 과학'이라고 적었다. 검색 결과를 훑어보니 어린 소년이 과학 실험을 하는 동영상과 아들 키우는 법을 다룬 책, 그리고 과학, 기술, 공학, 수학 교육이 남자아이뿐만 아니라 모두에게 필요하다는 기사만 나왔다. 남

자아이의 관심을 사로잡는 방법에 관한 건 아무것도 없었다.

작은 실마리라도 얻고 싶은 마음에 나는 고개를 들어 벽에 붙어 있는 유명한 과학자를 그려 놓은 빛바랜 포스터를 바라보았다. 공책에 'E = mc²'를 적고 있는 알베르트 아인슈타인, 사과를 베어 물고 있는 아이작 뉴턴, 시험관에 든 물질을 플라스크에 붓고 있는 마리 퀴리까지.

저들에게는 어떤 공통점이 있을까? 포스터를 다시 쭉 훑어보니, 그림 속 과학자들은 뭔가를 적고 있었다.

'다들 공책을 들고 있어.' 그러고 보니 예전에 직접 손으로 글씨를 쓰면 집중력이 훨씬 높아진다는 연구 결과를 읽었다.

나는 아빠에게서 받은 가장 좋아하는 공책과 펜을 꺼냈다. 각 페이지 위쪽에는 주기율표에서 가져온 'C Ho Co La Te'(초콜릿이라는 뜻—옮긴이)라는 글자가 적혀 있었고, 그 밑으로는 정사각형 초콜릿 그림이 가득했다. "남자친구는…." 흠, 잘 모르겠어. "남자친구가 그렇게 행동하는 이유는…."

"에잇!" 나는 답답한 마음에 손바닥으로 이마를 찰싹 때렸다. 내가 책 한 권은커녕 남자친구에 대한 글을 쓸 수나 있을까? 이런 식으로는 아마 평생 걸려도 못 쓸 것 같았다.

숙면이 문제를 해결하는 데 도움이 된다는 말이 생각나서 일단 침대로 가서 누웠다. 하지만 밤새 이리저리 뒤척이다가 식은땀을 흘

리며 잠에서 깼다. 내가 나를 궁지로 몰아넣었으니, 이제는 빠져나갈 길을 찾아야 한다.

아빠에게 물어보는 것도 좋은 방법일 수 있다. 어쨌든 아빠는 과학자인 데다가…. 한때는 남자아이였으니까 말이다.

아빠는 거실의 소파에 길게 누워 있었다. 아직 잠옷을 입고 있는 아빠를 보고 놀랐다. "아빠, 출근하셔야 하는 거 아니에요?"

"새로운 직장의 좋은 점은 집이랑 가까워서 여유 시간이 많다는 것이지." 아빠는 하나도 신나지 않은 말투로 말했다. 왜 그냥 예전 직장이 그립다고 솔직하게 말하지 않는 걸까? 그때는 오래 일해도 아무런 불만이 없었으면서.

"그런데요, 아빠는 엄마의 어떤 모습에 반했어요?"

아빠의 얼굴이 창백해졌다.

"괜찮으세요?"

"오 이런, 버키볼(탄소 원자가 축구공 모양으로 연결된 분자—옮긴이)! 시간을 까먹고 있었네." 아빠는 서둘러 자리에서 일어나 바쁘게 움직였다.

"그러게, 제가 출근할 시간이라고 말했잖아요." 나는 아빠 뒤통수에 대고 소리쳤다. "누가 어른인지 모르겠다니까요?"

"아침은 냄비에 있으니까 먹어라." 아빠가 크게 외쳤다.

나는 그릇에 오트밀을 크게 퍼서 담고 초콜릿 한 조각을 넣었다. 초콜릿이 녹지 않길래 도로 꺼내 겉에 묻은 오트밀을 핥아먹은 뒤 입안에 넣고 천천히 녹여 먹었다.

그러다가 문득 생각에 잠겼다. 상대방의 마음을 녹이려면 어떻게 해야 할까? '열을 가하면 녹지 않을까?' 어쩌면 포피가 헤어드라이어를 사용하면 콜을 뜨겁게 달굴 수 있으려나…. 이제는 내가 점점 미쳐 가나 봐.

'집중해.' 어제 봤던 그림 속 과학자들을 떠올렸다. 그들은 공책에 어떤 걸 적었을까?

'관찰한 걸 적었겠지!'

나는 C Ho Co La Te 공책을 가방에 넣고 학교로 향했다. 교실에 도착한 뒤, 남자아이들이 어떤 행동을 하는지 주의를 기울였다. 머리를 흔들며 노래를 듣던 남자애는 자기 무릎에 대고 드럼 치는 시늉을 했다. 또 다른 애는 핸드폰 게임에 열중하고 있었다. 씹고 있던 껌을 뱉어서 책상 아래에 붙이는 애도 있었다.

복도에서는 브레이크 댄서가 다른 동작을 연습하고 있었다. 교실에서 핸드폰 게임을 하던 애는 노트북을 꺼내서 키보드를 두드리기 시작했다. 천천히 그 애 뒤를 지나가면서 살펴보니 컴퓨터 코딩 같은 것을 적고 있었다. 머리가 약간 긴 남자애는 손으로 머리를 넘기고 있었는데, 더 지저분해지기만 했다. 그래도 그 애는 계속 머리를 넘겼다. 머리가 가려운 것 같기도 했다. 그러다가 포피와 아이비, 수지가 옆을 지나가자, 빗질을 멈추고 고개를 기울이며 인사했다. "안녕?"

포피가 내 방향으로 몸을 돌리자 나는 황급히 도망쳤다. 아직 포피에게 보여 줄 만한 게 없었다. 학교 계단 아래에 몸을 숨기고 공책을 꺼내 관찰한 걸 적어 내려갔다. "남자아이들은 단순한 존재다."

잠깐 멈칫했다가 '단순한'을 찍 그어 지우고 '복잡한'이라고 적었다. "남자들은 복잡한 존재다. 남자들은 이해하기 어렵다. 그들은 껌을 좋아한다. 음악과 핸드폰 게임, 머리카락에 관심이 있다." 이런! 이런 건 남자애들만 좋아하는 게 아니잖아.

할 수 있을 거라고 믿은 내가 바보였다. 난 도대체 무슨 짓을 하고 있는 거지? 포피에게 솔직하게 고백한다면 어떨까? "미안해, 내가 거짓말했어. 사실 난 너를 도와줄 수 없어." 뱃속이 뒤틀리는 기분이 들었다.

Chapter 5
촉매

**활성화 장벽을 낮춰 줌으로써
반응속도를 높이는 물질**

모든 수업이 끝난 후 올리브가 함박웃음을 지으며 나에게 다가왔다.
"콜이 〈마법의 존재들〉 드라마에 출연한대. 엄청나지 않아?"

"진짜?" 포피도 이 사실을 알고 있는지 궁금했다. "조지한테서 아무 얘기도 못 들었는데."

"우리 동네가 촬영지라니, 진짜 기대된다." 올리브의 입꼬리가 귀에 걸렸다. "오늘 우리 집에 놀러 올래? 드라마 나오기 전에 예습할 겸 영화 한 번 더 봐도 좋고."

"오늘은 힘들 것 같아."

올리브가 입술을 삐죽거렸다. "너 요즘 무슨 일 있어?"

"아니, 그건 아니야. 요즘 하는 게 있어서 그래."

"뭔데?"

"뭘 좀 공부하고 있는데…." 나는 중간에 말을 멈췄다. 올리브는 이해하지 못할 것이다. "초콜릿의 과학에 대해서 말이야. 왜 중독성이 강한지 궁금해서." 나는 주머니에서 초콜릿 2개를 꺼내서 하나를 올리브에게 건넸다.

올리브는 껍질을 까서 입 안에 넣었다. "알겠어. 네가 한 번 빠지면 얼마나 몰두하는지 아니까 이해해 줄게."

"역시 너밖에 없어." 나는 씩 웃으면서 초콜릿을 먹었다.

남자친구의 과학책에 쓸 만한 내용을 찾아 헤매던 나는 최후의 수단으로 산책을 나섰다. 산책을 하면 새로운 신경세포가 생기는 데

도움이 돼서 좋은 아이디어가 많이 떠오른다는 사실이 이미 다양한 연구 결과로 알려져 있다.

어느새 선착장에 다다랐다. 갈매기 떼가 끼룩거리면서 머리 위를 휙 지나갔다. 새똥에 맞을 것 같은 불길한 느낌에 나는 서둘러 피셔맨스 와프로 걸어 내려가 줄 지어선 배에 연결된 비닐 천막 아래로 몸을 숨겼다. 생선의 비린내와 배의 엔진에서 뿜어져 나오는 배기가스가 코를 찔렀다. 바다사자 사울이 물속에서 얼굴만 빼꼼 내밀고 배 주위를 돌았다.

"오늘 갓 잡은 연어와 새우 사세요!" 생선 가게 할머니가 소리쳤다. 소리가 나는 쪽을 돌아보다가 뭔가 물컹한 것을 밟고 말았다. 신발을 들어 확인해 보니 납작하게 밟힌 황갈색의 끈적한 물질이 묻어 있었다. 시선을 위로 올리자 '성게'라고 적힌 간판이 보였다.

튀어나온 나무 바닥에 신발 밑창을 긁어내고 있을 때 익숙한 목소리가 말을 걸어왔다.

"껌이야, 개똥이야?" 콜이었다.

"둘 다 아니야. 다행히도." 나는 발을 들어 올려 콜에게 보여 주었다. "성게를 밟았어."

콜은 토하는 시늉을 했다. "성게보다는 껌이나 개똥이 낫지 않아?"

"장난해? 껌을 밟으면 깨끗하게 떼어 내기가 어렵고, 개똥은 단 1g에도 대장균 2천만 마리가 들어 있다는 거 몰라?"

콜의 얼굴에서 기묘한 미소가 피어오른 걸 발견한 나는 얼른 주제를 바꾸었다. "그건 그렇고, 너는 요즘 어떻게 지내?"

콜이 저 멀리에서 커다란 카메라와 하얀 스크린은 들고 바쁘게 이동하는 사람들을 가리켰다.

"아, 맞다. 너 이번에 새로 나오는 드라마에 출연한다면서? 그래서 조지네 집에 같이 살고 있는 거지?"

"응, 맞아. 우리 엄마가 친척 집에서 지내라고 하셨거든."

"원래는 어디에 사는데?"

"여기저기 돌아다니긴 하는데, 사실은 이 동네 출신이야. 우리 가족이 이사 가기 전에는 조지랑 같은 어린이집을 다녔어."

'잠깐만.' 나도 조지랑 같은 어린이집을 다녔었다. 그 순간 갑자기 어린 조지와 어울리던 한 아이의 모습이 떠올랐다. "너 혹시 어렸을 때 상어 인형 가지고 놀았던 적 있어?"

콜이 이마를 찌푸리며 물었다. "네가 그걸 어떻게 알아?"

"나도 같은 어린이집을 다녔거든."

"너 진짜 기억력 좋다." 콜이 능글맞게 웃었다.

"이런 우연이 다 있네." 잠깐, 그렇다면 이건 콜의 정보를 캐낼 좋은 기회였다. "여기는 얼마나 오래 있을 예정이야?"

"촬영은 올해 말까지 할 거야."

"그럼 학교를 다니는 거야? 아니면 홈스쿨링?"

"너랑 같은 학교에 다닐 거야. 우리 부모님은 내가 이미 뒤처져 있다고 학교를 자주 빼먹는 걸 싫어하시거든."

"그런데 왜 학교에서 한 번도 못 봤지?"

"촬영이 없을 때만 가." 더 물어보고 싶은 게 있었지만, 콜은 촬영장으로 다시 돌아가야 한다고 말했다. 나는 콜에게 손을 흔든 뒤, 저 멀리 섬이 잘 보이는 벤치에 앉았다.

콜에 대해 조금 더 알게 되니 자신감이 생겼다. 콜이랑 같은 학교에 다니게 되면 포피와 연결해 주기도 수월할 것만 같았다. 하지만 말처럼 쉽지만은 않겠지. 갑자기 부담감이 내 어깨를 짓눌렀다.

나는 공책과 펜을 꺼냈다. "남자친구의 과학…." 그리고 손가락으로 초조하게 공책을 두드렸다. 아직도 뭘 써야 할지 감이 잡히지 않았다.

"엠마!"

나는 자리에서 벌떡 일어났다. "조지, 너 때문에 깜짝 놀랐어. 여기에서 뭐 해?"

"콜이랑 같이 왔어." 조지는 거품이 나는 음료를 꿀꺽 마셨다.

"뭐 마시는 거야?"

"단백질 음료." 조지는 가슴을 부풀리고 팔뚝에 힘을 주면서 낮은 목소리로 말했다. "몸 키우는 중이거든. 너도 마실래?"

"유제품 들어 있어?"

"우유로 만든 거야."

"난 괜찮아. 내 몸은 락타아제가 부족하거든." 조지는 무슨 뜻이냐는 표정을 지었고, 나는 설명을 덧붙였다. "락타아제는 유당을 분해하는 효소야. 유제품 소화를 돕는 촉매인 거지." 조지는 여전히 모르겠다는 얼굴이었다. "유당을 못 먹는다고."

"처음부터 그렇게 말하지 그랬어?" 조지는 한 모금 더 마셨다.

"그런데 넌 뭐 하고 있어? 엄청 심각한 표정이던데."

"아무것도 아니야."

조지가 갑자기 내 공책을 휙 가져가더니 공중으로 팔을 높이 들었다. "그럼 이건 뭐야?"

나는 펄쩍 뛰었다. "돌려줘!"

조지는 펼쳐진 공책을 슬쩍 봤다. "남자친구의 과학이라?"

나는 벤치 위로 뛰어올라 공책을 얼른 낚아채 품에 꼭 안았다. "넌 신경 쓸 거 없어." 조지를 째려보다가 문득 번쩍이는 생각이 났다. "잠깐, 너도 남자잖아…."

"그걸 이제야 알았어?"

어차피 나 혼자 힘으로는 해낼 수 없을 것이다. 같이 고민할 사람도 필요했다…. 나도 모르게 말이 튀어나왔다. "포피한테 콜이랑 친해지는 걸 도와주겠다고 말해 버렸어."

조지는 매우 흥미롭다는 듯 말했다. "그 포피 싱클레어?"

"그래서 내가 '남자친구의 과학'이라는 책을 써야 하는데, 어떻게 해야 할지 전혀 감이 안 잡혀."

조지는 남은 단백질 음료를 입에 털어 넣었다. "내가 도와줄게."

"어떻게?" 나는 허리에 손을 짚으며 물었다.

"콜은 내 사촌이잖아. 네가 콜에 대해 알아야 하는 걸 내가 알려 줄 수 있어."

"콜이 〈마법의 존재들〉 드라마를 찍고 있다는 건 왜 안 알려 줬는데?"

"그건 콜의 사생활이잖아. 내가 그런 이야기 하고 다니는 거 콜이 별로 안 좋아해."

"그러니까 아무도 모르는 개인적인 것들을 네가 알고 있다고?"

"물론이지. 나는 개랑 한집에서 살잖아."

화학반응이 일어나듯 아이디어가 샘솟기 시작했다. 조지야말로 이 책을 쓸 때 꼭 필요한 사람이다. 조지는 마치…. "촉매다!" 나는 신나서 소리쳤다. "넌 내 촉매야!"

조지의 눈썹을 찡그렸다.

"네가 날 도와줄 수 있어."

"내가 그렇게 말했잖아." 그의 얼굴에 우쭐한 미소가 스며 나왔다.

나는 인상을 쓰며 물었다. "너 뭔가 원하는 게 있지?"

"아무것도 없어. 친구끼리 돕고 사는 거지, 안 그래?" 조지는 앞머리를 올려 세웠다.

어깨를 짓누르던 무거운 짐이 갑자기 날개를 단 듯 날아올랐다. 포피에게 책을 보여 주기로 약속을 한 이후 처음으로 눈앞에 길이 보이는 듯했다. 강 상류로 거슬러 오를 준비를 마친 물고기가 된 기분이었다.

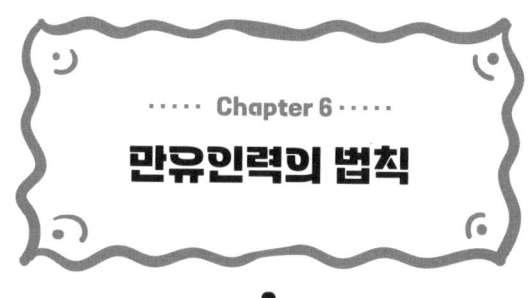

Chapter 6
만유인력의 법칙

우주에 존재하는 모든 입자는 서로 끌어당긴다

조지와 나는 다음 날 아침 일찍 서로의 집 중간에 있는 개리 포인트 공원에서 만나기로 했다. 조금 이르게 집을 나선 나는 해변 근처에서 산책을 즐겼다. 산책길은 넓은 들판을 빙 둘러 있었다. 조지를 기다리는 동안 하늘에 떠 있는 연을 구경했다. 그러다가 바람이 차게 느껴져서 귀여운 양이 군데군데 그려진 외투를 단단히 여몄다. 보드랍고 포근했다.

바스락거리는 소리가 들려 돌아보니 조지가 시리얼 바를 먹고 있었다. "너도 하나 줄까?"

"난 됐어. 나를 어떻게 도와줄 건지나 알려 줘."

"네가 알아야 할 콜에 관한 정보를 내가 다 알려 줄게."

"예를 들면 어떤 거?"

"콜이 쓰는 샴푸라든지 아침으로는 뭘 먹는다든지, 그런 거."

"그래, 다 좋아. 그런데 이 책의 주제는 남자친구의 과학이라고."
나는 투덜거렸다. 어쩌면 조지를 끌어들인 건 좋은 생각이 아니었던 모양이다.

"과학 이야기 아무거나 해 봐. 내가 남자의 시선에서 생각해 볼게."
주위를 둘러보니 아빠와 함께 나온 어린 여자아이가 집에서 비닐로 만든 것 같은 나비 모양 연을 들고 있었다. 여자아이가 뛰기 시작하자, 아빠가 연을 들고 그 뒤를 따라가다가 공중에 띄웠다. 바람이 휙 불면서 연이 하늘로 높이 치솟았다. 몇 초 만에 나비 연은 하늘 높이 거세게 날아오르며 자유롭게 활강했다.

그러다가 순식간에 바람이 사그라들었고 연이 땅으로 떨어졌다.

"중력이야!" 나는 소리쳤다. "만유인력의 법칙은 우주에 있는 모든 물체가 서로 끌어당긴다고 했어. 끌어당기는 힘은 물체의 질량에 비례하고 물체 간의 거리의 제곱에 반비례하지."

조지는 눈살을 찌푸리며 물었다. "무슨 말을 하는 거야?"

"위로 올라간 건 반드시 내려오게 되어 있다고."

"그냥 처음부터 쉽게 말할 생각은 없는 거야?" 조지는 턱을 문지르더니 뭔가 떠오른 듯 말을 이었다. "포피가 콜한테 뭔가를 던진 다음, 콜이 그걸 받는지 보는 건 어때?"

그게 어떻게 효과가 있다는 걸까? 그러다가 문득 콜과 조지가 서로 감자튀김을 주고받았던 게 생각났다. 어쩌면 조지가 굉장한 걸 알아냈을지도 모른다.

나는 C Ho Co La Te 공책을 꺼내서 떠오른 걸 적기 시작했다. "만약 당신이 좋아하는 남자아이가 당신의 존재를 모른다면, 먼저 그의 관심을 끌어야 한다. 하지만 너무 티 내고 싶지는 않다면 중력의 힘을 이용해 보자." 그리고 만유인력의 법칙에 대해 적었다. "두 물체 사이에 존재하는 만유인력의 법칙은 물체의 질량과 거리와 직접적으로 연관되어…." 아니야, 이러면 설명이 너무 어려워져. 나는 펜으로 줄을 그어 지웠다.

"두 물체가 서로 끌어당기는 힘은 물체가 무거울수록 더 세진다. 그래서 지구상의 모든 물체는 지구 중심으로 끌어당겨진다. 지구가 매우 무겁기 때문이다. 또한 그런 이유로 위로 올라간 물질은 아래로 내려오게 된다." 과학 이야기로 너무 깊게 들어가면 안 돼. 남자에게 집중하자.

"다행히 우리는 이러한 특징을 이용할 수 있다. 일단 당신이 호감을 느끼는 남자에게 무언가를 던진 후, 다음 일은 중력에 맡겨 보자. 무엇을 던지든 그건 반드시 땅으로 내려오게 되어 있고, 남자의 관심을 끌기에 충분할 것이다."

조지와 나는 쉬는 시간에 계단에서 만나기로 약속했다. 조지가 학교 구경을 시켜 주겠다는 핑계로 콜을 불러내기로 했다.

쉬는 시간이 되자 나는 사물함 옆에 서 있는 포피를 찾았다. 포피는 체리가 올라간 파이가 그려진 책을 읽고 있었다. 하얀색 셔츠와 청 반바지, 회색 운동화를 신은 포피의 패션은 단순하지만 멋스러웠다. 포피에게 말을 걸려던 찰나….

"안녕, 책벌레. 안 그래도 너 찾고 있었어."

포피가 나에게 별명을 붙여 주었다. '포피는 책을 좋아하잖아. 이건 분명 좋은 신호야.' 속으로는 떨 듯이 기뻤지만 침착한 척 말했다. "콜이 〈마법의 존재들〉 드라마에 출연한다는 이야기 들었어?"

"뭐? 정말? SNS에는 아무 소식도 없었는데." 포피는 책을 덮고 핸드폰을 꺼내 화면을 획획 넘겼다. "진짜네. 드라마 배역에 콜 이름이 올라와 있네." 그러더니 사물함을 쾅 하고 닫았다. "이게 무슨 뜻인지 알지?"

나는 고개를 갸우뚱했다.

"다른 애들이 알기 전에 내가 먼저 콜의 관심을 끌어야 한다는 거야." 포피가 목소리를 낮춰 속삭였다. "그래서, 계획이 뭐야?"

나는 C Ho Co La Te 공책을 열고 내가 쓴 페이지를 찢어 포피에게 건넸다. 그리고 핸드폰 메시지를 보낸 것처럼 입으로 "띵!" 알림 소리를 냈다.

포피가 종이를 받아 들면서 코를 찡긋거렸다. 그리고 내가 쓴 글을 읽어 내려가더니 표정이 점점 더 혼란스러워졌다. "그러니까, 네 말은 콜한테 뭔가를 던지라는 거지? 이건 별로 내키지 않는데."

바닷가에서 콜과 조지가 감자튀김을 던지면서 놀 때 포피도 그 모습을 보고 있었다. "남자애들은 서로 던져서 주고받는 걸 좋아해. 감자튀김 같은 거 말이야."

포피는 머릿속에서 뭔가를 떠올리는 듯 아주 천천히 고개를 끄덕였다. "난 잘 모르겠어…."

"적어도 네가 뭔가를 던지면 콜이 그걸 돌려주려고 할 거야." 나는 포피를 데리고 복도를 지나 조지와 만나기로 한 계단으로 끌고 갔다. 조지는 보이지 않았고, 계단 아래에 콜이 혼자 서 있었다. "그리고 콜이 우리 학교에 다니는 거 알아?"

포피는 콜을 보자마자 눈이 튀어나올 것처럼 깜짝 놀랐다. 수줍게 웃으면서 손으로 머리카락을 꼬는 여자애들이 콜 주위로 몰려들고 있었다. 콜이 드라마에 출연한다는 소식이 이미 온 동네에 퍼진 것 같았다. 여자아이 두 명이 콜에게 좀 더 다가가는 걸 본 포피가 입술을 꽉 물었다. "알았어, 그렇게 해 볼게. 그런데 지 여자애들을 어떻게 제치고 들어가지?"

도대체 조지는 어디에 있는 걸까? 쿵쾅거리는 소리가 들릴 정도로 가슴이 두근거리기 시작했지만, 뭐라도 해야만 했다. 나는 서둘러 계단을 내려갔다. 사람들 사이로 비집고 들어가서 콜의 팔을 덥석 잡았다. "나랑 같이 갈래?"

콜이 안도의 한숨을 푹 쉬었다. "고마워, 엠마. 폐소공포증이 오는 줄 알았어."

"조지는 어디 있어?"

"나도 몰라."

"조지가 너 학교 구경시켜 주는 줄…."

내가 말을 끝내기도 전에 더 많은 사람들이 콜의 주변으로 몰려들었다. 나는 계단 위쪽을 가리켰고 콜이 내 뒤를 따라왔다.

앞장서서 계단을 올라가다가 포피를 향해 슬쩍 엄지를 올려 신호를 주었다. 처음에는 망설이는 듯했지만, 포피도 여자아이들이 떼로 몰려드는 걸 알아차린 것 같았다. 포피는 순식간에 신발을 벗어 공중으로 높이 던졌다.

신발은 위로 올라가더니… 다시 아래로 쿵 하고 떨어졌다. 나는 재빨리 옆으로 몸을 피했다.

"아야!" 콜의 외마디 비명이 들렸지만, 나는 차마 콜의 얼굴을 볼 용기가 나지 않았다. 콜이 다쳤으면 어떡하지? 그러면 포피가 당황스러울 텐데. 나한테 불같이 화를 낼지도 몰라.

잔뜩 긴장한 채로 천천히 고개를 돌려 콜을 바라보았다. 화난 표정은 아니었다. 콜은 바닥에 떨어진 신발을 주워 들더니 주위를 둘러보았다. "이거 누구 거야?"

"내 거야." 꽃무늬 헤어밴드를 한 여자아이가 말했다.

그러자 체크무늬 치마를 입은 또 다른 여자아이가 밀치고 나오면서 말했다. "아니야, 내 거야."

심지어 이어폰을 끼고 노래를 듣던 남자애도 자기 신발이라고 나섰다.

포피가 목을 가다듬더니 말했다. "사실 그 신발은 내 거야." 포피는 주위 사람들에게 보란 듯 반대쪽 발을 들어 보였다.

콜은 포피에게 신발을 돌려주었다. 포피는 반짝거리는 눈으로 콜이 하늘에서 빛나는 유일한 별인 것처럼 바라보았다.

나는 콜의 표정을 살폈다. 콜의 기분이 어떻지? 포피를 보고 아무 느낌도 안 들었나? 얼굴만 보고는 알 수 없었다. 어느샌가 여자아이들이 계단을 따라 올라와서 콜 주위를 에워쌌다.

포피가 나를 향해 달려왔다. "이럴 수가, 진짜로 먹혔어! 현대판 신데렐라가 따로 없었어. 애들이 우리 쳐다보는 거 봤어?" 포피는 핸드폰을 꺼냈다. "너한테 사진 좀 찍어 달라고 할 걸." 포피는 신발을 얼굴 가까이 들고 셀카를 찍었다. "백마 탄 왕자와의 운명적인 만남이었어." 포피가 바쁘게 핸드폰을 두드렸다.

그러고는 다른 쪽 신발까지 모두 벗어서 나에게 건넸다. "자 여기, 책벌레. 이거 신어. 멋지게 옷 입는 첫 번째 규칙. 찢어진 청바지나 니트 스웨터, 샌들 빼고는 구멍 난 것을 입지 않는다." 포피는 슬리퍼를 꺼내 신었다.

나는 내 구멍 난 운동화를 벗고 포피의 운동화를 신었다. 완벽하게 맞았다. 내 위를 따라다니던 먹구름이 흩어지면서 하늘을 활공하는 연처럼 붕 떠오르는 기분이었다.

그때 비웃는 소리가 들려 고개를 들어 보니, 아이비가 내 점퍼에 그려진 양 그림을 가리키면서 웃음을 참는 시늉을 하고 있었다. "아기 옷 가게에서 산 거야?" 옆에 있던 수지도 따라 웃었고, 포피는 시선을 피했다.

그렇게 하늘 높이 올라갔던 내 연은 땅으로 곤두박질쳤다.

빛의 이중성

빛은 입자처럼 행동할 때도 있고,
파동처럼 행동할 때도 있다

그날 늦게서야 복도에서 조지를 마주쳤다. "도대체 어디에 있었어? 너 때문에 계획을 망칠 뻔했잖아." 조지의 조언이 실제로 효과가 없었다면 아마 나는 더 화가 났을 것이다. "다행히 콜이랑 포피가 가까워지는 데 성공했어."

"그랬어?" 조지가 눈썹을 올리며 물었다. "어떻게 됐는데?"

"그냥 잘됐어. 네 덕분은 아니지만."

"아, 잘됐구나. 아니, 그러니까 내 말은, 당연히 그렇겠지." 조지가 입을 씰룩거렸다. 조지는 나만큼 신나 보이지 않았다. 계획을 짠 건 그냥 내게 호의를 베풀기 위해서였던 모양이다.

종이 울리자 조지와 나는 영어 교실로 향했다. 나는 시간표를 미리 봐서 고질라 선생님이 영어 선생님이라는 걸 알고 있었기 때문에 조지에게 주의를 주었다. "영어 선생님이 우리 담임 선생님이라서 잘 아는데, 엄청 엄격한 분이셔." 조지도 이미 선생님의 별명과 무시무시한 소문을 익히 들었다고 했다.

교실로 들어가자 책상이 4개씩 조별로 나뉘어 있었다. 조지는 코딩하는 아이랑 껌 씹는 아이와 같은 조에 앉았다. 나는 창가 쪽 빈 자리에 앉아서 창문 밖으로 알록달록한 단풍잎을 구경했다.

브레이크 댄서와 머리 빗는 남자애는 서로 죽이 잘 맞는 것 같았다. 아이비와 수지, 그리고 포피가 교실로 들어서자, 둘은 순식간에 문 쪽으로 고개를 돌렸다. 브레이크 댄서는 턱을 치켜들었고, 머리 빗는 애는 머리카락을 마구 털어서 흐트러뜨리더니 다시 손으로 빗어 넘겼다.

아이비는 내 쪽을 보며 "메에, 메에" 양 울음을 흉내 냈다. 수지도 아이비를 따라 했다.

나는 아무런 반격도 못 한 채 우두커니 앉아 있었는데, 뒤이어 교실로 들어온 올리브가 나 대신 아이비와 수지를 노려보며 쏘아붙였다. "너네는 뭔데 엠마를 비웃고 그래?"

"엄마 양이 아기 양 보호하는 거야?" 아이비와 수지가 우리를 비웃었다. 나는 힐끗 포피를 보았지만, 포피는 아무 말도 없이 아래를 내려다보고만 있었다. 이해할 수가 없었다. 포피와 친구가 된 줄 알았는데.

올리브와 나는 팔찌를 부딪쳤다. "콜이 우리 학교 다닌대! 다들 그 얘기 하더라."

나는 깜짝 놀란 척했다.

"드라마 홍보차 배우들 사인회 열린다는 거 들었어? 우리도 가자!"

"그래, 그러자." 내가 대답했다.

"넌 별로 안 신난 것 같네…. 엄청날 거야. 주연 배우가 전부 온대. 웬트워스 마법사랑 옥타비아 황후까지."

"그리고 콜도!" 몰리와 홀리가 맞은편 자리에 스르륵 앉으며 동시에 말했다.

"연예인이랑 같은 학교에 다닌다니, 정말 신기하지 않아?" 몰리가 말했다.

"콜은 너무 멋있어." 홀리가 말했다.

바로 그때 콜이 교실로 들어왔다. 반 아이들은 일제히 숨을 헉 하고 들이켰고, 콜은 조지 맞은편에 앉았다.

올리브는 둘에게서 시선을 떼지 못하면서 말했다. "조지가 우리한테 콜에 대해 아무 말도 안 하다니 믿을 수 없어."

"콜이 자기 이야기하고 다니는 걸 안 좋아하는 것 같아." 내가 말했다.

"조지가 뭘 숨기고 있는 것 같아. 요즘 비밀이 많아 보여."

"어…. 난 전혀 안 그래 보이는데. 조지는 표정에서 다 드러나잖아."

고질라 선생님이 교실 안으로 들어오자마자 마치 깜짝 파티를 열기 전처럼 교실 안이 한순간 조용해졌다. 선생님은 오늘도 머리카락 한 올 빠져나오지 않게 뒤로 바짝 올려 묶었다. 목을 길게 세우고 안경을 코에 걸친 채로 교실 앞에 우두커니 서더니 자기소개 한 마디 없이 바로 본론으로 들어갔다 "대중매체는 우리 사회와 사람들의 생각에 커다란 영향을 주고 있지. 너희는 대중매체 속의 잘못된 정보를 찾아보고 그 진실이 무엇인지 발표해야 해."

"친구랑 같이 해도 되나요?" 몰리와 홀리가 동시에 질문했다.

"둘씩 짝을 지어서 해도 되고, 팀을 짜도 돼."

몰리와 홀리는 서로를 보고 씩 웃었다. 포피는 맞은편에 앉은 아이비와 수지와 팀을 이룬 것 같았다. 아이비는 가식적인 미소를 지었다. 올리브는 나를 보면서 자기와 나를 번갈아 가리켰고, 나는 긍정의 의미로 엄지를 올려 보였다.

고질라 선생님은 교실을 돌며 여러 잡지와 신문들을 나눠 주고 조사할 시간을 주었다. 올리브는 《스티브스톤 특종》 잡지를 휘리릭 넘기다가 어느 페이지에서 멈췄다. "〈마법의 존재들〉 사인회에서 주민들을 위한 이벤트가 있을 거래. 어떤 이벤트일까?"

그때 고질라 선생님이 발을 쿵쿵거리며 우리 쪽으로 다가왔다. "잡담은 줄이고, 과제에 집중하거라."

패션 잡지를 훑어보던 올리브는 책장을 휘리릭 넘기더니 투덜거렸다. "여기 나온 모델 중에 44 사이즈 이상인 사람은 한 명도 없어."

나는 '옷 사이즈보다 내면의 자신감이 더 중요하다'라는 제목의 기사를 발견하고 올리브에 건네주었다. "너는 이런 기사를 좀 많이 읽어야겠어."

하지만 내가 또 다른 10대 잡지를 훑어보는 순간 올리브의 말이 옳다는 것을 인정하지 않을 수 없었다. 대중매체가 쏟아 내는 여자아이의 모습은 날씬한 건 당연하고, 찰랑거리는 머리칼과 매끈한 피부의 아름다운 얼굴을 가지고 있었다. '평범한 사람이 이들 사이에서 어떻게 이길 수 있겠어?' 나는 곰곰이 생각했다. "대중매체가 왜곡된 소녀의 모습을 전달하는 걸 이야기하면 어때?"

"무슨 뜻이야?"

"여기 여자애들을 봐! 다들 너무 예쁘잖아. 현실이랑은 정반대라고."

"그래, 네 말이 맞아. 생각해 보니까 〈닌자 걸스〉에서 주연을 맡은 여자 배우 네 명도 현실에서는 전부 모델들이잖아."

"바로 그거야! 영화나 드라마는 절대 평범한 사람을 주인공으로 뽑지 않아."

그때 어디선가 웃음소리가 들려 고개를 돌려보니 포피와 아이비, 수지가 머리를 맞대고 대화하고 있었다.

"쟤네들은 무슨 이야기를 하고 있을까?" 네기 말했다.

"그게 왜 궁금한데?"

"봐. 쟤네들은 항상….." 그들을 표현할 만한 정확한 단어는… 이것뿐이었다. "반짝이잖아."

"이것처럼?" 올리브는 집게손가락에 낀 가짜 다이아몬드 반지를 움직이며 말했다.

"가짜 큐빅이야?"

내 질문에 올리브가 갑자기 방어적인 태도를 보였다. "가짜 큐빅이 뭐 어때서?"

"아니, 그냥 그런 것 같아서."

"난 어떻게 생각하는지 알아?" 올리브가 말했다. "예쁜 사람이랑 같이 다니면 네 매력이 떨어져 보여."

"뭐?"

"네가 반짝거리고 싶다면 너보다 덜 반짝거리는 사람이랑 어울려야 해."

고질라 선생님이 주의를 주며 우리 옆을 지나갔다.

나는 C Ho Co La Te 공책을 꺼내서 뭔가를 적으려고 했다. 하지만 아무것도 떠오르지 않아서 애꿎은 다이아몬드만 그렸다. 그리고 연필로 계속 빗금을 그으면서 생각했다. '사람을 반짝이게 하는 건 뭐지?'

문득 손을 들어 보니 새끼손가락 옆에 연필심이 잔뜩 묻어 있었다. 이런. 나는 공책의 빈 부분에 대고 손을 문질렀다. 그러다가 번뜩이는 생각과 함께 손을 멈췄다. 손바닥에 묻은 연필심 자국을 살펴보니 다이아몬드가 떠올랐다.

연필심은 탄소로 만드는데….

다이아몬드도 마찬가지야.

연필심처럼 보잘것없는 게 사실은 다이아몬드와 같은 원료로 만들어지는 거라면….

'아직 희망이 있어.'

수업이 끝나고 나는 교실을 나가는 포피에게 인사했다. 포피는 내 인사를 못 들은 것처럼 쌩하고 지나치더니 아이비와 수지에게 말을 걸었다. 하지만 잠시 후 복도에 나가자, 포피가 나를 한쪽으로 밀어붙이며 말했다. "야, 책벌레. 내가 콜한테 손을 흔들었거든. 나한테 신발 돌려준 거 기억나냐고 발까지 들어 보였는데 아무 반응도 없었어."

그때 올리브가 한 말이 떠올랐다. "〈마법의 존재들〉 드라마 홍보 사인회가 열릴 거래. 그때 콜도 올 거야."

포피가 내 눈을 똑바로 바라보며 말했다. "그러면 우리 같이 가자."

포피와 내가 드디어 조금 친해진 것 같아서 뛸 듯이 기뻤다. 하지만 아이비와 수지가 우리 쪽으로 걸어오는 순간 포피는 갑자기 쌀쌀맞게 고개를 돌렸다. 마치 단풍잎의 색이 변하듯 포피의 태도가 돌변했다.

과학 시간이 되었다. 팀버랙 선생님은 교실 안을 질주했다. "빛의 속도는 매우 빨라." 선생님은 숨을 헐떡거리면서 스위치를 눌러 전등을 깜박거렸다. 오늘 선생님의 옷차림은 정장이었는데, 반은 파동 무늬였고 반은 작은 물방울무늬였다. 칠판에 '파동 입자의 이중성'이라고 적고 설명을 이어 갔다. "빛은 독특한 친구야. 파동처럼 행동하기도 하고," 선생님은 팔로 파도를 흉내 냈다. 그러고는 공중에 손가락으로 점을 찍어 댔다. "입자처럼 행동하기도 하지."

포피와 시선이 마주치자 나는 살짝 손을 흔들어 보였다. 포피도 나에게 손을 흔들었지만, 아이비가 말을 걸자 홱 고개를 돌렸다.

나는 공책을 내려다보았다. "빛의 이중성…." 나는 '빛'을 지우고 그 자리에 포피의 이름을 적었다.

Chapter 8
분자운동론

**모든 물질은 끊임없이 움직이는
분자로 구성되어 있다**

다음 날, 나는 사물함 앞에서 조지가 오기를 기다렸다. 조지는 어깨가 넓은 재킷을 입고 나타났다. "이 옷 어때?"

"무슨 답을 원하는지 잘 모르겠는데."

"재킷 입으니까 어깨랑 가슴이 더 커 보이지 않아?"

"나한테는 그것보다 더 중요한 문제가 있어. 포피한테 뭐라고 말해야…."

내가 말을 마치기도 전에 껌 씹는 아이와 코딩하는 아이가 나타나는 바람에 우리는 대화를 멈추고 과학실로 향했다. 과학실에는 몰리와 홀리가 이미 앉아 있었고, 포피와 아이비, 수지가 느긋하게 걸어 들어왔다. 포피의 가방 밖으로 물고기 표지의 책이 삐죽 튀어나와 있었다. 브레이크 댄서와 머리를 빗는 아이기 거의 동시에 들어와 그들 옆에 앉았다. 그렇게 다섯 명이 맨 뒷줄을 차지했다.

종이 울리자마자 교실로 들어온 올리브는 나와 조지 옆에 앉았다. "괴짜들 모임이 열렸나 봐." 아이비가 우리를 놀리자, 주위에서 웃음소리가 터져 나왔다. 올리브는 뒤로 몸을 돌리더니 매서운 눈초리로 노려봤다. 조지는 아무 말도 하지 않았다. 사실은 조금 긴장한 것 같았다. 그때 콜이 들어왔고, 교실 전체가 조용히 웅성대기 시작했다. 나와 눈이 마주친 콜은 살짝 고개를 숙여 인사했다.

"콜, 우리 옆에 같이 앉자." 교실 중간에 앉은 몰리와 홀리가 말했다.

"아, 난 사람 많은 걸 안 좋아해서." 콜은 그렇게 말하고 앞줄에 앉았다.

팀버랙 선생님 앞에는 얼음물이 담긴 유리잔과 뜨거운 김이 올라오는 머그잔이 놓여 있었다. 선생님이 머리를 위아래로 마구 흔들자 팔도 함께 휘청거렸다. "모든 분자는 움직인단다. 분자의 상태가 고체거나,"

선생님은 얼음을 하나 꺼냈다. "액체거나," 유리잔에 손을 담그더니 "그리고 기체인지에 따라서," 이번에는 머그잔에서 올라오는 김을 입으로 후 불었다. "분자의 움직임이 달라지지." 선생님은 물질의 세 가지 상태인 고체, 액체, 기체 각각의 분자 배열을 나타낸 그림을 보여 주었다. 그리고 앞쪽 두 줄에 앉은 학생들에게 일어서라고 했다. "너희들은 고체 상태의 분자야. 서로 가까이 붙도록 해." 말이 떨어지기가 무섭게 앞줄의 여자아이들은 콜 주위로 몰려들었다. 중간과 뒤쪽에서 "불공평해."라는 볼멘소리가 터져 나왔다. 그리고 이번에는 가운데 두 줄을 가리켰다. "너희들은 액체 상태의 분자야. 서로 한 걸음씩 떨어져 있도록 해." 그런 다음 우리가 앉아 있는 맨 뒤쪽 두 줄을 가리키며 말했다. "너희는 기체 상태의 분자니까 서로 간격이 더 멀어야 해. 두 걸음씩 떨어지도록."

포피는 콜에게서 눈을 떼지 못했다. 브레이크 댄서와 머리 빗는 아이는 포피를 쳐다보고 있었다. 그리고 조지는 앞뒤로 콜과 포피를 번갈아 가며 쳐다봤다. 나는 이제야 조지가 촉매로서의 자신의 역할을 진지하게 생각하는 것 같아서 기뻤다.

팀버랙 선생님은 고체 상태의 분자는 가장 적은 에너지를 가지고, 기체 상태의 분자는 가장 큰 에너지를 가진다고 설명했다. 고체 분자 조의 아이들에게 아주 조금씩만 움직이면서 자리를 지키라고 말하자 콜 주위의 여자아이들은 만족한 듯 씩 웃었다. 그리고 액체 분자 조에게는 조금 더 많이 움직이라고 했다. 마지막으로 기체 분자 조인 우리에게는 "이리저리 돌아다니며 마구 흔들어." 하고 말했다.

나는 선생님 말씀대로 하기가 부끄러웠다. 그래서 팔을 쭉 펴고 하품하는 척했다. 다른 아이들은 마구 몸을 흔들어 댔다. 조지는 어쩔 줄 몰라 하는 것 같았는데, 포피가 바로 옆에서 가뿐하게 춤을 춰서 그런 것 같았다.

모두 정신없이 춤을 추는 동안 포피가 나를 구석으로 몰아넣더니 조용히 물었다. "지금 콜 옆으로 갈까?"

나는 슬슬 조지 옆으로 다가가서 속삭였다. "포피가 콜 옆으로 가서 춤추면 어떨까?"

"안 돼." 조지가 기다렸다는 듯이 대답했다.

나는 눈썹을 치켜올렸다.

"내 말 들어 봐. 만약 포피가 콜과 가까워지고 싶다면, 콜에게서 멀어져야 한다고 알려 줘."

"뭐? 그게 무슨 말이야."

"분자는 멀리 떨어져 있을 때 빠르게 움직이잖아." 조지는 기체 그림을 가리켰다.

'조지 말이 맞아.'

"콜은 사람이 모여드는 걸 싫어하니까 성급하게 다가오는 여자는 부담스러울 거야."

아까 분명 몰리와 홀리가 같이 앉자고 말했을 때 콜은 사람 많은 걸 안 좋아한다고 말했었다. 조지의 말이 맞는 것 같았다.

나는 다시 조금씩 움직이며 포피 쪽으로 돌아갔다. "기다리는 게 좋을 것 같아. 책 다음 부분은 이따가 줄게."

포피는 옆에서 바쁘게 수다 떠는 아이비와 수지를 잠깐 쳐다봤다. 그러고는 목소리를 낮추고 말했다. "야, 책벌레. 어디 우리끼리 조용하게 이야기하기 좋은 곳 없을까?"

완벽한 장소가 떠오른 나는 포피에게 '언제든 바다'로 오라고 말했다. 그곳에서 학교 친구를 마주친 적은 한 번도 없었다.

'언제든 바다'는 스티브스톤의 작은 골목길에 있는 동네 책방이다. 나는 대문에 붙은 조타 핸들을 잡고 문을 열었다. 책방에 들어서자, 커피 향과 나무 향, 그리고 오래된 책 냄새가 풍겨 왔다.

포피도 나만큼이나 이 책방을 좋아할 거라고 확신했다. 3m가 훌쩍 넘는 높은 벽은 바닥부터 천장까지 책이 가득 차 있었으며, 한가운데 책장들은 마치 미로 같았고, 안쪽에 아늑하게 자리 잡은 카페 뒤쪽으로는 낡은 지도와 닻, 모형 배가 걸려 있었다.

나는 C Ho Co La Te 공책을 꺼내서 오늘 배운 분자운동을 간략하게 정리했다. "분자는 끊임없이 움직인다. 분자의 상태가 고체, 액체, 기체인지에 따라서 분자의 움직임이 달라진다." 나는 뻐근한 목을 쭉 늘렸다. "두 번째 조언: 만약 남자가 서두르지 않을 때 빨리 가까워지고 싶다면, 그 남자에게서 멀리 떨어져라. 기체 상태의 분자처럼 남자는 자기만의 공간이 확보되면 더 빠르게 움직인다."

책방 문이 딸랑 소리를 내며 열리고 포피가 들어왔다. "우와, 여기 진짜 멋지다!" 포피는 미술관에 들어온 것처럼 눈이 휘둥그레져서 주위를 둘러보았다. "여기에서 이렇게 책에 둘러싸인 채로 평생 살고 싶다." 포피는 '신간 코너'라고 적혀 있는 선반으로 재빠르게 걸어갔다. 책 몇 권을 훑어보더니 표지에 공책을 든 어린이가 그려진 책을 하나 들고 돌아왔다.

나는 안경을 쓱 올리며 말했다. "넌 원래 책 읽는 거 좋아해?"

"응. 우리 아빠가 출장 다녀오시면서 처음으로 책을 선물해 준 이후로 쭉. 요즘에도 어디 멀리 갔다 올 때마다 새 책을 사 오는데, 내가 좋아할 만한 책만 쏙쏙 골라 오셔." 그리고 내 눈을 똑바로 보며 말했다. "우리 아빠도 사실 너 같은 괴짜야." 포피의 입에서 '괴짜'라는 말이 나오자, 이 말이 칭찬처럼 들렸다.

"우리 아빠도 괴짜야." 내가 말했다.

"무슨 일 하시는데?"

"화학자셔. 어릴 때는 잠들기 전에 침대맡에서 과학 교과서를 읽어 주곤 하셨어." 내 말을 들은 포피는 미소를 지었다. 포피와 단둘이서만 시간을 보낼 때가 더 좋았다.

"그래서, 다음 장은 뭐야?" 포피가 물었다.

나는 공책을 찢어서 포피에게 주었다. "땅!"

포피가 코를 찡그렸다. "그건 왜 하는 거야?"

"난 핸드폰이 없어서."

"그래도 하지 마. 이상해." 포피는 잠깐 말없이 내 글을 읽었다. "그러니까…. 아무것도 하지 말라고?" 포피는 자기 볼의 보조개를 톡톡 두드렸다. "이건 잘 모르겠어. 아무것도 안 하면서 주위만 서성이는 건 나답지 않은데."

그때 조지의 말이 떠올랐다. "네가 돋보이고 싶다고 했잖아! 콜은 언제나 주위에 사람이 많아. 사람들 무리에서 벗어나 있는 것보다 더 눈에 띄는 게 어디 있겠어?"

"무슨 말인지 이해했어, 책벌레." 포피는 한번 시도해 보자고 했다.

'조지 말이 맞아야 할 텐데.'

Chapter 9
확산

**밀도가 높은 곳에서 낮은 곳으로
분자가 이동하는 현상**

〈마법의 존재들〉 드라마 사인회는 습지 위에 세워진 낡은 목조 건물인 브리타니아 조선소(과거에는 통조림 공장이었다가 이후 조선소로 바뀌었고, 현재는 스티브스톤 내 조선업의 역사를 보여 주는 전시 공간으로 이용되고 있다-옮긴이) 앞에서 열렸다. 내가 도착했을 때는 어마어마한 인파가 자석에 붙은 쇳가루처럼 다닥다닥 모여 있었다. 건물을 둘러싼 강단 위에는 트롤, 고블린, 요정 분장을 한 사람들이 돌아다녔다.

올리브와 내가 사인 줄에 서자마자 곧바로 다른 사람도 우리 뒤로 줄을 섰다. 우리는 귀가 뾰족한 요정 분장을 한 몰리와 홀리를 발견하고 반갑게 손을 흔들었다. 코딩하는 남자애는 웬트워스 마법사처럼 차려입었는데, 옆에는 트롤 분장을 한 아이도 함께였다.

옥타비아 황제처럼 검은색 전신 쫄쫄이를 입은 올리브는 한쪽 무릎을 구부리고 팔은 양쪽으로 쭉 뻗었다.

"뭐 하는 거야?"

"요가. 중심 근육을 튼튼하게 하는 중이야." 올리브가 팔을 쭉 뻗은 채로 몸통을 돌리자, 스카프로 만든 망토가 팔로 미끄러져 내려왔다. "닌자 수업이 내일부터 열린대. 같이 가 보자!"

"닌자 수업?" 올리브는 흥분한 목소리로 말했지만, 나는 흥미가 생기지 않았다.

"옥타비아 황후 연기한 배우 알지? 그 배우가 황후로 뽑히기 전에는 연기 수업을 받으면서 동시에 닌자 훈련도 받았대."

"난 관심 없는데…."

"그냥 구경만 하러 와."

시계를 흘끗 보니 포피와 만나기로 한 시간이 다가오고 있었다. "그래, 알겠어." 올리브도 같이 가고 싶지 않을까? "포피 싱클레어는 어떻게 생각해?"

"난 잘 모르겠어." 올리브는 시곗바늘처럼 상체를 아래로 기울였다.

"이따가 내가…." 포피와 약속이 있다고 말하려던 참이었다.

"이미 아이비랑 수지랑 어울려 다니잖아. 그러니까 우리랑은 잘 맞지 않는다는 게 확실해졌지."

"포피는 아이비나 수지랑은 달라."

"그걸 네가 어떻게 아는데?"

"그냥 내 느낌이야." 나는 적당한 이유를 찾지 못하고 아무 말이나 해 버렸다. "그 애를 보면 뭔가 우리 엄마가 떠오르지 않아?"

"아, 너희 엄마 때문에 그러는 거야?" 올리브는 상체를 갑자기 휙 들어 올렸다. "그냥 엄마한테 물어보는 건 어때?"

"뭘?"

"집에 돌아오실 건지 말이야."

"당연히 돌아오시지." 내 목소리는 생각보다 더 컸다. "왜 안 돌아오신다고 생각하는데?" 엄마가 떠나기 전에 나에게 했던 마지막 말이 아직도 생생했다. "곧 보자, 우리 딸."

올리브에게서 동정의 눈빛이 언뜻 스쳤지만, 나는 아무 말도 못 하고 손가락 마디가 새하얘질 정도로 주먹만 꽉 쥐었다.

올리브는 쭈그리고 앉더니 손바닥을 마주하고 눈을 감았다. 올리브와 함께 포피를 만나는 건 좋은 생각이 아닌 것 같았다. 포피가 올리브를 이상한 애라고 생각할지 모른다. 우리 둘이 제일 친하다는 걸 알면 아마 나까지 이상하다고 생각할 것이다. 게다가 올리브가 포피에게 관심이 없다고 확실히 못 박았으니까 말이다.

사인회 줄은 거북이처럼 느리게 줄어들었다. 올리브가 기다리는 동안 포피를 만나고 오면 될 것 같았다. "나 마실 것 좀 사 올게." 내가 말했다.

"나도 같이 가."

"아니야, 줄이 너무 길어. 넌 자리를 지키는 게 좋겠어." 나는 서둘러 자리를 벗어났다.

나는 약속 장소인 무라카미 가옥(1900년대 초반에 스티브스톤에 정착하여 어업에 종사하던 일본인 가족이 살던 집이 아직도 보존되어 있다—옮긴이)에 몇 분 늦게 도착했는데 포피는 그곳에 없었다. 심장이 콩콩 뛰기 시작했다. '포피랑 엇갈리면 안 되는데.'

잠시 후 사람들 무리에서 청재킷을 입은 포피를 발견했다. 나는 아이비와 수지가 놀렸던 양 그림 점퍼를 내려다보았다. 아직 좀 날씨가 쌀쌀했지만, 점퍼를 벗고 허리에 묶었다.

포피는 사진작가처럼 신중하게 사진을 몇 장 찍다가 한 번씩 멈춰서 핸드폰 화면을 들여다봤다. 포피가 나를 보고 손을 흔들며 가까이 오라고 손짓했다. "혹시 콜 어디에 있는지 봤어?"

"아직 못 봤어." 나와 같이 걸을 때도 포피는 핸드폰을 쳐다보거나 사람들을 유심히 살폈다. "유, 너는 취미가 뭐야?" 내가 물었다.

"인스타그램에 내가 좋아하는 옷들을 올려. 근데 '좋아요'나 팔로워가 기대만큼 많지는 않아. 그래서 요즘에는 행사 사진들도 올리고 있어. 오늘처럼." 그렇게 말하면서 사진을 몇 장 더 찍었다.

"넌 책도 많이 읽는 것 같더라. 요즘엔 뭐 읽어?"

내 질문에 포피는 이리저리 돌리던 고개를 멈추었다. "요즘에는…."
띵! 핸드폰 알림이 울리자, 포피는 다시 핸드폰에 집중했다. "이런, 지금 팝업 스토어가 열렸대. 두 군데를 동시에 갈 수는 없는데."

'내가 딱 그 심정이야.'

"원래는 책을 더 많이 읽었는데 요즘에는 좀 바빠서 예전처럼은 아니야. SNS는 진공청소기야. 내 시간을 전부 빨아들이거든." 포피의 시선이 다시 핸드폰에 꽂혔다.

"나도 페이스북에 가입할지 생각 중인데…."

"야, 책벌레. 페이스북은 이제 구식이야." 포피는 화면을 넘기더니 자기가 사용하는 앱들을 보여 주었다. 카메라, 음표, 유령 그림이 보였고, 알파벳과 줄임말이 로고인 앱도 있었다. 그중 절반은 처음 본 것들이었다.

"나도 인스타그램 계정을 만들려고 했는데 핸드폰이 없어서 좀 의미가 없어졌어. 계정을 만들어도 사진을 찍어서 올리지 못할 테니까…." 포피는 내 말을 듣고 있는 것 같지 않았다.

포피가 팔을 쭉 뻗으며 우렁차게 말했다. "가서 줄 서자!"

포피랑 내가 함께 있는 걸 올리브에게 들킬까 봐 불안해졌다. "사람들 틈에서 눈에 띄는 방법 얘기해 줬던 거 기억해?" 나는 멀리 공터를 가리켰다. "저기로 가는 건 어때?"

하지만 포피의 눈은 핸드폰과 인파 사이를 바쁘게 왔다 갔다 할 뿐이었다. 그때 포피의 입이 떡 벌어졌다. "저기 콜이야! 가서 인사해야겠어." 눈 깜짝할 사이에 포피는 인파 속으로 사라졌다.

나는 서둘러 사인회 줄로 돌아왔다. 줄은 많이 줄어들지 않았지만, 사람들이 모두 흥분한 상태였다. 올리브가 나를 발견하자 펄쩍펄쩍 뛰었다. "추첨을 할 거래! 거기에서 뽑히면 배우들을 직접 만날 수 있대!" 올리브는 볼을 감싸 쥐었다. "내가 이겨야 해. 당첨 못 되면 죽을 거야."

"너무 유난 떠는 거 아니야?"

올리브가 나를 향해 간절한 눈빛을 보냈다.

"아, 그러니까 나도 참가해야 네가 뽑힐 가능성이 올라간다, 이거지?"

올리브가 펄쩍 뛰며 나를 껴안더니 마구 춤을 췄다. "이건 여기 행사에 참여한 골수팬을 위한 거라서 경쟁률이 꽤 괜찮다고. 요정 분장한 행사 요원들이 돌아다니면서 응모를 받는다고 했는데…. 저기 있다!" 올리브가 다급하게 가리켰다.

반짝이는 날개를 달고 '승리를 위해 응모하세요'가 적힌 상자를 든 요정 한 명이 다가오고 있었다.

요정이 우리 쪽으로 오자 올리브는 즉시 응모지에 이름을 적고 한 장을 더 달라고 했다.

"한 사람당 한 번만 응모할 수 있어요." 요정이 반짝이는 입술로 말했다.

"제 친구 거예요." 올리브가 팔꿈치로 나를 쿡 찔렀다.

나는 요정한테서 응모지를 받아 이름을 적었다.

"근데 엠마, 마실 건 어디 있어?"

'이런, 깜빡했네.' "바로 가져올게." 주스 트럭으로 가는 길에 몰리와 홀리가 나에게 손을 흔들었다…. 그런데 고블린 복장이었다. "너희 아까는 요정이지 않았어?" 내가 물었다.

"갈아입었어." 몰리와 홀리가 동시에 대답했다.

"추첨에 한 번 더 응모하려고." 몰리가 말했다.

"행사 요원이 한 사람당 한 번만 할 수 있다고 엄청 까다롭게 확인하더라고." 홀리가 말했다.

주스 트럭에 다다랐을 때 또 다른 고블린이 다리를 절뚝거리며 내 옆을 지나갔다. 그 사람 얼굴에는 피가 덕지덕지 묻어 있었다. 가짜 피라는 건 알고 있었다. '그냥 빨간색 물감일 뿐이야.' 하지만 피를 본 순간 머리가 헬륨 풍선처럼 둥둥 떠오르는 것 같았다. 나는 몇 번 숨을 크게 몰아쉬고 사람들 무리에서 벗어나 물가로 걸어갔다.

그래도 계속 어지러운 느낌이 들어서 가방에서 잡지를 꺼내 기사를 읽었다. "확산은 액체나 기체에서 일어난다." 기사에서는 물속에서 식용 색소가 퍼져 나가는 것, 향수 냄새가 흩어지는 것, 뜨거운 물에 찻잎이 우러나는 것과 같은 일상 속의 예시를 들었다.

마침내 마음의 안정을 되찾자 나는 물가 옆에 서 있는 음료 카트로 향했다. 올리브 것까지 해서 오렌지 주스 2개를 챙겼다. 주스를 한 모금 마시면서 저 멀리 풍경을 바라보았다. 아름다운 노을은 오늘따라 유난히 눈부셔서 눈을 뗄 수가 없었다. 바다에서 불어온 바람이 서늘하게 느껴진 나는 허리에 묶었던 점퍼를 다시 입었다.

그때 갑자기 누가 내 이름을 불렀다. 그 소리에 벌떡 일어났다가 주스를 점퍼에 흘리고 말았다. 옷에 묻은 주스를 털어 내고 있을 때 콜이 걸어왔다.

"새똥이야?" 콜이 물었다.

"아니, 오렌지 주스를 흘렸어." 나는 휴지로 주스 얼룩을 닦았다. "오렌지 주스보다 새똥이 낫다는 말은 마."

"흠, 그래도 새똥은 얼룩이 남지는 않잖아." 콜은 고개를 까딱하며 말했다. "게다가 새똥을 맞으면 행운이 생긴다는 말도 있고."

"나는 미신은 안 믿어. 과학적 증거가 필요해."

콜이 씩 웃었다.

"이 동네에서 촬영하는 제일 큰 규모의 드라마에 출연하는 기분은 어때?" 내가 물었다.

"작은 역할일 뿐인데, 뭘."

"하지만 큰 제작사의 작품이잖아. 참, 그나저나 여기에서 뭐 해? 팬클럽이랑 같이 있어야 하는 거 아니야?"

"그것 때문에 자만해지고 싶지 않아. 그리고 사실 팬들이 정말로 좋아하는 건 내가 아니야. 이상적인 내 모습일 뿐이지." 콜이 눈을 피하며 말했다.

콜은 내가 생각한 것과는 다른 아이 같았다. 그렇다고 해서 콜에 대해서 엄청 많이 생각해 본 건 아니지만 말이다.

곁눈질로 힐끗 보니 저 멀리에서 포피가 걸어오고 있었다. 손가락으로 머리카락을 꼬던 포피는 눈이 휘둥그레졌다.

나는 한 걸음 뒤로 물러섰다. "콜, 포피 기억하지?"

"그때 내가 신발 돌려줬던 애구나." 콜은 턱을 들고 웃었다. "안녕?"

포피는 말없이 내 팔을 꽉 쥐었는데 매우 흥분한 상태라는 게 느껴졌다.

하지만 우리가 뭐라고 말을 꺼내기도 전에 어디선가 나타난 여자아이들이 콜 주위로 몰려들더니 우리를 밀어 냈다. "혹시 사진 찍어 줄 수 있어?" 파란 머리의 여자아이가 소리쳤다.

"방금 봤어?" 포피가 말했다. "콜이 나를 보고 웃었다고!"

그리고 팔을 쭉 뻗어 콜을 배경으로 셀카를 찍었다. "넌 어떻게 여기로 콜을 불러낸 거야?"

'내가 부른 게 아닌데.' "음…. 근데 너 팬 미팅은 응모했어?" 내가 물었다.

"무슨 팬 미팅?"

"당첨되면 〈마법의 존재들〉 배우들이랑 직접 만나서 인사할 수 있대." 익숙한 목소리가 대신 대답했다.

주위를 둘러보니 다리가 4개인 유니콘이 보였다. 몰리… 아니면 홀리가 2인용 의상을 입고 있었다.

"뭐라고? 어떻게 하면 되는데?" 포피가 서둘러 핸드폰을 꺼냈다.

나는 상자를 들고 서 있는 요정을 가리켰고, 포피는 그쪽으로 전력 질주했다. 나도 포피의 뒤를 따랐다. 포피는 응모지를 다 쓰고 나를 쳐다봤다. "넌 안 해?"

"나는 이미 응모했거든."

포피는 나를 한쪽으로 밀더니 속삭였다. "하나 더 써 줘, 나를 위해서."

요정이 눈을 가늘게 뜨고 나를 보았다. "한 사람당 한 번만 할 수 있어요." 요정의 얼굴에는 반짝이가 두껍게 발려 있어서 좀 전에 만난 요정과 같은 사람인지 구분할 수가 없었다.

포피의 거절할 수 없는 눈빛에 나는 요정과 눈을 피하면서 말했다. "저는 처음 응모하는 거예요."

요정은 천천히 응모지를 내밀었고, 나는 재빨리 이름을 적었다.

"고마워, 책벌레. 네가 뽑히면 내가 큰 신세 지는 거야." 내가 안도의 한숨을 내쉬기도 전에 포피가 물었다. "그나저나 어떻게 콜을 불러낸 거야?"

포피는 내 대답을 기다렸다. 나는 가장 먼저 떠오른 생각을 입 밖으로 내뱉었다. "확산이야."

"뭐라고?"

"물질은 밀도가 높은 곳에서 낮은 곳으로 이동하는 경향이 있거든."

포피가 코를 찡그렸다.

"생각해 봐. 콜은 사람 많은 걸 안 좋아해. 콜이 휴식을 취하려고 군중 틈에서 벗어나는 건 당연한 거야."

"네 말이 맞아." 포피는 입고 있던 청재킷을 벗고 나에게 건넸다. "두 번째 패션 팁이야. 얼룩이 묻은 옷은 입지 않는다. 타이다이 염색(홀치기 염색이라고도 하며 실로 묶어서 염색하면 묶은 부분은 염색이 되지 않아서 불규칙한 무늬가 나타난다—옮긴이)이 아니라면." 나는 바로 포피의 청재킷을 입고, 양 그림 점퍼를 가방에 쑤셔 넣었다. 포피의 옷을 입으니 멋쟁이가 된 기분이었다.

하지만 포피는 집요하게 캐물었다. "그건 그렇고 어떻게 콜이랑 그렇게 친한 거야?"

나는 콜을 잘 알지 못한다. 포피는 왜 그렇게 생각했을까? 하지만 나를 뚫어지게 쳐다보는 포피의 눈과 마주치자 더 이상 그건 중요하지 않았다. 포피가 나에게 집중하고 있었다. "콜이랑 나는 오래전부터 알던 사이야."

포피의 얼굴이 더 가까워졌다. "정말로?"

"예전에 같은 어린이집을 다녔어." 내가 그 사실을 최근에야 알았다는 것까지 포피가 알 필요는 없었다.

"말도 안 돼! 왜 그 이야기를 이제야 하는 거야?" 포피의 손이 내 팔을 잡았다. "정말로 예전부터 알고 지낸 거야?"

"응." 이 순간에 너무 몰입한 나머지 입이 저절로 움직였다. "콜은 우리 엄마랑도 같이 일해. 우리 엄마가 메이크업 아티스트시거든…. 드라마나 영화 쪽에서 일하셔." 뭐든지 가능하다. 엄마가 메이크업 아티스트인 건 진짜니까….

"진짜 멋지다!" 포피의 흥분한 목소리가 내 안의 무언가를 건드렸다. 그리고 포피가 말했다. "우리 이번 주에 같이 놀래?" 내 머리 위에 떠 있던 먹구름이 걷히고 새하얀 뭉게구름이 피어났다.

Chapter 10
핵연쇄반응

한 번의 핵분열에서 방출된 중성자가
다음 핵분열을 연달아 일으키는 과정

주말 아침, 잠에서 깬 나는 팬케이크를 떠올리며 입맛을 다셨다. 정확하게는 두툼하고 폭신폭신한 일본식 팬케이크였다. 상상만 했는데도 입안에서 팬케이크가 솜사탕처럼 녹아내리는 것 같았다. 예전에는 아빠가 주말이면 화학 실험 도구처럼 생긴 조리 도구로 팬케이크를 만들어 주곤 했다.

먼저 아빠는 가스레인지 위에 비커를 놓고 버터를 녹인 후, 뾰족한 뿔이 생길 때까지 계란흰자를 저어 거품을 냈다. 다음은 삼각 플라스크에 유당 제거 우유(아빠와 나는 둘 다 유당불내증이 있다)를 계량하고, 눈금이 새겨진 실린더에 바닐라 추출물을 넣었다. 그리고 실험 가운을 두르고 안전 고글을 쓴 다음, 마치 마법 약을 만드는 마법사처럼 팬케이크 반죽을 휘저었다. 아빠는 이 전통을 지키는 데 매우 완강한 편이었는데, 한 번은 집 전체가 정전되었는데도 프로판

가스가 달린 분젠 버너(실험에 주로 쓰이는 가열용 실험 도구—옮긴이)를 찾아와서 별일이 아니라는 듯 팬케이크를 계속 만들었다.

오늘 아침으로 바로 그 팬케이크를 먹고 포피와 만나서 논다면 이보다 완벽한 주말은 없을 것 같았다. 부푼 기대를 안고 주방으로 내려가니, 아빠는 표지에 화학 반응식이 그려진 과학 잡지를 읽고 있었다. 아빠가 예전 기억을 떠올리길 바라면서 찬장에서 아빠의 조리 도구를 찾았다.

'아, 여기 있다!' 나는 유리 도구들이 들어 있는 커다란 플라스틱 통을 꺼내서 아빠 앞에 내려놓았다. "오늘 아침은 아빠표 팬케이크를 만들어 주시면 안 돼요?"

"나는 이미 먹었는데." 아빠가 가스레인지를 가리켰다. "네가 먹을 오트밀도 남겨 놓았어."

"제가 도와드릴 수 있는데….."

"다음에 해 줄게. 오트밀은 지금 바로 먹으면 따뜻할 거야."

아빠랑 말싸움해 봐야 소용없다는 걸 잘 알고 있었다. 나는 그릇에 오트밀을 담고 초콜릿을 한 움큼 뿌린 다음 서서히 녹는 모습을 바라보다가 크게 한 입 떠먹었다.

"뭐 읽고 계세요?" 초콜릿과 오트밀 덩어리가 입천장에 달라붙었다.

"핵연쇄반응. 어떻게 연쇄적으로 반응이 일어나는지에 대한 내용이야."

"도미노 효과처럼요?" 내가 물었다.

"응, 맞아. 어떤 사건을 시작으로 비슷한 사건이 연달아 일어나는 거지." 아빠의 눈에서 익숙한 반짝거림이 보였다. "아빠는 어렸을 때 수줍음이 많은 아이여서 내가 편안하다고 느끼는 곳을 벗어난 적이 없었어. 그러던 어느 날 기회를 잡기로 결심했지. 경연 대회에 나가서 과학 실험을 성공한 거야. 그 한 사건이 계기가 되어 다른 일로 연결되었고, 지역 대회, 세계 대회까지 이어졌지. 그러다가 저명한 과학 교수의 눈에 띄었고, 그 교수가 아빠에게 자기 연구소에서 하계 인턴십을 해 보지 않겠냐고 제안했어. 그로부터 몇 년 후 나는 그곳에서 박사학위 과정을 밟게 되었지."

아빠는 잠깐 멈추더니 말을 이어 나갔다. "아빠랑 엄마가 만난 것도 바로 그때야. 우리는 사랑에 빠졌고 결혼을 약속한 뒤 함께 살았어. 매일 밤이면 차와 과자를 먹으면서 하루 동안 있었던 일을 이야기했지. 엄마는 항상 아빠를 위해서 초콜릿을 입힌 과자를 남겨 놓았어." 아빠의 입꼬리가 올라갔다. "나는 첫 직장에서 빠르게 승진했고 책임 연구원이 되었지." 아빠 눈을 가득 채웠던 생기가 사그라들었다.

"이해해요. 예전 직장이 그리우신 거 알아요."

"그렇지 않아. 그땐 근무 시간이 길어서 집에 거의 오지도 못했잖아." 아빠는 고개를 얼른 돌렸지만 눈에는 분명 눈물이 맺혀 있었다.

"그런데 왜 슬퍼하세요?"

아빠는 눈을 닦았다. "알레르기가 또 왔나 봐."

"정말로요? 바로 지금이요?"

아빠는 깊게 숨을 들이마셨다. "진짜야. 아빠는 지금 하는 일이 좋아. 직접 실험도 하고, 문제 해결에 창의성을 발휘할 수도 있고, 예전처럼 다음 회의를 걱정하는 회의를 반복할 필요도 없고."

아빠의 설명은 그럴듯했지만, 실제로는 속마음을 전부 털어놓지 않았다는 느낌이 들었다. 그래서 내 가설을 확인해 보기로 했다. 나는 찬장에서 알레르기 약을 꺼내 아빠에게 건넸다. "여기요, 하나 드세요."

아빠는 몸을 뒤로 빼며 고개를 저었다. "아니야, 괜찮아."

"항히스타민제가 알레르기에 효과가 있다는 건 이미 연구로 입증되었어요."

그래도 아빠는 거절했다. "남용하면 효력이 떨어진다는 사실도 입증되었지."

'그건 저도 알아요.' 아빠가 그리움을 떨쳐 내려면 시간이 더 필요해 보였다. 나는 알레르기 약을 도로 넣어 놓은 뒤 초콜릿을 한 움큼 집어서 입에 조금 넣고, 남은 건 아빠에게 건넸다. "좋은 소식이 있어요. 학교에서 새로운 친구를 사귀었어요. 그 애가 저를 도와주기도 하고, 저도 그 아이를 도와주고 있어요."

아빠가 환하게 웃었다. "참 다행이구나."

"오늘 젤라토 가게에서 만나기로 했어요." 나는 초콜릿 하나를 손가락 끝에 올려놓았다. "거기에 아직도 유당 없는 초콜릿 아이스크림이 없는 거 알고 계세요?"

"믿을 수가 없구나." 아빠는 싱크대로 가서 눈을 씻었다.

나는 시간을 확인했다. "괜찮으시겠어요?"

"응, 걱정하지 마라." 아빠는 뒤로 손을 흔들어 보였다.

나는 포피가 준 청재킷을 걸치고 약속 장소로 향했다.

가게 문을 열자 고소한 와플 콘 냄새가 풍겨 왔다. 포피는 90년대 노래가 흘러나오는 주크박스 옆에 서 있었다. 에펠탑 무늬가 그려진 스카프를 만지작거리며 노래를 선곡하는 중이었다.

가게 구석으로 눈을 돌리자, 검은색 옷을 입은 여자아이의 뒷모습이 눈에 들어왔다. 그 아이를 보자마자 올리브라는 걸 단번에 알아차렸다. '오, 이런.' 어제 올리브를 혼자 두고 집으로 와 버렸는데.

올리브는 뒤를 돌아 텅 빈 컵을 쓰레기통에 던졌다. 입술 위에는 아이스크림이 묻어 있었다.

"안녕." 내가 얼른 인사했다.

"어제는 어디 갔었어?" 올리브가 물었다.

"그게 있잖아, 가짜 피를 묻힌 고블린이랑 마주쳤어." 나는 그렇게 말하면서 올리브의 입술을 가리켰다.

올리브는 입술을 닦아 내고 이해한다는 표정을 지었다. "그것 때문에 힘들어서 집에 간 거구나?"

말문이 막힌 나는 고개만 끄덕이며 DNA 모양 팔찌를 들어 보였다. 올리브도 자기 팔찌를 들어 내 것과 부딪혔다.

"어쨌든 팬 미팅에 응모해 줬으니까." 올리브가 씩 웃었다. "나를 위해 해 줘서 고마워."

나는 별것 아니라는 듯 손을 저어 보였다.

"좋아, 그럼 나가자."

"어디로?"

올리브는 폴짝 뛰어 싸우는 자세를 취했다. "내가 말한 수업 기억 안 나? 닌자 훈련 수업?"

그때 포피가 다가왔고 나는 왠지 모르게 불안해졌다. "서로 누군지 알지?"

포피는 올리브에게 웃어 보인 뒤 다시 핸드폰을 들여다보면서 아이스크림 진열대로 향했다.

"왜 쟤랑 같이 있어?" 올리브가 속삭였다.

"내가 좀 도와줄 게 있어서."

올리브가 의심의 눈길을 보냈다. "뭘 도와주는데?"

"어…. 과학 관련된 일이야."

"그러니까 쟤가 널 이용한다는 거야?"

"아니, 그런 건 아니고. 잘 차려입는 게 성공하는 데 얼마나 중요한지 이야기했던 거 기억해? 포피가 그 문제를 도와줄 수 있을 것 같아서…."

"그러니까 네가 쟤를 이용하는 거네?"

"왜 이렇게 몰아세우는 거야?"

"나는 쟤 좀 마음에 안 들어." 올리브가 갑자기 말을 멈춰서 고개를 돌려보니 아이비와 수지가 있었다.

"여기에서 뭐 하니, 올리브오일?" 아이비가 키득대며 말했다.

"그래, 올리브오일." 수지도 따라 했다.

"난 너희가 하는 말 신경 안 써. 얼른 가자, 엠마." 올리브의 팔찌가 짤랑 소리를 냈다.

"기다려!" 한 손에는 아이스크림콘을 들고 다른 손에는 핸드폰을 든 포피가 우리 쪽으로 걸어오며 외쳤다. "책벌레, 가지 말고 여기 있어."

올리브와 포피 사이를 왔다 갔다 하던 내 눈은 다시 올리브를 쳐다보았다. "어, 그게…. 나는 여기 남아야 할 것 같아."

"정말이야?" 올리브가 눈썹을 찡그렸다. "네 마음대로 해." 쌩하고 돌아선 올리브는 문 앞에서 잠깐 머뭇거리더니 밖으로 나갔다.

아이비와 수지가 어리둥절한 표정으로 포피를 쳐다보았다.

"너희 둘 책벌레 엄마가 영화 메이크업 아티스트인 거 알았어?"

"나는 그런 말 처음 듣는데?" 아이비가 물었다.

"그러게, 왜 이제껏 몰랐을까?" 수지가 골반에 손을 짚으며 말했다.

그 순간 가게 안 공기가 후끈해졌고 나도 모르게 말이 튀어나왔다. "우리 엄마는 화장하는 걸 엄청 좋아해. 하루 종일 화장하면서 놀기도 하고 무료 샘플도 잔뜩 가져오셔."

포피가 호기심 가득한 얼굴로 나를 뚫어져라 쳐다보았다. 내 얼굴에서 화장한 흔적을 찾고 있는 게 분명했다. "그럼 너도 그런 샘플을 받겠네?"

"물론이지!" 나는 당연하다는 듯 대답했다.

"어떤 브랜드인데?" 포피가 물었다.

나는 원심 분리기가 돌아가듯 머리를 굴리면서 그럴듯한 이름을 고민했다. 그때 아이스크림 진열대가 눈에 들어왔다. 초콜릿, 무스트랙스(땅콩버터와 초콜릿이 들어간 바닐라 아이스크림—옮긴이), 복숭아 맛이 있었다. "모모 케쇼." 내가 말했다. "모모는 일본어로 복숭아라는 뜻이고, 케쇼는 화장을 의미해."

포피가 핸드폰을 꺼냈다. "모모 뭐라고?" 포피가 버튼을 눌러 화면을 켰다. "처음 듣는 이름이야. 철자가 어떻게 돼?"

내 입술이 미세하게 떨렸다. "어…. 일본 제품이야…. 그렇게 흔한 건 아니야."

다행히도 포피가 핸드폰을 도로 넣었다. "혹시 나도 샘플 좀 받을 수 있을까?"

"나도?" 옆에서 아이비도 물었다. 이제 보니 아이비는 두꺼운 피부 화장을 하고 있었다.

"나는?" 이번에는 수지가 물었다. 평소와 달리 나를 보며 밝게 웃고 있었다.

"안 될 이유가 뭐 있어." 안 될 이유가 너무나도 많지만 말이다.

"언제 줄 수 있어?" 아이비가 재촉했다.

"어…. 엄마가 지금은 집에 안 계셔서. 돌아오시면 물어볼게."

"지금 영화 찍고 계신 거야?" 포피가 물었다.

나는 말없이 고개를 끄덕였다.

"멋있다!" 수지가 말했다.

"어디에서?" 아이비가 물었다.

나는 다시 아이스크림 진열대를 훑었다. 피스타치오, 솔티드 캐러멜, 프렌치바닐라…. "프랑스." 내가 말했다. "정확하게는 파리에 계셔." 나도 어쩔 수가 없었다. 한 번의 거짓말은 다음 거짓말을 낳으니까.

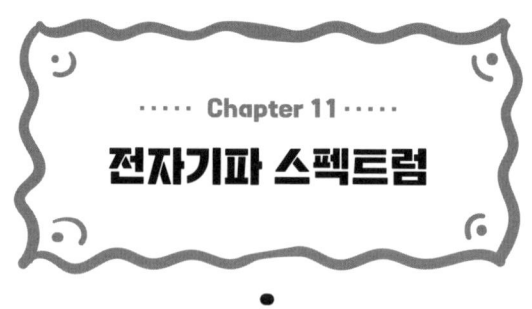

에너지 크기에 따라
전자기파를 나열한 띠

올리브는 평소와 다르게 과학실에 일찍 도착했다. 나와 팔찌를 부딪치더니 쉴 새 없이 말했다. "저번에는 왜 그런 거야? 이제 아이비랑 수지랑 친구라도 된 거야? 아냐, 됐어. 그럴 리가 없지. 네가 너를 놀리던 애들이랑 친구를 할 리가 있겠어?" 올리브는 닌자가 그려진 얇은 책자를 건넸다. "우리 같이 가자!"

나는 큰 흥미가 생기지 않았지만, 책자를 받았다.

"가서 열심히 운동하면 멋진 몸이 될 거야." 올리브는 빠르게 팔을 획 움직였다. "게다가 액션 영화에서 봤던 멋있는 동작들도 배울 수 있어."

"난 정말 내 취향이 아닌 것 같아."

올리브는 두 손을 꽉 움켜쥐고 말했다. "수업 딱 한 번만 들어 보자. 그래도 정 아니면 그때는 안 와도 돼. 하지만 마음에 들면…." 올리브의 눈이 반짝거렸다. "언젠가 우리가 스턴트 대역을 할 수도 있어."

"나는 과학자가 꿈인 거 너도 알잖아."

"부업으로 스턴트를 하는 과학자가 될 수도 있지. 얼마나 멋있어?"

"그래, 알겠어. 수업이 언젠데?"

올리브는 꺅 소리를 지르고 내 팔짱을 꼈다. "오늘 5시야. 편한 옷 입고 와. 진짜 재미있을 거야!"

잠시 뒤 팀버랙 선생님이 교향곡이 요란하게 울리는 옛날 오디오를 들고 느긋한 걸음으로 교실에 들어왔다. 그러더니 갑자기 오페라 가수처럼 높은음을 내질렀다. "빨주노초파남보, 빨강, 주황, 노랑, 초록, 파랑." 그리고 잠깐 쉬었다가 노래를 이어갔다. "남색, 보라, 우리 눈에 보이는 색깔들, 빨주노초파남보." 선생님은 마지막 음을 길게 끌면서 잔뜩 신난 표정으로 교실을 둘러보았다.

교실 앞 칠판에는 전자기파 스펙트럼 그림이 아주 크게 붙어 있었다. "우리 주위에는 다양한 종류의 복사 에너지가 존재해." 선생님은 전자기파 스펙트럼 중에서 빨주노초파남보 색깔이 있는 좁은 부분을 가리켰다. "가시광선 덕분에 우리는 물체를 볼 수 있어. 나머지 다른 모든 전자기파는 눈에 보이지 않아."

팀버랙 선생님은 오디오를 켜서 라디오 주파수를 맞추고 귀를 톡톡 두드렸다. "무선 주파수는 눈에 보이지 않지만, 우리는 음악을 들을 수 있지." 그리고 오디오를 끄더니 이번에는 전자레인지용 팝콘을 한 봉지 꺼냈다. "이 팝콘을 전자레인지에 넣고 돌릴 때, 옥수수알에

파고드는 에너지는 우리 눈에 보이지 않아. 하지만 우리는 이걸 얻게 되지." 선생님은 팝콘 봉지를 열어 통통해진 팝콘을 한 움큼 퍼내 우리에게 보여 준 뒤, 팔을 뻗어 창문 밖을 가리켰다. "자외선도 마찬가지야. 우리 눈에 보이지는 않지만, 햇볕을 쬐면 피부가 까맣게 타."

선생님은 조를 나눈 뒤 태블릿을 하나씩 나눠 주었다. 머리 빗는 아이와 코딩하는 아이, 그리고 올리브가 감마선을 맡았고, 음악 듣는 애와 브레이크 댄서는 엑스레이를, 콜과 몰리, 홀리는 자외선이 되었다. 콜과 같은 팀이 된 쌍둥이는 볼이 발그레해졌다.

나는 포피와 조지와 함께 가시광선을 맡았다. 조지는 뭔가 하고 싶은 말이 있는 것처럼 포피를 계속 쳐다보았고 그 모습을 본 나는 긴장했다. 하지만 조지는 얼굴만 붉히더니 아무 말도 하지 않았다. 아마도 단백질 바를 먹은 게 탈이 난 모양이었다.

반 아이들이 스펙트럼 그림을 공책에 받아 적는 동안 포피가 내 쪽으로 몸을 기울였다. "네가 말한 대로 콜한테서 최대한 떨어져 있는 중인데 사인회 이후로 아무 일도 일어나지 않아." 포피가 한숨을 쉬었다. "다른 사람은 전부 친해지려고 애쓰는 데 나만 멀찌감치 앉아서 아무것도 안 하는 것 같아서 괴로워."

내가 옆에 있던 조지를 팔꿈치로 쿡 찌르자, 조지는 태블릿으로 뭔가를 검색했다. 그리고 화면에 선명한 색깔의 원피스 사진을 잔뜩 띄우더니 포피에게 건넸다. 포피가 태블릿을 보는 동안 조지는 나에게 조용히 말했다. "참을성을 가지라고 전해. 콜이 결국에는 관심을 보일 거야."

"넌 하나도 도움이 안 돼." 나도 낮은 목소리로 말했다.

조지는 화면 쪽으로 머리를 까닥거리며 말했다. "저런 원피스를 입으라고 해. 콜은 밝은색을 좋아하거든."

"그렇게 해서 눈에 띄게 한다?"

조지는 엄지를 척 들어 올리더니 포피를 힐끗 보았다. 나는 C Ho Co La Te 공책을 꺼냈다. "남자가 자기만의 공간을 좋아하는 건 사실이지만, 가끔은 그 남자 눈에 띄어야 한다. 세 번째 조언: 남자의 가시광선 스펙트럼 안에 있어라."

나는 그 페이지를 찢어서 포피에게 주었다. 포피는 화면에서 눈을 떼고 내 글을 읽었지만, 납득한 표정은 아니었다. "왜 콜한테 바로 말을 걸면 안 되는 건지 정말 이해할 수가 없어."

"쇼핑하러 가서 딱 어울리는 원피스를 발견하면 얼마나 신나겠어? 그리고 대중매체 발표 때 그 옷을 입으면 되잖아."

내 말을 들은 포피의 표정이 밝아졌다. "오늘 학교 끝나고 같이 쇼핑하러 가자."

나도 환하게 웃었다.

하지만 안타깝게도 아이비와 수지도 함께 쇼핑을 가게 되었다. 우리는 먼저 지젤네 아이스크림 가게에 갔다. 줄을 서자마자 포피는 핸드폰을 들여다봤다. "벌써 〈마법의 존재들〉 드라마 팬이 엄청 많아! 아직 방송도 안 했는데." 아이비와 수지가 포피 옆에 찰싹 붙어서 같이 화면을 봤다.

우리가 주문할 차례가 되자 포피는 와플 콘에 민트 초콜릿 칩 아이스크림을 주문했고, 수지는 와플 콘에 풍선껌 맛을 주문했다.

"넌 다섯 살이라도 되니?" 아이비가 커피 맛 아이스크림을 주문하면서 수지를 놀렸다. 수지가 어색한 미소를 지었다.

나는 언제나처럼 초콜릿 아이스크림을 보며 입맛을 다셨다. 하지만 화장실로 달려가는 것만큼은 피하고 싶었기에 복숭아 셔벗을 골랐다.

가게 안 칸막이 자리에 앉자마자 아이비가 투덜거렸다. "동생 때문에 미칠 것 같아. 계속 밤에 잠을 못 자. 안 쓰는 방이 온통 개 장난감으로 도배됐는데, 나는 아무 발언권도 없어. 투명 인간 같아." 아이비는 혀를 쭉 내밀었다.

"엄마랑은 이야기해 봤어?" 나도 모르게 말이 튀어나왔다.

"엄마는 내가 나이가 많으니까 알아서 하라고만 해." 아이비는 마치 내가 자기 동생인 것처럼 노려보았다.

"그래도 너의 엄마 아빠는 너를 귀찮게 안 하잖아." 수지가 끼어들었다. "우리 부모님은 맨날 잔소리해. 특히 성적 문제로."

"공부하는 데 도움이 필요하면…." 내가 말했다.

내 말이 끝나기도 전에 아이비가 우리 사이로 머리를 불쑥 넣었다. "명심해 둘게."

"이런!" 포피가 핸드폰에서 눈을 떼고 말했다. "화장품 세일을 아깝게 놓쳤어." 그리고 엄지손가락으로 화면을 휙 넘기더니 말했다. "최고야! 스티브스톤에 있는 인디고 트리 옷 가게에서 지금 세일한대. 당장 가자."

가게 유리창에는 우아하게 차려입은 마네킹 3개가 진열되어 있었다. 안으로 들어가니 유명 브랜드 옷들이 위쪽 벽면에 걸려 있었고, 상점 한가운데 서 있는 나무에는 가방이 잔뜩 매달려 있었다.

수지는 원피스를 하나 꺼내서 포피에게 건넸다. "이 옷 너한테 잘 어울릴 것 같아."

그러자 곧장 아이비도 다른 원피스를 불쑥 내밀었다. "이게 훨씬 나아." 포피는 원피스 2개를 받아 들었다.

나는 무지갯빛 원피스가 눈에 들어왔다. 색깔이 특히 마음에 들었는데, 보라색, 파란색, 분홍색이 섞여 있었고, 이리저리 방향을 돌리면 한 가지 색만 도드라졌다. 포피는 내가 눈여겨본다는 걸 눈치챈 모양이었다. "책벌레, 너도 입어 봐. 잘 어울릴 것 같아!" 나는 원피스를 들고 탈의실로 향했다.

정신을 차려보니 내 품에는 포피가 골라 준 옷이 가득했다. 무늬가 들어간 점프슈트와 찢어진 청바지, 딱 붙는 상의, 검은색 운동복이었다. 나는 옷을 갈아입은 다음 뒤꿈치를 세우고 빙글빙글 돌았다가 거울 앞에서 패션쇼 모델 같은 표정을 지어 보았다…. 하지만 너무 어색해서 그만두었다.

그다음으로는 검은색 운동복을 입고 펄쩍 뛰어 자세를 취했다. 그때였다. '아, 맞다. 닌자 수업….' 나는 허겁지겁 옷을 갈아입고 시계를 보았다. 이미 시간은 절반이나 흘러 있었다. 아무리 늦더라도 가서 올리브를 만나야 했다. 하지만 그러려면 지금 당장 출발해도 늦었다.

포피가 탈의실에서 얼굴을 내밀고 원피스 뒤의 고리를 채워 달라고 부탁했다. '몇 초면 될 거야.' 하지만 고리가 좀처럼 구멍에 끼워지지 않았다. '옷을 왜 이렇게 만든 거야.'

몇 번의 시도 끝에 마침내 고리를 채웠다. '휴, 다행이다.' 포피가 다시 탈의실로 들어가자, 수지가 나와서 지퍼를 올려 달라고 이야기했다. '윽, 이번엔 지퍼네.'

수지의 지퍼를 채우고 막 나가려던 찰나 이번에는 아이비가 나왔다.
"나 단추 잠그는 것 좀 도와줄래? 수지는 첫 번째 단추도 못 잠그더라."

아이비가 맨 윗단추를 잠그는 동안 나는 아래부터 잠그기 시작했다. '빨리 여길 나가야 해.' 심장이 바쁘게 뛰었지만, 손가락은 내 맘대로 움직이지 않았다. 마침내 모든 단추를 다 채운 뒤 나는 서둘러 인사를 하고 가게를 나왔다.

있는 힘껏 달려서 체육관에 도착했다. 매트 위의 사람들은 벽에 붙어 일렬로 줄을 서 있었다. 나는 눈으로 얼른 올리브를 찾았다. 코딩하는 남자애 옆에 서 있는 올리브를 발견하고 손을 흔들었지만, 올리브는 나를 못 본 척했다. 줄에 선 사람들이 허리를 숙여 인사를 하는 걸 보고 내가 수업을 전부 놓쳐 버렸다는 사실을 깨달았다.

올리브가 매트에서 걸어 나왔다. 나는 허겁지겁 달려가 사과했다. "늦어서 미안해."

"넌 그냥 늦은 게 아니야. 늦어도 너무 늦었지." 올리브가 매서운 눈빛으로 쏘아보고는 가방을 들어 탈의실로 들어가 버렸다.

'내 실수를 만회해야 해.'

Chapter 12
가시 스펙트럼

**전자기파 스펙트럼 중에서
우리 눈에 보이는 범위**

오늘은 대중매체 숙제를 발표하는 날이다. 교실에 들어와 보니 한쪽에 책상을 밀어 놓고, 가운데 통로에 의자를 일렬로 배치해 둔 상태였다. 교실 맨 앞 탁자 위에는 프로젝터와 연결된 컴퓨터가 놓였다.

올리브는 나를 보자마자 고개를 휙 돌려 외면했다.

"미안하다고 했잖아."

올리브는 팔짱을 끼고 차갑게 말했다. "말보다 행동이 더 중요한 거 몰라?"

나는 올리브가 팔찌 인사를 안 받아 줄 정도로 화가 나지 않았기를 바라며 슬쩍 팔을 올려 팔찌를 흔들어 보였다.

바로 그때, 포피와 아이비, 수지가 일렬로 걸어 들어왔다. 세 명의 머리 스타일과 화장은 마치 오스카 영화 시상식에 가는 배우처럼 화려했다. 머리 빗는 애와 브레이크 댄서, 그리고 음악 듣는 애는 어찌나 깜짝 놀랐는지 몸을 휘청거렸다. 콜은 아직 교실에 나타나지 않았다.

포피와 수지가 나에게 손을 흔들었고, 나는 올리브를 돌아보며 속삭였다. "쟤들이 더 이상 우리 안 놀리는 거 눈치 못 챘어?"

"그건 네 생각이고." 올리브는 세 명을 노려보았다. "내가 볼 땐 네가 이용당하는 거야."

그 순간 모모 케쇼 화장품이 불쑥 떠올랐지만 애서 머리에서 떨쳐 냈다. "난 그렇게 생각 안 해. 그전까지 쟤네들은 우리에 대해 잘 몰랐던 것뿐이야. 너랑 내가 서로 잘 아는 거랑 다르게."

어느샌가 들어온 고질라 선생님이 우리 얼굴 사이로 손을 넣고 손가락을 탁 튕겼다. "오늘 우리가 해야 할 발표가 아주 많단다." 나는 한 번 더 사과하려고 올리브의 어깨에 손을 올렸지만, 내가 입을 벙긋하려던 찰나 선생님이 나에게 매서운 눈빛을 쏘았다. 콜은 조용히 교실로 들어와서 뒤쪽 구석 자리에 앉았다.

포피, 아이비, 수지가 첫 번째 발표였다. 포피는 나에게 핸드폰을 주면서 자기가 발표하는 모습을 찍어 달라고 부탁했다. 고질라 선생님이 수업 시간에 전자기기 꺼내는 걸 싫어하기 때문에 나는 선생님이 교실 반대편으로 걸어갈 때까지 기다렸다.

포피가 외투를 벗자, 빨간색 드레스가 드러났다. 마치 여우주연상 후보에 오른 사람 같았다. "지금 여기 밴쿠버에서 패션쇼가 열리고 있어요…." 포피는 금색 하이힐을 신고 앞으로 걸어 나갔다.

포피의 모습을 보자 갑자기 과거의 한 장면이 떠올랐다. 아빠 회사에서 열린 크리스마스 파티에 참석했던 엄마도 화려한 드레스에 엄마가 가장 좋아하는 금색 하이힐을 신고 있었다. 나는 머리를 흔들어 엄마의 모습을 떨쳐 내고 발표에 집중하려고 애썼다.

"밴쿠버는 물론이고 전 세계에서 모인 여든 명이 넘는 디자이너들이 모였습니다. 거기에는 체리리 톰슨도 있죠. 그녀가 그 유명한 마드모아젤 LJ 로버트 디자이너 밑에서 패션 공부를 하러 프랑스로 떠난 나이가 겨우 열세 살이었어요." 포피는 '로버트'를 프랑스어 억양으로 말했다. "그녀와 인터뷰하기 위해 현재 파리에 나가 있는 기자와 연결해 보겠습니다. 수지 기자, 나오세요."

수지는 칠흑같이 어두운 머리카락을 귀 뒤에 꽂았다. 수지는 마이크를 아이비 쪽으로 들고 있었는데, 예상하기로 아이비가 유명하다는 마드모아젤 LJ 로버트인 것 같았다. "뛰어난 재능을 가진 체리리 톰슨을 제자로 둔 기분은 어떠셨나요?"

"정말 굉장했습니다. 그녀는 말 그대로 천재예요." 아이비가 그럴듯한 프랑스 억양으로 대답했다. 아이비는 길쭉한 몸매에 어울리는 멋진 재킷을 입은 채였다. 게다가 유명 브랜드의 선글라스를 쓰고 있었는데 얼굴 반을 가릴 정도로 컸다.

나는 잠깐 다른 생각에 빠졌다. '어떤 매력이 있어야 인기를 얻는 걸까?' 나는 공책에 끄적이기 시작했다.

'예쁜 얼굴'

'윤기 나는 머릿결'

'유행하는 옷차림'

'대칭적인 얼굴'

언젠가 얼굴 대칭이 그 사람의 매력도와 관련이 있다는 글을 읽은 적이 있다. 포피 핸드폰의 카메라를 셀카 모드로 돌려서 내 얼굴을 보았다. 안경을 올려 쓰고 머리를 돌돌 말아 올리기도 했다. '나는 매력적인 얼굴인가?' 내 얼굴을 찬찬히 훑어보았다.

그때 고질라 선생님이 헛기침하는 소리에 정신이 들었다. "이게 대중매체의 사실 왜곡과 어떤 관련이 있다는 거지?"

"다들 체리리 톰슨이 어른이라고 생각해요." 아이비가 대답했다.

"하지만 10대 소녀일 뿐이죠." 수지가 말을 이었다. "대중매체는 체리리 톰슨의 나이를 원래보다 더 많이 보이게 해요."

"게다가 패션 산업은 보이는 것만큼 화려하지 않아요." 포피도 거들었다. "최고의 자리에 오르면 정신적인 압박에 시달리기 쉬워요. 모든 사람이 자신을 지켜보고 있으니까요."

포피의 말을 듣자 사진을 찍어 달라는 부탁이 떠올랐다. 고질라 선생님의 눈을 피해 책상 옆으로 핸드폰을 숨긴 뒤 사진을 몇 장 찍었다. 포피와 아이비, 수지는 마치 레드 카펫 위를 걷는 듯 환한 미소로 손을 흔들며 자리로 돌아왔다. 하지만 고질라 선생님은 불만족스러운 표정이었다.

그다음 순서는 몰리와 홀리였다. 둘은 대중매체 때문에 쌍둥이끼리 초능력이 있다는 걸 많은 사람이 믿는다고 말했다. 몰리와 홀리는 쌍둥이라고 해서 언제나 서로의 마음을 읽을 수 있는 거 아니라고 설명했지만, 내가 볼 때 둘은 마음이 잘 통했다.

발표를 끝낸 몰리와 홀리는 손을 마주 잡고 말없이 서로에게 칭찬의 미소를 지어 보였다. 저 두 사람처럼 나에게도 일일이 설명할 필요 없을 만큼 나를 잘 이해하는 사람이 있다면 좋을 것 같았다.

그다음은 조지와 콜의 차례였다. 콜이 교실 앞으로 나가자 여느 때와 같이 넋이 나간 여자아이들의 탄식 소리와 키득거리는 소리가 울려 퍼졌다. 나는 조지와 콜이 하는 이야기를 귀담아듣지는 않았지만, 조지가 눈을 마주치지 못하고 손을 꼼지락거리는 걸 보니 한껏 긴장한 것 같았다. 반면 콜은 그다지 놀랍지 않은 일이지만, 발표에 타고난 재능을 보였다. 콜은 아주 자연스럽게 청중과 눈을 마주쳤는데, 너무 자연스러워서 마치 교실에 나 혼자만 있는 것 같은 느낌이

들 정도였다.

마침내 고질라 선생님이 우리의 이름을 불렀고, 나는 온몸에서 미친 듯이 땀이 나기 시작했다. 위아래 전부 검은색으로 맞춰 입자던 올리브의 설득에 넘어가지 말았어야 했다. 나는 티셔츠를 펄럭여서 옷 속에 바람을 불어 넣은 뒤 교실 앞으로 나갔다.

스물여덟 쌍의 눈이 모두 나에게 집중했다. "안녕하세요, 좋은 아침입니다. 아, 그러니까…. 좋은 오후네요." 내가 떨리는 목소리로 말을 시작하자 교실은 고요해졌다.

"엠마!" 고질라 선생님이 큰 소리로 외쳤다. "시간이 많지 않아." 선생님은 팔짱을 끼고 발을 구르며 나를 더 불안하게 만들었다.

올리브는 팔을 쭉 뻗더니 조심스럽게 자기 팔찌를 내 팔찌에 부딪혔다. 긴장이 조금 풀렸지만, 여전히 입이 떨어지지 않았다. 올리브는 우리가 직접 만든 마이크를 내 손에서 가져가더니 내가 못 한 말을 이어 나갔다. "좋은 오후입니다, 여러분. 저희는 오늘 대중매체가 소녀의 이미지를 어떻게 왜곡하고 있는지 이야기하려고 합니다."

올리브는 원래 내 몫이었던 인사말을 마치고 나에게 화면을 넘기라는 신호를 보냈다. 내가 슬라이드를 넘기자 잡지나 광고, 텔레비전 속의 화려하고 완벽한 소녀들의 사진이 나타났다.

그리고 슬라이드를 마지막 장까지 넘기자 평범한 소녀의 모습이 화면을 가득 채웠다. 마침내 긴장이 풀린 나는 준비한 발표를 이어 갔다 "잡지나 영화, 광고 속의 소녀는 실제 소녀의 모습을 대변하지 않습니다." 교실 전체가 온전히 나에게 집중하고 있었다. "이런 이미지는 우리 모두에게 완벽해야만 한다는 불필요한 스트레스를 안겨 줍니다." 나는 마지막 슬라이드 속 공원에 앉아 있는 소녀의 사진을 가리켰다. "우리는 다른 누구도 아닌 자기 자신이 되어야 합니다."

나는 안도의 한숨을 크게 내쉬었고, 포피와 아이비, 수지를 포함한 모든 아이들이 박수를 보냈다. 조지는 나를 보며 씩 웃었고, 콜도 환하게 웃고 있었으며, 몰리와 홀리는 고개를 끄덕였다. 고질라 선생님은 고개를 숙인 채 뭔가를 적고 있었다.

수업이 끝난 후 나는 올리브에게 도와줘서 고맙다고 인사했다.

"너도 나한테 똑같이 해 줬을 거야." 하지만 올리브의 목소리는 아직 화가 다 풀리지 않은 것 같았다.

"닌자 수업에 가지 못해서 미안해."

"넌 진짜 형편없는 친구야."

"나도 알아."

올리브는 입을 오므렸다. "하지만 나의 가장 친한 친구야."

올리브의 말에 어깨의 긴장이 풀렸다. "다음에는 꼭 갈게."

"이미 등록하기에는 늦었어. 나도 취소할까 봐."

"뭐? 안 돼."

"우리 둘이 같이 하는 게 목적이었단 말이야."

"하지만 너는 하고 싶잖아."

올리브의 눈이 반짝거렸다. "수업에서 진짜 멋있는 동작을 배웠어. 〈닌자 걸스〉에 나왔던 동작이랑 완전히 똑같아."

"그럼 계속 다녀."

올리브는 아랫입술을 질끈 물었다. "이번 주말에 공연이 있어. 네가 보러 온다고 약속하면 계속 다닐게."

"꼭 갈게." 나는 가슴에 손을 얹고 맹세했다.

올리브는 눈을 가늘게 뜨고 말했다. "잊지 마. 말보다 행동이 더 중요하다는걸. 그럼 나는 연습하러 가야겠다." 올리브는 씩 웃어 보이고는 교실을 빠져나갔다.

포피가 긴 빨간 드레스를 입고 힘차게 걸어오더니 좋은 사진을 건졌는지 물어보았다. 나는 핸드폰을 돌려주었다. "이건 흐리게 나왔고…. 이건 눈을 감았고…. 이건 외투를 안 벗었고…. 오, 이거 잘 나왔다." 포피는 화면을 두드리더니 낮게 중얼거렸다. "대중매체 발표 수업. 벨라 스텔라 비앙치니 드레스를 입고. #매력 #레드카펫 #레드드레스 #골드하이힐." 그리고 계속 낮은 목소리로 나에게 물었다. "이게 먹힐 것 같아? 내가 이 드레스를 입어서 콜이 나에게 관심이 생겼을까?"

나는 아무 말도 할 수 없었다. 심지어 포피의 하이힐과 '인기' 목록을 쓰는 데 몰입하느라 콜의 반응을 확인하지도 못했다.

"책벌레! 계획을 잊으면 안 돼. 콜이랑 나는 반드시 팬 미팅 전까지 가까운 사이가 되어야 한다고. 그래야 모두가 우리가 사귄다는 걸 알지."

"어…. 맞아, 분명히 눈여겨봤을 거야." 나는 어떻게 포피를 설득할지 고민하면서 주위를 둘러보았다. 그때 콜이 나와 눈이 마주쳤고, 나처럼 어색한 미소를 짓고 있는 조지와 함께 내 쪽으로 걸어왔다.

"발표 잘하더라!" 콜이 고개를 살짝 기울이며 말했다.

"응, 발표 좋더라, 포피." 조지가 덧붙였다. "내가 콜한테 뭘 좀 보여 줄 게 있었거든. 우리는 나가자."

콜은 어깨를 으쓱하더니 우리에게 손을 흔들고 조지를 따라 교실을 나갔다.

포피는 내 팔을 움켜쥐었다. "으악, 나한테 관심을 보였어." 그리고 익살스러운 표정을 지으며 말했다. "책벌레, 너의 패션에는 변신이 필요해. 이번 주말에 우리 집에 놀러 와."

나는 입이 귀에 걸릴 듯 환하게 웃었다.

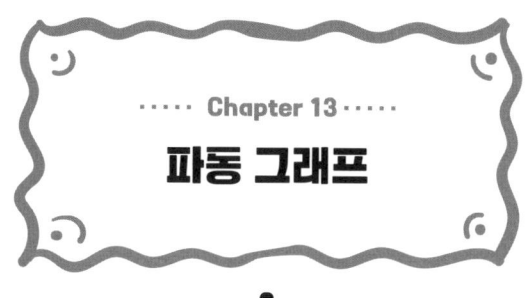

Chapter 13
파동 그래프

**파동의 형태로 전달되는 빛을
그래프로 나타낸 것**

개리 포인트 공원을 지나 포피네 집으로 가는 중이었다. 맑은 하늘에는 태양이 밝게 빛났고, 팝콘처럼 생긴 구름 몇 점이 떠 있었다. 나를 짓누르던 먹구름은 요 며칠 훨씬 가벼워져서 행복이 파도처럼 밀려오는 것 같았다.

그때 하얀 눈이 넓은 들판의 한쪽 끝에서 반대편까지 길게 쌓여 있는 걸 보고 깜짝 놀랐다. 바람에 실려 눈송이가 내 앞까지 굴러왔다. 쭈그리고 앉아 눈송이를 만져 보니 차갑지 않았다. 가짜 눈이었다.

저 멀리에서 〈마법의 존재들〉 드라마 제작진이 촬영 준비를 하고 있었다. 요정 분장을 한 사람들이 반짝거리는 날개를 달고 가짜 눈 위를 깡충거리며 뛰어다녔다.

나는 공원 뒤쪽으로 아파트와 주택이 늘어선 자갈길을 따라 걸어갔다. 내가 포피네 집 뒤쪽으로 갈 거라는 걸 알고 있던 포피는 지붕 위에 있는 부엉이를 찾으라고 일러 줬다. "진짜 부엉이는 아닌데, 눈에 잘 띌 거야." 포피가 말했다.

정말로 지붕 위에 커다란 흰 부엉이가 앉아 있었다. 포피네 집은 내가 생각한 것보다 훨씬 컸다. 거대한 기둥이 시선을 끌었고, 창문은 3층 높이만큼 넓었으며, 마당에는 화덕과 욕조, 바비큐용 그릴이 있었다.

마당 한 켠에는 어떤 여성이 의자에 비스듬히 누운 채 표지에 노을이 그려진 책을 읽는 중이었다. 나를 발견한 그 여성은 다가와 두 손으로 내 손을 잡고는 부드럽게 악수했다. "네가 엠마구나. 나는 포피의 엄마란다." 나를 안심시키는 다정한 목소리였다.

나는 포피의 엄마가 알려 준 방향을 따라 포피의 방을 찾아갔다. 모든 벽과 천장이 순백색이었지만, 무성한 숲 그림과 벨벳 소재의 베개, 그리고 커다란 양초가 집안을 아늑한 분위기로 만들어 주었다. 계단 쪽 높은 천장에는 곡예사처럼 샹들리에가 달려 있었다.

포피의 방이 확실했는데 포피는 그곳에 없었다. 이 방도 널찍한 건 마찬가지였지만, 다른 방과 다르게 엉망진창이었다. 옷과 신발, 액세서리가 사방에 널브러져 있었다. 유일하게 어느 정도 정리된 가구는 침대 옆에 있는 책장이었다. 책장 제일 위에는 유니콘 조각상과 '아빠가 사랑하는 우리 딸'이라는 문구가 새겨진 하트 모양 액자가 놓였다. 액자 속 사진에는 어린 포피와 포피의 아빠로 보이는 사람이 함께 있었다.

그것만 빼면 책장은 책으로 가득했다. 주디 블룸과 그레이스 린,

재클린 우드슨, 수진 닐슨 같은 작가들의 이름이 보였다. 손으로 책등을 훑으며 책장을 구경하고 있을 때 문 너머에서 웃음소리가 들렸다.

포피와 아이비, 수지는 고급 호텔의 엘리베이터 크기만 한 옷방에 있었는데 그곳에는 빨간색부터 보라색까지 가시 스펙트럼에 있는 모든 색깔의 옷이 가득했다. 바닥에는 내가 평생 가진 것보다 더 많은 신발이 흩어진 채였다. 포피가 나를 향해 손짓했다. "책벌레, 너도 들어와." 옷방 안으로 들어가니 포피가 발표날 입었던 금색 하이힐이 눈에 띄었고, 그 위에는 같이 입었던 드레스가 걸려 있었다. 열린 여행 가방 위로 엄마가 제일 좋아하는 구두가 올려져 있었던 그날의 기억이 불쑥 떠올랐다.

"이거 한 번 입어 봐." 포피가 나에게 니트 원피스를 건네며 말했다. 나는 다른 친구와 다르게 브래지어를 하지 않았기 때문에 재빨리 티셔츠 위로 원피스를 입었다. 그런 나를 본 애들이 우습다는 표정을 지었다. 순간 얼굴이 달아올라서 옷방에 딸린 화장실로 몸을 숨겼다.

이번에는 티셔츠를 벗고 제대로 입어 보았다. 조금 헐렁한 부분도 있었지만, 그것 빼고는 나름 괜찮아 보였다…. 내 생각에는 그랬다.

원피스를 입고 나오자 아이비와 수지는 나를 보며 킥킥거렸고, 포피는 다른 원피스를 내밀었다. 위쪽은 꼭 맞고 허리 아래로는 주름이 많이 잡힌 모양이었다. 내가 다시 화장실로 들어가려고 하자 포피가 가슴 패드가 붙어 있는 얇은 끈 민소매도 함께 주었다. "안에 이걸 입으면 더 잘 어울릴 거야."

화장실로 들어가 포피가 준 옷을 입어 보았다. 잘 어울리나? 거울을 보며 자세를 잡아 보았지만 긴가민가했다. 어쨌든 문을 열고 밖으로 나왔다.

이번에는 포피가 씩 웃었고 아이비와 수지는 아무 말도 하지 않았는데, 나는 긍정적인 뜻으로 받아들였다. 포피는 옷장에서 티셔츠 몇 장, 청바지, 치마, 민소매 티셔츠 몇 장을 가득 안겨 주었다. "여기, 책벌레. 너 가져도 돼. 나한테는 너무 작거든."

"고마워!" 나는 최대한 흥분을 가라앉히고 차분한 척 대답했다.

흥겨운 노래가 흘러나오자, 세 명은 벌떡 일어섰다. "우리 틱톡 영상 찍자." 포피가 춤추는 아이비와 수지를 핸드폰 동영상으로 찍었다. 나도 둘을 따라 해 봤지만, 발이 엉기고 팔은 흐느적거렸다. 나는 춤추기를 포기하고 한 주먹 가득 팝콘을 입에 쑤셔 넣었다.

셋은 방금 찍은 영상을 보면서 자지러지게 웃었다. 어색한 상황이 끝났다고 안심하자마자 이번에는 번갈아 가며 입술을 쭉 내밀고 사진을 찍기 시작했다. 호기심이 일어 슬쩍 따라 해 봤는데 내가 너무 우습고 이상하게 느껴졌다. 사진을 다 찍고 나자 마치 핸드폰 게임이라도 하듯 각자 핸드폰을 두드리기 시작했다. '내 굴욕적인 사진은 올리지 말아야 할 텐데.'

잠깐 나 자신이 좋아졌다가도 바로 형편없다는 생각이 들었다. 위아래로… 또 위아래로…. 마치 빛의 파동이 출렁이는 것처럼 감정 기복이 왔다 갔다 했다. 포피가 재미있는 테스트를 해 보자고 했을 때 나는 안도했다. 모두 핸드폰을 들여다보면서 인터넷에 올라온 테스트를 찾았다. 나는 바닥에 있던 청소년 잡지를 집어서 읽기 시

작했다.

1분도 지나지 않아서 아이비가 테스트를 하나 찾아냈다. "나는 몇 살에 첫 남자친구가 생길까?" 포피와 수지 모두 의욕적이었고, 나는 테스트에 낄 수 있다는 사실만으로도 기뻤다.

아이비가 첫 번째 질문을 읽었다.

1) 당신은 몇 살인가요?
   a. 9세 이하
   b. 10~12세
   c. 13~15세
   d. 15세 이상

포피와 아이비, 수지는 모두 열세 살이라서 c라고 답했다. 아직 열두 살인 나는 b였다.

"너 아직 열세 살이 아니야?" 아이비가 늘 하던 잘난 척하는 말투로 물었다.

"내 생일이 12월이라서." 내가 말했다. '나도 어쩔 수 없어.'

포피는 다음 질문을 읽었다.

2) 좋아하는 사람이 있나요?
    a. 아주 많음
    b. 한 명 있음
    c. 연예인을 좋아함
    d. 없음

아이비는 소리 죽여 웃으며 대답했다. "난 아주 많아."

"〈즐거운 프레이저 고등학교〉 드라마에 나온 휴 길모어 완전 멋있어!" 수지가 얼굴에 부채질을 했다. "난 c야. 연예인을 좋아함."

"흠, 나는 b랑 c야. 곧 연예인이 될 사람을 좋아하거든." 포피는 긴 한숨을 내쉬었다.

"뭐가 문제인데?" 수지가 물었다.

"이미 걔를 좋아하는 여자애들이 엄청나게 많아." 포피가 대답했다. "게다가 계속 팬이 늘어나. 줄어들 생각이 없어."

"그게 무슨 상관이야?" 수지가 말했다.

"뻔하지 않아?" 아이비가 끼어들었다. "다른 사람이 선수치기 전에 포피가 콜이랑 사귄다는 걸 사람들이 알아야 해."

"꼭 그런 건 아니야." 포피가 말했다. "하지만 팬 미팅에 당첨되면 콜과 1대 1로 만날 기회를 얻으니까 콜이 그 사람을 좋아하게 될 수도 있잖아. 만약 콜과 내가 팬 미팅 전까지 특별한 사이가 되지 못하면, 완전 끝이야."

무거운 압박이 내 어깨를 짓눌렀다.

"그냥 데이트를 신청해 보지 그래?" 수지가 말했다.

아이비가 눈살을 찌푸리며 타박했다. "그야 절박한 사람처럼 보이면 안 되잖아. 너도 참!"

수지는 입술을 깨물었고, 포피는 머리카락을 꼬았다. "그래도 내가 뽑힐 가능성이 다른 사람보다는 높으니까." 포피가 나를 보며 눈을 찡긋했다.

나도 애써 웃어 보였지만 얼굴이 뻣뻣하게 굳어 버렸다. 올리브의 부탁으로 한 번 더 응모했기 때문에 내가 뽑힐 가능성은 두 배였다. '내가 뽑히면 안 돼. 만약 뽑히면 둘 중에 누구를 골라야 하지?' 사람을 잘못 고르는 건 화학 실험에서 잘못된 시약을 넣는 것과 똑같다. 그러면 모든 게 내 얼굴로 폭발할 수가 있다. 손바닥에는 땀이 삐질삐질 났고, 눈동자는 갈 곳을 잃고 이리저리 움직였다. 그러다가 포피의 유니콘 조각상이 눈에 들어왔다. 몰리와 홀리가 유니콘 복장을 했던 것이 생각났다. 잠깐만…. 순전히 학률적으로 따진다면 몰리와 홀리가 뽑힐 가능성이 컸다. 몰리와 홀리는 계속 다른 옷으로 갈아입으면서 내가 본 것만 해도 최소 세 번은 응모했을 테고, 게다가 두 명이니까 가능성은 더 올라간다. '걱정할 필요 없어.' 나는 손바닥에 난 땀을 옷에 문질러 닦으며 대답했다. "d. 나는 없어."

"아무도 없어?" 포피가 물었다. "조지는 어때?"

"조지가 왜?"

포피가 다 안다는 듯 웃으며 말했다. "걔가 너한테 마음이 있는 것 같아. 네 옆에만 오면 긴장하잖아."

'조지가 내 촉매라는 걸 몰라서 다행이다.' "난 그렇게 생각 안 해. 그럼 다음 질문은 뭐야?" 내가 말했다.

3) 당신의 가슴 크기와 가장 비슷한 건 무엇인가요?

    a. 포도(청소년 브래지어)

    b. 자두(A~AA컵)

    c. 사과(B~C컵)

    d. 멜론(D컵 이상)

흠, 내 가슴은 건포도에 가까운데. 그때 아이비가 큰 소리로 말했다. "엠마는 건포도랑 비슷하지 않아?" 나랑 비슷해 보이는 수지가 웃음을 터뜨렸다. 포피와 아이비는 주먹 크기 사과만 했는데, 아이비는 가슴을 모으더니 대답했다. "d. 멜론." 그리고 서둘러 다음 질문으로 넘어갔다.

4) 다리나 겨드랑이에 털이 얼마나 났나요?

   a. 하나도 없음

   b. 조금 있음. 셀 수 있는 정도

   c. 셀 수 있는 정도는 아니지만 많지는 않음

   d. 면도를 해야 할 정도로 아주 많음

"나는 거의 평생 털을 밀었어." 아이비가 흡족한 듯 말했는데, 왜 그런지는 이해할 수 없었다. 하지만 그도 그럴 것이 아이비와 나는 한 번도 같은 파장 위에 있었던 적이 없었다.

수지는 팔을 들어서 겨드랑이를 보았다. 털이 하나도 없는 걸 확인하고는 실망한 표정을 지었다.

포피가 말했다. "나는 셀 수 있는 정도는 아니지만 많지는 않아서 면도할 필요가 없어." 그리고 셋은 나를 쳐다보았다. 나는 하나도 없었다.

이 모든 게 남자친구를 사귀는 것과 어떤 관련이 있다는 걸까?

그리고 두려운 질문이 이어졌다.

5) 생리는 언제 시작했나요?

   a. 9세 전에

   b. 10~11세

   c. 12~13세

   d. 14세 이후에

이 이야기를 하는 것만으로도 나는 머리가 어질해졌다. 아이비는 열 살 때 시작했다고 했다. 포피는 열두 살이었고, 수지는 곧 시작할 거 같다고 확신했다. 그리고 다시 모두가 나를 쳐다보았다. 나는 도대체 이게 남자친구를 사귀는 것과 무슨 상관이라는 건지 전혀 이해가 되지 않았다.

6) 데오드란트(땀 냄새를 없애 주거나 땀 발생을 줄여 주는 화장품-옮긴이)를 사용하나요?
  a. 사용할 필요 없음
  b. 필요하지만 사용하지는 않음
  c. 운동할 때만 사용함
  d. 매일 사용함

"난 매일 써." 아이비가 자랑하듯 말했다.
"c. 운동할 때만 사용해." 수지가 답했다.
아이비는 수지를 보며 말했다. "넌 c가 아니라 b라고 해야 할 것 같은데." 그러자 수지는 자기 겨드랑이 냄새를 맡았다.
포피는 어깨를 으쓱하며 말했다. "난 굳이 쓸 필요 없는 것 같아."
"나도." 내가 말했다. 나는 이 질문이 크게 개의치 않았고, 다음 질문도 마찬가지였다.

7) 여드름이 얼마나 있나요?

a. 하나도 없음

b. 두어 개

c. 조금

d. 여러 개 또는 많음

"나는 하나도 없어." 내가 말했다. 아이비와 수지는 학기 초에 자주 그랬던 것처럼 차갑게 나를 노려보았다. "난 b." 아이비가 멋쩍게 웃으며 말했다. 아이비는 두꺼운 피부 화장을 하고 있었다. 수지는 뺨에 난 여드름 하나를 손바닥으로 가렸다. 아무래도 포피의 피부가 제일 좋은 것 같았다.

8) 남자들이 당신을 어떻게 생각하는지 신경 쓰나요?

a. 신경 쓰지 않음

b. 약간

c. 가끔

d. 항상

"나는 별로 신경 안 써." 아이비가 머리를 넘겼다. "남자들이 나를 안 좋아한다면 그건 걔네가 아쉬운 거지."

수지는 어깨를 으쓱하며 대답했다. "나는 b랑 c 사이인 것 같아."

"인정하고 싶지는 않지만, 난 신경 써." 포피가 말했다.

나는 신경 쓰지 않는다고 대답했고 한 번 더 따가운 시선을 받았다.

9) 자기 자신이 예쁘다고 생각하나요?

    a. 그렇지 않음

    b. 가끔

    c. 자주

    d. 항상

아이비는 자기 몸매를 과시하며 말했다. "물론이지."

"나는 c에 가까워." 수지가 대답했다.

"난 b." 포피가 말했다. 아이비와 수지는 나만큼 놀란 것 같았다. 나도 b라고 답하려고 했다. 어떻게 포피처럼 예쁜 아이가 나랑 같은 생각을 할 수 있을까? 이건 말도 안 된다. 하지만 이 테스트 자체도 말이 안 된다.

아이비는 각 점수를 더해서 결과를 말해 주었다. "나는 거의 1년 전부터 남자친구를 사귈 준비가 되었고, 포피, 너는 완전히 준비가 끝났어. 수지는 1년은 더 기다려야 한대. 그리고 엠마는 몇 광년은 걸린대."

"그러고 보니까 말인데, 너희 엄마는 아직 안 돌아오셨어?" 포피가 물었다.

나는 심장이 덜컥 내려앉았다.

"우리 줄 샘플은 받았어?" 아이비도 관심을 보였다.

나는 떨리는 숨을 내쉬며 말했다. "맞다, 화장품 샘플."

세 명 모두 예쁘게 다듬은 눈썹을 치켜올리며 내 답을 기다렸다.

나는 잔뜩 긴장한 채로 횡설수설 말을 늘어놓았다. "잠을 충분히 못 자면 염증 수치가 올라가고 스트레스 호르몬이 분비된다는 연구 결과가 있어. 그래서 여드름 같은 피부 문제가 심해질 수 있대."

아이비는 내 눈을 매섭게 노려보며 말했다. "내가 동생 때문에 잠 많이 못 잔다고 얘기했지. 스트레스받게 하지 마!"

나는 이를 꽉 다물었다.

"책벌레, 너희 엄마 언제 돌아오셔?" 포피가 물었다.

나는 엄마의 마지막 말을 떠올렸다. "곧 보자, 우리 딸."

"곧." 나도 모르게 입이 저절로 움직였다. 엄마는 아직 연락이 없고, 엄마랑 대화한 지도 시간이 꽤 흘렀다. 분명 일 때문에 바쁘신 게 분명했다…. 여행 중이시거나. '맞아, 바로 그거야!' 엄마는 아마 신호가 잘 안 잡히는 곳에 계셔서 그럴 거야. "엄마가 좀 멀리에 가셨어. 인터넷이랑 전화가 안 되는 곳이야. 조그만 산악 마을에 계시거든." '제발 입 좀 다물 수 없는 거야?'

"파리에 계신 줄 알았는데." 포피가 말했다.

나는 침을 꿀꺽 삼켰다. "응, 그랬는데 다른 곳으로 이동하셨어. 영화 찍다 보면 그럴 때가 있나 봐."

"와, 너 엄청 자유롭겠다. 우리 엄마가 그렇게 집에 없으면 얼마나 좋을까." 수지가 투덜거렸다.

아이비는 입술을 꾹 다물었다. "가끔 비행기 타면 좋을 것 같아." 아이비는 이번만큼은 다소 진지한 눈빛으로 나를 보았다. "그래서 언제 집에 오시는데?"

손목시계를 내려다보자 2시를 가리키고 있었다. "이틀 뒤에." 내가 말했다.

그렇게 숨 막히는 심문이 멈췄다.

일단 당분간은 말이다.

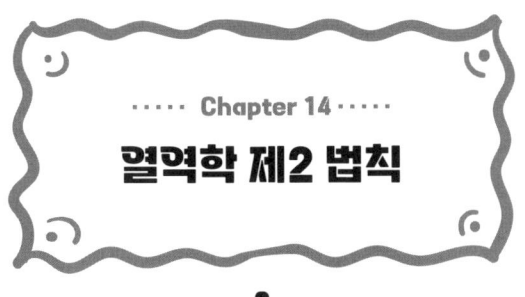

Chapter 14
열역학 제2 법칙

**엔트로피, 즉 우주의 무질서는
시간이 흐를수록 계속 증가한다**

 이틀이라니? 난 왜 그렇게 촉박한 날짜를 말했을까? 있지도 않는 화장품 샘플을 어떻게 구하지? 소용돌이가 내 머릿속을 휘저었다.
 뭐라도 찾을 수 있을까 싶어서 엄마의 방으로 들어갔다. 늘 그랬던 것처럼 아빠의 공간은 지저분했고, 엄마의 공간은 깔끔했다. 특히 덩굴과 장미가 금속으로 조각된 고풍스러운 화장대 주변이 잘 정돈되어 있었다. 아무도 손대지 않은 것처럼 깔끔해서 가게에 진열된 가구 같았다. 서랍장을 열어 살펴보니 립스틱과 아이섀도, 파운데이션 몇 개가 나왔다. 안타깝게도 전부 사용한 것뿐이었다.
 맨 아래 서랍에서 발견한 엄마의 향수를 머리 위로 뿌려보았다. 향을 맡으니 엄마가 좋아하는 꽃을 증류시켜서 아빠가 직접 만든 향수였다는 사실이 기억났다. 좋은 생각이 떠올라 계단을 서둘러 내려갔다.

주방에서는 갓 지은 밥과 녹차, 수프의 포근한 냄새가 풍겼다. 유리그릇이 이리저리 부딪치는 소리가 나자 마음이 두근거리기 시작했다. 아빠가 오랜만에 요리 실험을 하면서 시험관에 조미료를 넣고, 플라스크에 액체를 붓고, 색깔이 변할 때까지 휘젓고 있는지도 몰랐다.

주방은 엉망이었지만 요리 때문은 아니었다. 아빠가 오차즈케(밥 위에 따뜻한 녹차를 붓고 고명을 얹어 먹는 일본 요리-옮긴이)를 먹고 있었다.' 밥 위에 건더기 수프를 넣고 뜨거운 물을 부어서 완성하는 즉석 제품이었는데, 컵라면처럼 만들기 쉬웠다.

나는 한숨을 쉬었다. 아빠한테서 후루룩 소리가 났다. 그래도 시도해 볼 만했다. "아빠, 저 화장품 만드는 거 도와주시면 안 돼요?"

아빠는 밥을 먹다 말고 고개를 들었다. "아직 화장할 나이는 아니지 않니?"

"제가 쓰려는 게 아니에요."

"그러면 왜 필요한데?"

'친구를 주려고 만든다고 말하면 아빠는 아까랑 똑같은 대답을 하실 거야.' "학교 숙제예요."

"필요한 건 이미 다 있잖니." 아빠는 관자놀이를 두드리며 말했다. "여기에 말이야."

"아빠랑 같이하면 좋을 것 같아서요. 예전처럼." 이 말을 하자마자 나는 단순히 아빠와 화장품을 만들고 싶은 게 아니라는 걸 깨달았다. 나는 정말로 예전의 우리 사이가 그리웠다. 아빠의 눈을 보니 아빠도 분명 같은 생각인 것 같았다. "몇 개 더 만들어서 엄마한테도 선물해요. 엄마가 고객한테 써 볼 수도 있잖아요."

아빠는 자리에서 벌떡 일어났다. "나는 일하러 가야 해."

"알겠어요, 그럼. 저 혼자서 할게요." 하지만 난 방법을 몰랐다.

그때 마침 전화벨이 울려 받아 보니 올리브였다. "진짜 놀라운 게 뭔지 알아?" 올리브는 내 대답을 기다리지 않고 말을 쏟아 냈다. "팬 미팅에서 웬트워스 마법사의 마법 공연도 하고, 심지어 옥타비아 황제의 액션 동작도 볼 수 있대."

"그러니까 관객도 볼 수 있다는 뜻이네? 그럼 그냥 공연 티켓을 사지 그래?"

"이미 하나 샀어. 하지만 그거랑은 전혀 다르다고."

"무슨 뜻이야?"

"너 같으면 아인슈타인이 실험하는 걸 바로 앞에서 보고 싶니, 아니면 옆에서 보고 싶니?"

"가까울수록 더 좋겠지."

"그래서 우리가 당첨돼야 한다는 거야!"

"결과는 언제 나와?"

"핼러윈이야."

"그러면 몇 주밖에 안 남았네."

"그러게." 올리브는 활기찬 목소리로 말했다. "오늘 밤에 닌자 공연 있는 거 잊지 마."

"내가 그걸 어떻게 잊겠어."

전화를 끊고 방으로 돌아온 나는 서성이면서 좋은 아이디어를 고민했다. 실험 식물이 여전히 시들어 있었지만, 아직 가망이 있어 보여서 물을 조금 더 주고 비료도 더 뿌렸다.

화분 아래쪽에는 토끼 저금통이 있었다. 나는 돈을 탈탈 꺼내 얼마나 모았는지 세 보았다. 유명 브랜드의 화장품을 살 정도는 안 되길래 다시 저금통에 돈을 넣다가 문득 좋은 생각이 떠올랐다.

나는 돈을 전부 지갑에 챙긴 뒤, 포피가 준 목이 깊게 파인 티셔츠를 입고 아빠가 토끼 저금통을 사 주셨던 일본 달러스토어(1달러짜리 저렴한 제품을 판매하는 생활용품 할인점—옮긴이)로 향했다. 그곳에서는 인테리어 소품이나 정원 소품, 또는 일본에서 수입한 문구류나 간식 등 다양한 제품을 살 수 있었다.

가게에 들어서자마자 거대한 화장품 판매대로 직진했다. 선반 위에는 립스틱과 블러셔부터 아이섀도나 가짜 속눈썹까지 다양한 제품이 가득 진열되어 있었다. 나는 내 돈으로 살 수 있는 만큼 바구니에 담았다. 립스틱 3개, 블러셔 3개, 파운데이션 몇 개. 모두 옅은 복숭아색이었다. 그리고 남은 돈으로 연분홍 셀로판지와 초콜릿 막대 과자를 샀다.

집으로 돌아오는 버스 안에서 모모 케쇼의 상표를 어떻게 디자인할지 고민했다. 공책을 꺼내서 이것저것 끄적이다가 소용돌이 위에 복숭아가 그려진 그림을 몇 개 완성했다. 하지만 아무리 봐도 복숭아 같지 않았다. 종이를 찢고 다시 그리기를 반복했지만, 마음에 드는 건 하나도 없었다. '이런!'

 어느새 내 가방은 구겨진 종이가 가득한 재활용 쓰레기통이 되었다. 가만히 '모모'라는 글자를 바라보았지만 생각나는 거라곤 몰리브덴 원소 기호인 'Mo'를 두 번 썼다는 것뿐이었다. 그럼 그렇지. '내가 무슨 예술가라고.' 내 뇌를 장악한 과학적 지식을 탓하며 상표 그리기를 포기해 버렸다.
 나는 《과학의 오늘과 내일》을 꺼내 열역학 제2 법칙을 읽었다. 우주는 항상 무질서를 좋아한다는 내용이었다. 맞는 말이었다. 정리보다는 어지르기가 더 쉽다.
 버스에서 내렸지만 집에 가고 싶지는 않아서 개리 포인트 공원으로 걸어갔다. 그곳에는 〈마법의 존재들〉 제작진이 또 모여 있었다. 각종 영화 장비와 조명이 해변에 가득했고, 뒤로는 웅장한 배 한 척이 바다에 떠 있었다.
 "안녕!" 고개를 돌려보니 목에 부적을 달고 망토를 입은 한 남자가 보였다. 그 남자가 망토의 모자를 벗자 콜이라는 걸 알았다. "여기에서 뭐 해?" 콜이 물었다.

나는 자세히 말하고 싶지는 않았다. "그냥 맑은 공기나 쐬려고."
잠깐, 이건 콜의 정보를 캐낼 좋은 기회다. "있잖아, 네가 가장 좋아하는 영화는 뭐야?"

"〈마법의 존재들〉이지."

"제일 좋아하는 음식은 뭐야?"

"피자."

"그렇구나." 콜은 쭉 늘어나는 치즈 광고에 나왔었다. "좋아하는 색깔은?"

"석양빛 주황색." 참 이상하다, '쭉 늘어나요' 치즈와 같은 색이라니. "좋아하는 음료는?"

"캐모마일 차."

"진심이야?" 나는 웃음이 새어 나왔다. "모든 음료 중에서?"

"왜? 캐모마일을 마시면 마음이 편안해진다고."

"캐모마일에 당뇨랑 암에 좋다는 항산화 물질이 있다곤 하지만, 아직 연구 시작 단계라서 단정할 수는 없어."

콜이 실실 웃으며 말했다. "넌 좀 다른 것 같아."

"그게 무슨 말이야?"

"넌 나를 그냥 남자처럼 대하잖아."

"너는 그냥 남자가 맞으니까." 그때 바람이 불어와 머리카락이 내 얼굴을 덮었다.

콜은 손을 내밀어서 내 머리를 정리해 주었고, 콜의 손가락이 이마를 스치고 지나갔다. 등에서 이상한 간질거림이 느껴졌다. 아마도 바람이 옷을 간지럽혀서 그런 모양이었다.

"네가 그렇게 나에 대해 물어보는 거 좋다." 콜의 짙은 녹색 눈동자가 나를 뚫어져라 쳐다봤다.

"안 그럴 이유가 없잖아?"

"보통 사람들은 이미 나에 대해 알고 있다고 생각하거든. 나한테 와서 나를 좋아한다고 말하지만, 그건 그냥 내가 드라마나 광고에 나왔기 때문이야."

"사람들이 너를 좋아하지 않는 게 좋겠어?"

"내 말을 오해하진 마. 물론 이 드라마에 출연할 수 있어서 행운이라고 생각해. 하지만 사람들이 나를 있는 그대로 좋아해 주길 바랄 뿐이야. 원래 현실을 그대로 받아들이기는 어렵잖아, 너도 알겠지만."

"내 생각에 한 번쯤은 조금 비현실적인 것도 좋은 것 같아."

콜은 생각에 잠긴 듯 고개를 기울였다.

"너는 배우잖아…. 네가 아닌 다른 사람이 될 수 있다는 게 때로는 숨통이 트이지 않아? 현실에서 탈출하는 거지."

"그럴 수도 있지. 하지만 결국에는 현실로 돌아와야 하는걸."

"그렇겠네."

콜은 팔을 뻗어 풍경을 따라 훑었다. "너는 저 중에서 무엇이든 될 수 있다면 뭐가 되고 싶어?"

"흐음." 나는 둘러보다가 커다란 배를 가리켰다. "저거! 웅장하고 아름다워." 그리고 위로 몸을 쭉 늘이며 말했다. "게다가 저렇게 키가 커진다면 좋을 것 같아."

콜이 피식 웃음을 터뜨렸다.

"왜?" 나는 팔짱을 끼고 말했다. "진심이야. 키가 작으면 사람들은 마치 내가 안 보이는 것처럼 계속 와서 부딪혀. 내 능력을 보여 주려면 더 많이 노력해야 하고, 높은 곳에 닿으려면 발판이 필요해. 성공과 큰 키가 연관성이 있다는 연구 결과도 있다고. 키가 큰 게 훨씬 좋아."

콜은 자기 생각은 다르다고 말했다. "나는 항상 키가 작은 사람의 인생이 더 편하다고 생각했어. 자동차나 비행기에서도 항상 자리가 넓고, 숨바꼭질도 잘하고, 무엇보다도 인파를 빠져나가기가 쉽잖아." 콜은 그렇게 말하면서 먼 곳을 응시했다.

"너는 뭐가 되고 싶어?" 이번에는 내가 물었다.

"나는 바다의 물결이 되고 싶어. 자연에 어우러져서 파도 소리를 들으며 휴식하는 거지."

"중학생치고… 진지한 생각이다."

"사실 나는 한 살 더 많아. 과목 몇 개를 낙제했거든." 콜의 얼굴이 발그레해졌다.

"아, 그래서 네가 그렇게 키가 큰 거구나." 나는 까치발을 들고 섰다가 언뜻 콜의 보조개를 보았다. 여자아이들이 콜이 잘생겼다고 말하는 이유를 알 것 같았다.

그때 헤드폰을 쓴 여성이 콜을 향해 손짓했다. "여기서 좀 더 구경하지 그래?" 콜이 물었다.

화장품 샘플을 포장해야 하는데 아직 그럴싸한 상표를 생각해 내지 못했다. "미안, 나 가 봐야 해."

"우리는 여기에서 몇 시간 동안 촬영할 거니까 마음 바뀌면 와."

"응, 알겠어." 발걸음을 돌리기 전에 마지막으로 물어봐야 할 게 있었다. "넌 포피를 어떻게 생각해?"

"누구?" 콜의 눈썹은 V가 거꾸로 뒤집힌 모양이 되었다.

"있잖아, 네가 신발 받았던 여자아이…. 사인회에서 나랑 같이 있었고… 빨간 드레스 입었던 친구." '이런, 느낌이 좋지 않은데.' "포피 싱클레어 몰라?"

"아, 누구 말하는지 알 것 같다."

'알 것 같다고?' 팔이 가볍게 떨려 왔다. "네가 포피한테 발표 좋았다고 말했잖아. 나도 옆에서 들었어."

"그건 엠마 너한테 한 말이었어. 대중매체가 소녀에게 불필요한 스트레스를 준다는 말이 인상적이었거든."

'뭐라고?' "포피한테 한 말이 아니었다고?" '큰일 났다.'

콜이 촬영장으로 돌아가자마자 나는 해결책을 찾기 위해 조지의 집으로 달려갔다.

끓는점

액체가 수증기로 변하는 온도

조지가 현관문을 열자마자 나는 말할 틈도 주지 않고 몰아붙였다. "콜이 포피가 누군지도 잘 몰라. 어떻게 된 일이야?"

조지가 손바닥을 문지르며 말했다. "시간이 필요하다고 말했잖아. 좀 기다려 봐."

"포피가 엄청나게 실망할 거야. 어떻게든 손을 써야 해!"

그러자 조지는 눈을 가늘게 뜨고 고개를 끄덕였다. 뭔가 음모를 꾸미는 것 같았다. "포피는 뭘 좋아해?"

"그걸 왜 알고 싶은데?"

"그냥." 조지는 눈을 피하며 말했다. "포피에 대해 알면 너한테 조언해 주는 데 도움이 될 것 같아서."

'조지 말이 일리가 있어.' "포피는 책을 좋아해. 그리고 화장에도 관심이 있어. 그런데….." 나는 가방을 들어 올렸다.

"그런데 뭐?"

"내가 포피에게 화장품 샘플을 주기로 했는데, 어쩌다 보니 존재하지도 않는 고급 해외 브랜드 제품이 있다고 해 버렸어." 그리고 가방을 열어 좀 전에 구매한 저가형 화장품을 보여 주었다. "그렇다고 이걸 비싸 보이게 변신시킬 시간도 능력도 없어." 나는 땅이 꺼지라 한숨을 쉬었다.

조지가 손으로 볼을 쓸더니 물었다. "이 화장품이 있으면… 포피가 좋아할 거라는 거지?"

나는 고개를 끄덕였다.

그러자 조지는 순식간에 태블릿 PC를 가져왔다. "브랜드 이름이 뭐라고?"

나는 가방 속에 마구 쑤셔 넣었던 종이 뭉치를 펴서 상표를 그리려고 애쓴 흔적을 보여 주었다. "모모는 복숭아를 뜻하고, 케쇼는 화장을 의미해."

조지는 화면에 눈을 고정하고 손으로 쓱 움직였다가 두드렸다가 빙글빙글 돌렸다. 그리고 몇 분도 안 지나서 결과물을 보여 주었다. 거기에는 내가 지금껏 본 것 중에서 가장 예쁜 복숭아가 있었다. 마치 위로 떠오르는 듯 반짝이는 소용돌이에 둘러싸여 있었고, 맨 위에는 모모 케쇼라는 이름이 아치 모양으로 쓰여 있었다.

"와, 조지, 너무 예쁘다!"

조지는 머리카락을 쓱 넘기며 뿌듯한 표정으로 물었다. "포피가 좋아할 것 같아?"

"응. 하지만 아직 전문가용처럼 보이게 포장할 일이 남았어." 나는 혀를 쭉 내밀었다.

"내가 할 수 있어."

'왜 저러지?' 아마 조지는 자기의 충고가 먹히지 않아서 기분이 상한 모양이었다. 물론 나는 조지의 제안을 거절할 생각이 없었다.

조지가 화장품과 연분홍색 셀로판지를 챙겼다. "걱정하지 마. 콜이 곧 포피에게 관심을 보일 테니까."

조지네 집에서 우리 집까지 가려면 포피의 집을 지나쳐야 했는데, 문득 콜이 촬영 중이라는 사실이 떠올랐다. 포피의 집 초인종을 누르자, 편한 옷차림을 한 포피가 문을 열어 주었다. 한 손에는 용을 타고 있는 소녀가 그려진 책을 들고 있었다.

"안녕, 포피. 연락 안 하고 와서 미안…. 너도 알겠지만 내가 핸드폰이 없잖아. 그건 그렇고, 콜이 지금 개리 포인트 공원에서 촬영하고 있어."

포피가 후다닥 책을 내려놓았다. "지금?" 그리곤 내 대답을 듣기도 전에 계단 위로 뛰어 올라갔다. 몇 분 만에 내려온 포피는 손을 덮을 정도로 소매가 긴 티셔츠에 청바지를 입고, 머리는 하나로 높게 올려 묶은 차림이었다.

공원에는 트레일러가 길게 늘어서 있었다. 다양한 액션 장면을 촬영하는 모습이 눈에 들어 왔다. 고블린과 트롤이 해변을 따라 마구 뛰었고, 콜을 포함한 망토를 입은 남자들은 커다란 배 위에서 웬트워스 마법사를 둘러싸고 있었다. 멀리에서도 촬영장의 활기찬 분위기가 느껴졌다.

포피는 넋을 잃고 구경했다. "콜 정말 멋지다. 책벌레, 솔직히 말해 봐. 우리가 팬 미팅 전에 커플이 될 가능성이 얼마나 될까?"

"음…. 팬 미팅 때 공연도 할 거라던데. 혹시 당첨이 안 될 수도 있으니 공연 티켓이라도 미리 사두는 건 어때?"

"장난해?" 포피는 제정신이냐는 표정으로 나를 보았다. "너라면 무대 위에서 내가 좋아하는 사람이랑 손 뻗으면 닿을 거리에 서 있을래, 아니면 다른 사람이 친한 척하는 걸 멀리에서 지켜보기만 할래? 게다가 내가 뽑히면 거기에 온 모두 사람의 시선을 한 몸에 받을 거라고."

"가까이에서 보는 게 더 좋겠지." 나는 재빨리 배를 가리키며 화제를 돌렸다. "저 배 위에 타면 정말 멋질 것 같지 않아?" 내 말에 포피가 배를 올려다보더니 다시 드라마 촬영에 집중했고, 나는 속으로 안도했다.

드라마 감독이 계속 소리쳤다. "컷…! 액션…! 컷…!" 같은 장면을 여러 번 반복해서 촬영하는 모양이었다. 콜은 망토에 달린 모자를 계속 정돈했다.

그때 갑자기 포피가 옆에서 나를 끌어안았다. "여기 데려와 줘서 고마워. 너무 신나!" 포피는 핸드폰을 꺼내서 내 어깨에 손을 올리고 셀카를 찍더니 핸드폰 자판을 두드렸다. "책벌레랑 보내는 즐거운 시간."

'포피가 SNS에 나를 언급했어.' 내 마음은 활발한 전자처럼 방방 뛰었다.

"그러고 보니 넌 콜이 여기에서 촬영한다는 걸 어떻게 알았어?" 포피가 물었다.

나는 분장실 트레일러를 바라보며 평범한 얼굴을 멋지게 바꿔 주는 엄마의 모습을 상상했다. "엄마가 말해 주셨어."

"너희 엄마는 언제 볼 수 있는 거야?"

"그게…. 다시 떠나셨어…. 일 때문에."

"그럼, 집에 오셨었다는 거네? 화장품 샘플 좀 받았어?"

조지가 화장품 포장을 상표 디자인의 절반만큼만 해도 아무것도 걱정할 게 없었다. "응, 받았어."

어느덧 해가 뉘엿뉘엿 넘어가고 드라마 제작진들은 촬영을 마무리하고 있었다. 그때 저 멀리에서 위아래 모두 검은색으로 차려입은 사람들의 웃음소리가 들려왔다. 처음에는 드라마 제작진인 줄 알았는데, 점차 거리가 좁혀지자 아니라는 걸 깨달았다.

"이런, 놓쳐 버렸네." 무리 속에서 한 남자가 말했다.

"앞으로 며칠간 여기에서 촬영할 거래." 이번에는 다른 사람이 말했는데, 코딩하는 남자애인 것 같았다.

"돌아가자." 또 다른 익숙한 목소리가 말했다.

'올리브다. 맞다, 오늘 공연 보러 오라고 했는데!' 나는 재빨리 포피 뒤로 몸을 숨겼다.

"무슨 일이야, 책벌레?"

하지만 올리브는 나를 보고 말했다. 나는 올리브에게 달려가 변명을 늘어놓았다. "네가 생각하는 그런 게 아니라…."

"내가 어떻게 생각하는데?" 올리브의 목소리에서 화가 잔뜩 묻어 나왔다.

"우연히 촬영하는 걸 보게 됐어…. 난 네가 〈마법의 존재들〉을 얼마나 좋아하는지 잘 알잖아. 네가 바쁠 것 같아서…. 나라도 촬영을 구경하지 않으면 네가 분명 화를 낼 거라고 생각했어. 정말 맹세코 너한테 말해 주려고 본 거야." 올리브의 눈이 사진을 찍고 있는 포피에게로 향했다. "포피는 사진 찍어 주려고 같이 온 거야. 그래야 너한테 보여 줄 수 있으니까."

올리브의 표정을 살펴보니 내 변명은 아무래도 관심 없는 것 같았다. "넌 분명 약속했어."

"정말 미안해, 올리브."

"어떻게 나한테 이럴 수 있어? 나는 너를 위해서 언제나 네 옆에 있었는데, 왜 너는 그러지 않는 거야?" 올리브는 다시 포피 쪽으로 눈길을 돌렸다. "난 계속 너에게 무슨 사정이 있을 거라고 생각했어. 이제 보니 너한테 나는 더 이상 중요한 사람이 아닌가 봐." 올리브의 눈에 눈물이 고였다.

"넌 나에게 중요한 사람이야." 나는 마른침을 꿀꺽 삼켰다. "진심으로 미안해."

"그 얘긴 이미 들었어." 올리브는 몸을 휙 돌려 떠나 버렸고, 슬픔을 머금은 공기가 나를 무겁게 짓눌렀다.

머릿속에는 이 말만 되풀이되었다. "말보다 행동이 더 중요해."

Chapter 16
판구조론

**지구의 표면을 이루고 있는
여러 개의 판이 움직인다는 이론**

바로 다음 날 과학 시간에 나는 한 번 더 사과하기 위해 곧장 올리브에게 갔다. 올리브는 나를 보자마자 등을 돌리더니 몰리와 홀리에게 뭐라고 말을 했다. 그러자 둘은 올리브를 위해 자리를 내주었고, 올리브는 둘 사이에 앉았다. 올리브의 손목에 DNA 팔찌가 없는 걸 확인한 나는 어깨에 힘이 툭 풀렸다. "너희들 그 팬 미팅이 VTVZ 프로그램에서 생방송 될 거라는 이야기 들었어?" 올리브는 아무렇지 않은 목소리로 말했고, 그래서 나도 더 속상해졌다.

올리브와 화해할 방법을 고민하고 있을 때 포피가 나타나 내 팔짱을 꼈다. 포피 바로 뒤에 서 있던 아이비와 수지는 나에게 화장품 샘플을 언제 줄 수 있냐고 물었다. "곧 줄게." 나는 그렇게 대답하면서 눈동자를 굴려 조지를 찾았다. 때마침 조지와 콜이 함께 교실로 들어왔다. 조지를 향해 손을 흔들자, 콜이 자기에게 인사한 줄 알았는지 내 쪽으로 걸어왔다.

포피는 눈이 휘둥그레지며 내 팔을 꽉 붙잡았다. "책벌레, 나랑 자리 바꾸자. 빨리."

포피와 나는 자리를 바꿨다. 포피의 속눈썹이 나비의 날개처럼 파르르 떨렸다. 콜이 포피 옆자리에 앉자, 포피의 얼굴에 환한 미소가 피어났다.

그때 별안간 귀를 찢을 정도로 요란한 사이렌 소리가 울렸다. 그리고 팀버랙 선생님이 진짜로 지구가 흔들리는 것처럼 온몸을 떨면서 교실로 들어왔다. "모두 주목. 얼른 책상 밑으로 들어가서 손으로 머리를 가리거라."

콜 주위에 있던 여자아이 두 명이 콜과 같은 책상 아래로 비집고 들어갔다. 포피는 정신없이 머리를 손질하느라 기회를 놓치고 말았다. 브레이크 댄서와 머리 빗는 애는 포피 옆 책상 아래로 몸을 숙였지만, 포피는 내 책상 밑으로 들어왔다. 조지도 우리와 같은 책상으로 뒤따라 들어왔다. 포피는 팔꿈치로 나를 쿡 찌르더니 내 귀에 대고 말했다. "봐봐, 조지가 너 좋아하는 거 맞지?"

나는 동의하는 척하면서 우리를 보고 있는 조지에게 눈짓했다. 조지는 실제 지진이 일어난 것처럼 정말로 긴장한 눈치였다.

팀버랙 선생님이 사이렌 소리를 멈췄다. "지구는 역동적인 행성이란다." 그리고 거대한 지각판이 그려진 지구본을 꺼냈다. "지구의 표층은 단단한 판으로 이루어져 있는데, 이 판들은 서로에 의해 움직여. 가장 무시무시한 자연재해는 지각판 경계에서 일어난다고 볼 수 있지. 예를 들면….” 선생님은 2개의 판이 만나도록 밀었다. “이 두 판이 딱 붙어 꼼짝 못 하게 되면 에너지가 쌓이기 시작해. 그러다가 서로 떨어지면 방출되는 에너지가 너무 강력해서 지진이 일어나는 거지.” 선생님은 계속 몸을 떨면서 문밖으로 나갔다.

아이비가 키득거리며 말했다. “올리브 걸음걸이 같네.”

“맞아.” 수지도 거들었다.

평소의 올리브라면 아이비의 조롱을 가만두지 않았을 테지만, 오늘만큼은 아무 말 없이 고개를 푹 숙인 채 몸을 웅크리고 있었다. 올리브 대신 말 한마디 못 하는 내가 너무 미웠다.

팀버랙 선생님이 폴짝 뛰어 들어오더니 중요한 공지를 전달했다. “다음 주에 중요한 시험을 볼 거야. 이번 학기 동안 배운 모든 내용이 시험 범위란다.” 선생님은 다시 한번 더 몸을 떨더니 입 주위에 양손으로 확성기 모양을 만들어 크게 외쳤다. “아주 큰 게 올 거라

고. 알았니?" 선생님은 코 먹는 소리를 내며 웃었다. 시험은 특별한 순서 없이 다양한 주제가 뒤섞일 거라고 했다. "모든 지식을 통합해서 생각할 줄 알아야 좋은 결과가 나올 거야."

수업이 끝나자 여자아이 몇 명이 콜에게 곧장 달려갔는데, 콜은 바쁜 일이 있다고 둘러대며 교실을 나섰다. 그러다 나와 눈이 마주친 순간 고개를 살짝 숙여 인사를 해 왔다.

나는 조지에게 물었다. "너 화장품 가지고 왔어?" 힐끗 보니 포피는 여전히 자리에 앉아 인상을 쓰고 있었다. 내가 벌떡 일어나 포피에게 걸어가자 조지도 내 뒤를 따라왔다.

"무슨 일이야?" 내가 물었다.

"제대로 되는 게 없어. SNS에 글을 계속 올리면서 콜의 관심을 끌어 보려고 했는데, 콜은 눈길도 주지 않아. 그리고 시험공부는 손도 못 댔어." 포피는 고개를 푹 숙였다. "내가 인기가 있다고 해서 성적에 아무 관심이 없는 건 아니야."

포피의 말은 뜻밖이었다. "내가 공부하는 거 도와줄 수 있어." 공부야말로 내가 포피를 확실히 도울 수 있는 일이었다.

"그러면 좋겠다!" 그렇게 말한 포피는 표정이 굳더니 조지에게 자리를 비켜 달라고 말했다. 조지가 가는 걸 확인한 포피가 말했다. "콜이 나를 좋아하지 않는 게 분명해. 내가 콜한테 인사했더니 인사를 받아 주긴 했는데, 형식적인 느낌이었어. 마치 모르는 사람인 것처럼 말이야." 포피의 억양이 높아졌다. "네 말대로 하면 된다는 거 확실해?"

이건 조지와 이야기를 해 봐야 하는 문제였다. 그때 조지에게 화장품 샘플이 있다는 게 떠올랐다. "금방 돌아올게."

나는 조지에게 가서 조용히 속삭였다. "포피가 의심하고 있어. 우리가 나서서 뭐라도 해야 해."

조지는 포피를 슬쩍 보더니 말했다. "네가 포피 집에 가서 공부 도와줄 때 나도 같이 갈게!"

"뭐? 왜?"

"이제는 전부 흔들어 버릴 때야! 내가 콜을 데리고 갈게."

포피가 우리를 뚫어져라 쳐다보고 있어서 조지에게 더 많은 걸 물어볼 시간이 없었다. 조지에게 받은 화장품 샘플을 가져가자 포피의 표정이 밝아졌다. "조지는 정말 다정하구나." '뭐라고?' "너를 위해서 화장품을 들고 왔잖아." 포피가 나를 올려다보며 말했다. "나도 조지처럼 착한 남자친구가 있었으면 좋겠다."

나는 어색하게 웃어 보였다.

포피는 핸드폰을 꺼내 내가 준 화장품 사진을 찍었다. "독특한… 일본 제품…. 오, 복숭아 이모티콘 넣어야지."

포피가 자판을 바쁘게 두드리면서 핸드폰 삼매경에 빠져 있을 때, 나는 C Ho Co La Te 공책을 꺼내서 적기 시작했다. "지구의 표층은 움직이는 판으로 이루어져 있다. 판들은 서로 부딪히기도 한다." 나는 선생님이 한 말을 그대로 정리했다. "판들이 서로 분리될 때 쌓였던 에너지가 방출되면서 지진이 일어나게 된다." 나는 포피와 콜을 각각 2개의 판이라고 생각했다. "네 번째 조언: 만약 당신이 좋아하는 남자를 따라 움직이지 못하고 꽉 막힌 기분이 든다면, 상황을 뒤흔들 무언가가 필요하다!"

조지가 무슨 속셈인 건지 알 수 없었지만, 일단 포피의 집에 놀러 갈 때까지는 조지의 조언을 따라 보기로 했다.

Chapter 17
섭입

**하나의 지각판이 다른 지각판
밑으로 들어가는 지질학적 현상**

나는 과학 학습 카드와 필기 공책을 챙겨서 포피네 집으로 향했다. 가는 길에 보슬비가 조금씩 떨어지더니 불과 몇 초 만에 물방울이 젤리 크기만 해져서 옷이 홀딱 젖고 말았다.

문을 열어 준 포피의 엄마는 비에 젖은 나를 보고 눈이 동그래졌다. "전화하지 그랬니. 마중 나갔을 텐데."

"괜찮아요. 비 조금 맞은 건데요." 안경을 벗어 티셔츠에 물기를 닦고 있자 어디선가 갓 구운 고소한 냄새가 풍겨 왔다.

수건을 가져온 포피의 엄마가 내 재킷을 벗겨 주더니 차를 마실 건지 물었다. 아줌마를 따라 주방으로 들어가다가 현관에 떠 있는 불빛이 내 눈을 사로잡았다. '물리적으로 저게 어떻게 가능하지?' 저 조명을 붙들고 있는 무언가가 있어야 했다. 걸어가면서 조명을 살펴보니 천장에서 내려온 아주 얇은 끈이 조명을 고정하고 있었다.

주방은 밝고 아늑했고, 가운데에 커다란 탁자가 자리했다. 천장에서 길게 늘어뜨린 조명이 탁자를 환하게 비추었다. 탁자 위 쟁반에는 초코칩 쿠키가 놓였다. 따뜻하고 촉촉한 쿠키를 한 입 베어 먹으니 입안에서 바로 녹아내리는 것 같았다.

"학교는 어떠니, 엠마?" 짧은 질문이었지만 많은 의미가 담겨 있었다.

"과학 수업이 제일 재미있어요."

"포피가 그러는데 너희 아빠가 과학자시라면서?"

"네, 화학자세요." 난 빨리 주제를 바꾸었다. "아줌마는 무슨 일 하세요?"

"나는 인테리어 디자이너야." 포피의 엄마가 허공에 손가락을 빙글 돌리면서 말했다. "여기도 내가 꾸민 거란다."

"너무 멋져요. 집이 정말 예뻐요."

"고맙구나. 언제든 놀러 오렴." 그 말을 듣자, 가슴에서 이상한 느낌이 들었다. 마치 심장을 담요로 감싼 것 같았다.

때마침 포피가 주방으로 들어와서, 우리는 같이 공부를 하러 계단을 내려가 게임방으로 향했다. "난 진짜 과학이 제일 어려워." 포피는 팀버랙 선생님의 수업이 선생님처럼 엉망이라고 불평했다. "꼭 그렇게 모든 걸 뒤죽박죽으로 가르쳐야 하는 거야?"

"선생님이 말씀하신 것처럼 과학은 어디에나 있으니까. 내 생각에 선생님은 우리가 틀에서 벗어나 생각하길 원하시는 것 같애. 나중에 분명 도움이 될 거야." 나는 학습 카드를 꺼내 질문을 하나 읽었다.

지각판의 움직임에는 어떤 형태가 존재하는가?
a. 수렴한다
b. 갈라진다
c. 변형된다
d. 위 세 가지 전부

포피는 천장을 올려다보며 물었다. "콜은 어쩜 그렇게 매력적일까?"

"정답은 d. 3개 전부야." 포피는 내 말에 집중하고 있지 않았다. 조금 있으면 조지가 여기에 올 테고, 포피 마음속에는 콜 생각뿐이니 당연했다. 나는 얼마 전에 쓴 글을 포피에게 건넸다.

"뒤흔들라고? 이게 무슨 의미야?"

"학습 카드 하나만 더 하면 그때 말해 줄게." 나는 게임방의 미닫이문을 힐끗 쳐다보았다.

그때 아이비와 수지가 자기 집이라도 되는 것처럼 자연스럽게 계단을 내려왔다. "왜 우리를 이 파티에 초대하지 않은 거야?" 아이비가 라임을 한 입 베어 문 것처럼 인상을 쓰며 말했다.

내가 묻고 싶은 질문을 포피가 대신 말했다. "여긴 어쩐 일이야?"

"네가 인스타그램에 올린 글 봤어." 수지가 말했다. "화장품 받았다며."

나는 둘에게도 화장품 샘플을 주었다. 아이비가 곧바로 포장을 뜯은 뒤 파운데이션을 자기 얼굴에 발랐다. 나는 아이비가 분명 불평을 늘어놓을 거라고 생각했다. 하지만 아이비는 "나쁘지 않네"라고 말하며 콧잔등을 두드렸다.

수지도 화장품을 마음에 들어 하더니 놀랍게도 내 학습 카드에 관심을 보였다. "이건 뭐야?"

"학습 카드야." 내가 대답했다.

"나도 같이 해도 돼?" 수지가 물었다. "우리 부모님이 성적 안 오르면 핸드폰 뺏어 버린다고 했거든."

"물론이지." 나는 한 명이라도 관심을 보여서 기뻤다. 다음 학습 카드를 읽으려던 찰나, 포피가 방금 읽은 내 조언을 자세히 설명해 달라며 다그쳤다. 나는 시계를 확인하고 다시 문을 쳐다봤다. 올 때가 됐는데도 조지는 나타나지 않았다. '계속 시간을 끌자.' "학습 카드 하나 더 하기로 약속했잖아." 나는 포피가 다른 말을 꺼내기 전에 얼른 다음 문제를 읽었다.

섭입은 무엇인가?
a. 두 지각판이 멀리 떨어지는 것
b. 두 지각판이 부딪히는 것
c. 지각판이 부서지는 것
d. 한 지각판이 다른 지각판 밑으로 들어가는 것

포피는 눈동자를 이리저리 굴렸고 수지는 이마를 찌푸렸다. 아무도 답하지 않을 것 같아서 내가 말했다. "정답은 d. 한 지각판이 다른 지각판 밑으로 들어가는 것."

그러자 반대편에 있던 아이비가 크게 외쳤다. "그냥 네가 정답을 우리 시험지 밑으로 슬쩍 넣어 주는 건 어때?" 아이비가 짓궂게 웃었다.

포피의 눈이 동그래졌다. "그렇게 해 줄래?"

"어…." 나는 계속 문을 쳐다보며 속으로 외쳤다. '조지, 제발 빨리 와!'

수지는 소매 끝을 만지작거리며 말했다. "우리 부모님은 오빠나 언니들한테는 항상 칭찬만 하면서 나한테는 냉정해." 그리고 간절한 눈으로 나를 보며 말했다. "내가 이번 시험을 잘 보면 엄마 아빠도 달라질 거야."

나는 다시 손목시계를 내려다보았다. 약속 시간이 지나 버렸다.

"책벌레!" 포피가 두 손을 꼭 맞잡으며 빌었다. "제발."

'조지랑 콜이 오지 않으려나 봐. 난 망했어.' "그래, 알겠어. 내가 도와줄게."

그때 누군가 문을 두드렸다. 조지가 드디어 콜을 데리고 왔다. 포피는 벌떡 일어나 서둘러 머리를 정리하고 입술에 립글로스를 발랐다.

문이 열리자 조지와 콜이 들어왔다. 조지는 포피에게 눈이 크게 그려진 책과 메이크업 브러시를 주었다. 나는 좀 이상하다고 생각했지만, 포피는 아무렇지 않게 조지에게 받은 책을 나에게 건넸다. "다정하기도 하지, 책벌레. 조지가 너에게 주려고 화장 배우는 책을 가져왔어."

조지는 나를 쳐다보더니 포피에게 눈을 돌렸다. 포피가 콜의 뒤를 따라가자 콜이 말했다. "너도 여기 있을 거라고 조지가 말하더라."

"당연히 나도 있지. 여긴 내 집이니까." 포피가 사랑에 빠진 눈으로 수줍게 웃었다. 나와 눈이 마주친 콜은 의아한 표정을 지었고, 나는 어깨를 으쓱해 보이며 옆에 있던 조지를 팔로 쿡 찔렀다. 조지는 테니스 채가 달린 게임기를 꺼내더니 말했다. "2대 2로 게임할래?"

그러자 포피가 먼저 선수 쳤다. "콜이랑 내가 같은 팀 할게." 아이비는 화장품을 계속 만지작거리고 있었고, 수지는 학습 카드를 넘겨 보는 중이었다.

어쩔 수 없이 조지와 내가 한 팀이 되어 게임을 했다. 공이 높게 올라갈 때마다 포피는 실제 경기를 하는 것처럼 높게 뛰었다. 공을 맞히면 휙 하는 소리가 요란하게 났다. 포피와 콜은 점수를 딸 때마다 서로 손뼉을 마주쳤고, 그럴 때면 포피는 나를 보며 동그란 눈으로 활짝 웃었다.

조지는 경쟁심이 지나친 건지 계속 콜과 포피를 노려보았다. 한 번은 두 사람에게 너무 집중하느라 조지의 캐릭터가 네트를 들이받기도 했다. 그럴 때마다 게임 속에서는 우렁찬 소리가 났다. "쾅! 아이쿠." 조지는 몇 번이나 그랬다. 쾅! 아이쿠. 쾅! 아이쿠. 그러다가 마지막에는 네트 위로 넘어져 바닥에 쓰러지고 말았다. 쿵! 우리는 눈물이 날 정도로 웃었다.

그때 위층에서 말소리가 들려왔다. "왜 이렇게 소란스러운 거니?" 포피의 엄마였다.

조지와 콜은 동시에 문 쪽을 쳐다봤고, 조지는 얼른 포피와 콜을 번갈아 보며 눈치를 살폈다. 조지도 나처럼 둘이 죽이 잘 맞는지 궁금해하는 것 같았다.

포피의 엄마가 우유와 쿠키를 가지고 계단을 내려왔다. "공부는 잘되고 있니? 왜 이렇게 시끄러운 거니?"

"책벌레가 두 지각판이 서로 부딪힐 때 어떻게 되는지 보여 줬어요." 포피는 손바닥을 마주쳤다. "쾅!" 그리고 방긋 웃어 보였다.

포피의 엄마가 다시 올라가자마자 포피는 잔뜩 신나서 속삭였다. "어떻게 조지랑 콜을 데려온 거야?"

"너도 알다시피 콜이 조지랑 사촌이고…."

포피가 양손을 번쩍 들었다. "너랑 조지…. 둘 사이에 뭐 있는 거지?"

"어, 그게…." 나는 혀를 살짝 깨물었다. 어쩌면 조지랑 내가 서로 호감이 있다고 생각하게 두는 것도 괜찮을 것 같았다. 이번 기회에 포피랑 유대감도 쌓고, 서로 비밀을 털어놓고, 좋아하는 남자 이야기를 하는 사이가 될 수도 있다. 그 기회를 놓칠 수는 없었다. '침착해. 아무렇지 않게 대답하자.' "그러니까…. 그렇다고 볼 수 있지. 하지만 일을 키우고 싶진 않아."

포피는 잔을 들며 말했다. "새로운 관계를 위하여." 포피가 말하는 게 우리 둘의 관계인지, 나와 조지의 가짜 관계인지, 아니면 포피와 콜 사이에 새로 생길 관계인지는 알 수 없었다. 하지만 상관없었다. 포피는 만족스러운 표정이었고, 나도 잔을 들어 건배했다. 분위기에 너무 취한 나머지 나는 아무 생각 없이 우유를 한 모금 마셔 버렸다. 곧장 배가 뒤틀리기 시작했다.

나는 얼른 화장실로 들어갔다. 한 모금만 마셔서 천만다행이었다. 화장실에서 나오자 포피가 내 어깨에 팔을 두르며 말했다. "우리 전부 같이 놀면 어때? 너랑 조지랑 나랑 콜이랑."

우리가 함께 노는 그림을 상상하자 내 마음은 붕 떠올랐다. 그렇게 얼토당토않은 말은 아니었다. 방금도 재미있게 테니스 게임을 했으니까 말이다.

뭔가 우르릉하는 소리가 들렸지만, 이번에는 내 배에서 나는 소리가 아니었다. 아이비와 수지가 나를 향해 매서운 눈빛을 보냈고, 내 행복한 꿈은 순식간에 펑 하고 터져 버렸다.

유화

**본래 잘 섞이지 않는
두 물질이 섞이는 것**

도대체 무슨 생각으로 포피와 아이비, 수지에게 부정행위를 도와주겠다고 했을까? 지키지도 못할 약속을 또 하나 해 버렸다. 나는 심란한 마음에 초콜릿을 먹으러 주방으로 내려갔다.

아빠는 비커 모양 컵에 담긴 오렌지 주스를 마시고 있었다. 내가 조리 도구를 꺼내 놓은 뒤로 아빠가 사용하는 걸 목격한 건 이번이 처음이었다. 어쩌면 예전의 아빠로 돌아올 수 있지 않을까 내심 희망이 생겼다.

"아빠, 있잖아요. 만약 아빠의 친구가 도움이 필요하면 어떻게 할 거예요?"

"그 친구를 도와주겠지." 아빠는 눈금 플라스크에 메이플 시럽을 부으며 대답했다.

"그런데 그게 잘못된 일이라는 걸 아는 상황이라면요?"

"그럼 하지 않겠지." 시럽 뚜껑을 덮으려고 하던 아빠가 플라스크를 툭 치는 바람에 시럽이 왈칵 쏟아졌다. "오, 이런 내 버키볼!" 아빠가 손을 씻으러 싱크대로 걸어가는데, 코듀로이 바지 뒤에 매달린 양말 한 짝이 눈에 들어왔다. 아빠는 친구 관계를 물어보기 적합한 사람이 아닐지도 모르겠다.

아빠가 다시 식탁에 앉자, 나는 무엇을 읽고 있는지 물어보았다.

"유화 작용에 관한 팁. 물에 잘 섞이는 물질과 물에 잘 섞이지 않는 물질을 어떻게 혼합하는지 말이야. 물과 기름처럼." 그리고 나를 똑바로 바라보며 물었다. "학교 숙제는 어떻게 됐니?"

'갑자기 학교 이야기는 왜 물어보시는 거지?' 내가 부정행위 하려는 걸 눈치채셨나?

"이 글이 도움이 될 거다. 화장품 만들 때 유화 작용이 자주 사용되거든."

나는 속으로 안도의 한숨을 내쉬었다. "감사해요. 제가 알아서 잘하고 있어요." 나는 엄지를 올려 보이고는 아빠가 캐묻기 전에 얼른 자리를 피했다.

공원을 거닐면서 나는 깊은 생각에 빠졌다. '커닝을 해야 할까, 하지 말아야 할까?' 그때 저 멀리에서 전속력으로 달리는 유니콘에 온 신경을 뺏겼다. 유니콘에는 무지개색 갈기와 반짝이는 날개가 달렸고, 머리 한가운데 솟은 뿔에는 왕관이 씌어져 있었다. 내가 가까이 다가갔을 때는 제작진이 분장을 지우는 중이었다. 분장과 소품이 사라지고 나자 평범한 말만 남았다.

집에 가고 싶지 않아서 언제든 바다 책방으로 향했다. 책방 안 카페에서 두유 핫초코를 시킨 뒤, 화분에서 단백질이 자라나는 것 같은 표지의 과학 잡지를 들고 구석의 편안한 자리에 앉았다. 특집 기사의 개요 부분을 막 읽었을 때 딸랑거리며 문이 열리더니 포피가 들어왔다.

이렇게 마주친 걸 보니 포피에게 아직 공부할 시간이 있다고 설득할 좋은 기회였다. 하지만 내가 말을 꺼내기도 전에 포피는 깊은 한숨을 내쉬었다. "우리 아빠가 요즘 큰일을 맡으셔서 집에 못 오신 지 꽤 되었어. 아빠 보고 싶다." 그리고 주위를 둘러보며 말했다. "좀 엉뚱하게 들릴 수도 있는데 이렇게 책들에 둘러싸여 있으니까 아빠 생각이 나네."

나는 이제 내 별명이 정말로 마음에 들었다. 그리고 포피에게 전혀 엉뚱하게 생각하지 않는다고 말했다. 나도 엄마가 좋아하는 것만 봐도 같은 감정이 든다고 말하고 싶었지만, 그것만큼은 입이 떨어지지 않았다.

지금까지 포피와 나는 물과 기름처럼 너무 다른 사람이라고 생각했다. 하지만 포피에 대해 알면 알수록 우리는 생각보다 공통점이 많았다.

한동안 우리 사이에는 아무 말도 오가지 않았다. 나란히 앉아서 나는 과학 잡지를, 포피는 해파리가 그려진 책을 읽는 이 시간이 즐거웠다.

잠시 후 포피가 나한테 무엇을 읽고 있냐고 물어보았다. 나는 잡지를 들어 표지를 보여 주었다. "인공 단백질에 관한 글이야."

눈썹을 한껏 들어 올린 포피는 진지한 눈으로 물었다. "넌 항상 과학자가 되고 싶었어?"

"다섯 살 때부터 쭉." 내가 대답했다. "우리 아빠가 항상 나한테 질문을 던지면서 이 일이 왜 일어나고 어떤 과정을 거치는지 관심을 두게 하셨거든. 너는 꿈이 뭐야?"

"나는 작가가 되고 싶어." 포피는 책장을 가리키며 밝게 말했다. "언젠가는 저기에 내 책이 꽂혀 있을지도 몰라."

"정말 멋지다!" 내가 말했다. "네가 가장 좋아하는 책은 뭐야?"

"주디 블룸의 『안녕하세요, 하느님? 저 마거릿이에요』야. 이번에 표지가 바뀌었는데 봤어?" 포피는 핸드폰을 꺼내더니, 하느님에게 문자를 보내는 핸드폰 화면이 그려진 책 표지를 보여 주었다. 나는 뭐라고 말해야 할지 혼란스러웠는데, 포피는 이 표지가 얼마나 기발한지에 대해 신나게 설명했다.

그때 핸드폰에서 알람이 울렸고, 포피는 서둘러 화면을 확인했다. "오 이런, 이걸 왜 몰랐지?" 포피는 핸드폰을 몇 번 두드리고 넘기더니 펄쩍 뛰어올라 꽥 소리를 질렀다. "콜이 나를 팔로우하고 있어!" 포피가 나에게 화면을 보여 주었다. "책벌레, 네 말이 또 맞았어. 나는 참을성을 가져야 해." 그리고 다시 핸드폰을 들여다봤다. "이제 팔로워가 더 생겼어."

"팔로워 수를 왜 그렇게 신경 쓰는 거야?"

"책벌레." 포피는 이해할 수 없다는 표정으로 나를 보았다. "인플루언서가 되려면 팔로워 수가 몇만 명은 돼야 해."

"작가가 되고 싶다면서?"

"응. 그렇지만 작가 일만 해서는 얼마나 힘든지 알아? 글 쓰는 걸로 먹고살기가?"

나는 잘 모르겠다는 듯 어깨를 으쓱했다. 작가에 대해 깊이 생각해 본 적은 없었다.

"어쨌든 인간관계를 잘 쌓아 놓는 게 중요해." 포피는 눈을 핸드폰에 고정한 채로 말했다. 손가락으로는 바쁘게 화면을 넘겼다기 두드렸다.

만약 올리브였다면 알지도 못하는 사람에게 인정받기 위해 애쓰는 행동은 어리석은 것이라고 말했을 것이다. 하지만 어떤 이유에서인지 포피에게는 그럴 수 없었다. 나는 그저 좋은 계획 같다고 말했다.

다시 과학 잡지로 돌아와서 다른 읽을거리를 찾았다. 그러다가 화산 분출에 관한 기사를 본 순간, 다가오는 과학 시험이 떠올랐다.

이제 포피와 나는 꽤 친해진 것 같았다. 어쩌면 내가 왜 이런 말을 꺼내는지 이해해 줄 수도 있으니 눈 딱 감고 말해 보기로 했다. "아직 시험공부 할 시간이 있어."

화면에서 눈을 뗀 포피는 나를 보면서 코를 찡그렸다. 핸드폰 알람이 다시 울렸고, 뭔가를 입력하더니 다시 나를 쳐다보았다. "난 그냥 성적을 올리고 싶을 뿐이야. 이번 딱 한 번만, 응?"

나는 아무 말도 할 수가 없었다.

집에 돌아온 나는 엄마에게 다시 전화를 걸었다. '엄마는 내 상황을 이해해 줄 거야. 엄마는 친구가 많으니까.' 신호음을 들으며 엄마가 전화 받기를 기다리는 동안, 엄마라면 뭐라고 말할지 상상했다. "엠마, 친구는 소중한 존재야. 잘해 주렴." 엄마는 끝내 내 전화를 받지 않았지만, 언제나 내 편에 설 거라는 걸 알기에 기분이 한결 나아졌다.

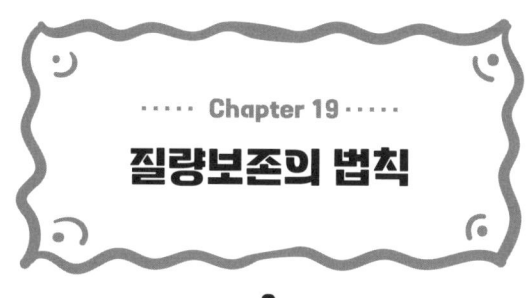

Chapter 19
질량보존의 법칙

닫힌계에서 질량은 늘어나거나
줄어들지 않는다

드디어 과학 시험 날이 되었다. 팀버랙 선생님이 교실에서 시험 준비를 하는 동안 나는 마른침을 삼키며 복도에서 기다렸다.

긴장을 풀고 싶어서 《과학의 오늘과 내일》 잡지를 꺼낸 뒤 전자레인지용 팝콘을 이용해서 질량보존의 법칙을 실험하는 방법을 읽었다. 이런 질문이 적혀 있었다. "팝콘이 터진 후에 봉지의 질량은 변했을까 아니면 그대로일까?"

평소 같았으면 완전히 몰입해서 질문에 대한 답뿐만 아니라 질량이 그대로인 이유도 덧붙였을 것이다. 하지만 오늘만큼은 집중할 수가 없었다. 머릿속은 온통 잠시 후면 부정행위의 공모자가 된다는 생각뿐이었다. 목구멍에 걸려 있던 묵직한 덩어리가 목을 따라 내려가더니 어깨 부근에 단단히 자리를 잡았다.

수지가 걸어 들어오더니 내 팔을 꼭 잡고 말했다. "도와줘서 고마

위. 내 남동생이 학년을 하나 건너뛰었거든. 내가 이번 시험을 잘 못 보면 아마 내년에는 같은 학년이 될 거야. 그것만큼은 절대 있어서는 안 돼." 수지는 손가락으로 뚝 소리를 내며 돌아갔다. 나는 여러 차례 어깨를 털어 봤지만, 나를 짓누르는 부담감은 좀처럼 가벼워지지 않았다.

수업 시작종이 울렸고, 나는 교실 안으로 터벅터벅 걸어 들어갔다. 모든 책상 위에는 시험지가 뒤집힌 채 놓여 있었다.

팀버랙 선생님은 검은색 하얀색 줄무늬가 그려진 심판 옷 차림이었다. "자, 모두들, 시험지 펼쳐서 시작하자." 선생님은 호루라기를 휙 불더니 실제 경기를 심판하는 사람처럼 교실을 분주히 돌아다녔다. 방향을 돌릴 때마다 팔을 휘두르며 한 발을 고정시킨 채 몸을 휙 돌렸다.

나는 시험지를 뒤집어서 문제를 살펴보았다. 대부분 객관식 문제였고 주관식 문제도 몇 개 있었다. 나는 잠깐 마음이 가벼워졌다. 이건 그냥 시험일 뿐이다.

그때 누가 내 의자를 발로 찼다. 고개를 돌려보니 아이비가 눈을 동그랗게 뜨고 나에게 눈빛을 보냈다. 포피도 나를 바라보며 정신없이 손가락으로 머리카락을 꼬고 있었다.

이제 어깨를 짓누르던 부담감은 가슴께로 내려왔다. 심장이 미친 듯이 쿵쾅거렸다. 팀버랙 선생님은 누군가를 쫓는 것처럼 바쁘게 돌아다니고 있었다. 마치 내가 쫓기는 것 같았다. 손바닥과 온몸이 땀으로 흠뻑 젖었다.

나는 최대한 빨리 모든 질문에 답을 적은 뒤, 내 C Ho Co La Te 공책을 슬쩍 꺼내서 아무것도 없는 부분을 펼쳤다. 그리고 아주 작은 글씨로 내가 쓴 답을 옮겨 적었다. 다 적은 후 종이를 살짝 찢으려고 했지만 소리가 나고 말았다. 찌익!

선생님이 갑자기 발을 멈추더니 고개를 돌려 주위를 훑어보았다. 선생님이 내 쪽으로 걸어오는 걸 보고 나는 얼른 주먹 안으로 종이를 꾸겨 넣었다. 가슴에 걸려 있던 무거운 혹이 나를 더 조여 왔고, 점차 숨쉬기가 힘들어졌다.

그때 아이비가 얼른 손을 들었다. "선생님. 질문 있어요." 아이비가 선생님에게 말을 거는 동안 나는 얼른 포피에게 종이를 건넸다.

포피는 종이를 꽉 쥐고 서둘러 답을 옮겨 적었다. 잠시 뒤 포피는 종이를 바닥에 떨어뜨리더니 발로 밟아 아이비 옆으로 쓱 밀었다.

그때 의아한 표정으로 나를 바라보는 올리브와 눈이 마주쳤다. 가슴에 맺혀 있던 부담감이 배까지 뚝 떨어졌다.

정신을 차려 보니 어느새 시험 시간이 끝나 있었다. 나는 커닝 페이퍼부터 찾았고, 수지의 책상 밑에 떨어진 걸 발견했다. 허겁지겁 가방에 쑤셔 넣었다. 포피는 나를 보며 눈짓했고, 나는 배 안에 꽉 들어찬 묵직한 부담감을 애써 모른 척했다.

학교 수업이 모두 끝난 뒤, 우리는 포피네 집으로 향했다. 문이 열리자마자 달콤하고 새콤한 향이 내 코를 자극했다. 포피의 엄마가 주방에서 우묵한 그릇에 거품을 내고 있었다. "어서 와, 얘들아." 포피의 엄마는 탁자 위에 놓인 상자를 가리켰다. "아빠가 가져왔어."

그 말을 들은 포피는 쏜살같이 달려가 상자를 열고 책을 꺼냈다. 표지에는 소녀의 그림자가 그려져 있었다. "아빠는 어디 계세요?"

"출장 때문에 이미 떠나셨어."

포피의 등이 시무룩해졌다. "저 보고 간다고 하셨는데…." 아이비와 수지는 어리둥절한 표정으로 포피를 바라보았다. 하지만 그것도 잠시 포피는 기운차게 핸드폰을 꺼냈다. "우리 옷 갈아입고 사진 찍으면서 놀자!" 포피가 핸드폰으로 사진작가 흉내를 내자 아이비와 수지는 잡지 모델처럼 포즈를 취했다. 그리고 순식간에 세 명은 포피의 방으로 사라졌다.

내가 그 뒤를 따라가려고 하자 포피의 엄마가 나를 불러세웠다. "포피 공부를 도와줘서 고마워. 넌 정말 좋은 친구구나." 뱃속에 들어찬 부담감이 배배 꼬였다. 나는 내 앞에 놓인 갓 짠 오렌지 주스가 담긴 병을 내려다보았다.

내가 물어보기도 전에 아줌마가 먼저 컵에 주스를 따라 주었다.

"뭐 만드세요?" 내가 물었다.

"크랜베리 오렌지 머핀을 만들고 있어. 모금 행사에 필요하거든." 아줌마는 커다란 쟁반을 들었다. "나는 더 만들어야 하니까 엠마도 포피 방에서 놀지 그러니? 다 구워지면 부를게."

나는 여기에 계속 있고 싶었다. "빵 굽는 거 구경해도 될까요?"

"물론이지." 아줌마가 그릇을 가져왔다. "여기에 밀가루 2컵과 베이킹파우더 작은 숟갈로 두 번, 소금 한 꼬집을 넣을 거란다." 그리고 다른 그릇을 꺼냈다. "여기에는 계란 2개를 넣고 거품을 낸 다음, 설탕 1컵과 녹인 버터 반 컵을 넣을 거야." 아줌마는 반 자른 오렌지와 즙짜개를 건네며 말했다. "이것 좀 부탁해도 될까?"

"그럼요!" 오렌지 즙을 짜다가 실수로 얼굴에 조금 튀고 말았다. 나는 웃음을 터뜨렸고, 아줌마는 빙그레 웃었다. 그런 다음 오렌지 주스 1컵을 계량한 뒤 계란물에 부었다.

"자, 적당히 부풀어 오른 촉촉한 머핀을 만들기 위한 비법을 말해 줄게." 아줌마가 눈을 찡긋했다. "마른 재료에 이렇게 구덩이를 판 다음, 그 안에 액체류를 넣는 거란다. 그렇게 하면 반죽을 과하게 젓는 실수가 줄어." 아줌마는 오렌지 즙을 섞은 물을 밀가루 위에 붓더니 잘 저었다 모든 재료가 잘 섞이자, 이번에는 크랜베리를 넣고 마저 섞었다.

나는 아줌마를 도와 머핀 틀에 반죽을 부었다. 아줌마는 반죽이 담긴 틀을 오븐에 넣어 작동시킨 다음, 더러워진 손을 깨끗이 씻었다. "이제 기다리기만 하면 된단다. 다 되면 부를게."

하지만 나는 계속 남아 있고 싶었다. "제가 레시피를 적어 가도 될까요?"

아줌마는 요리책을 펼쳐서 나에게 주었다. 나는 C Ho Co La Te 공책과 펜을 꺼냈다.

머핀이 구워지는 동안 나는 글자 하나하나를 최대한 예쁘게 옮겨 적었다. 아줌마는 차 두 잔을 탁자 위에 올려놓고 맞은편에 앉은 뒤 나에게 물었다. "빵 만드는 건 이번이 처음이니?"

나는 고개를 저었다. "크리스마스 전날에는 항상 엄마랑 쇼트브레드 쿠키를 구웠어요. 엄마는 아빠와 저를 위해 녹인 초콜릿에 쿠키를 담가서 주셨어요…." 나는 더 이상 말을 잇지 못하고 얼굴이 굳어 버렸다.

포피의 엄마가 컵을 내려놓고 걱정 어린 표정으로 물었다. "괜찮니?"

나는 아줌마의 자상한 눈을 바라보며 고소한 머핀 냄새를 들이마셨다. "다 좋아요." 나는 공책을 덮어 가방에 다시 넣었다.

그때 포피가 계단을 내려와 주방을 빼꼼 들여다봤다. "언제 다 돼요?" 포피는 나를 보더니 깜짝 놀라 물었다. "어, 너 아직 여기 있었네?" 나는 포피가 몰랐던 것을 안도해야 할지 화를 내야 할지 알 수 없었다. 포피는 계단을 다시 올라갔고 나는 계속 앉아 있었다.

금세 오븐 타이머가 울렸다. 아줌마는 4개의 머핀을 쟁반에 올려 나에게 주었다. "감사합니다." 나는 머핀을 받아 들고 계단으로 올라갔다. 쟁반 아래에서 전해오는 따뜻한 온기는 내 마음도 데워주었다. 포피의 침실 문을 열자마자 포피는 내 쪽으로 고개를 휙 돌렸다.

"방금 그 유명한 핼러윈 파티에 초대받았어!" 포피가 빽 소리를 질렀다.

"사람들이 엄청 많이 모일 거야." 수지도 한껏 신나서 말했다.

아이비는 수지에게 눈을 흘기며 말했다. "멋진 사람들만 모이는 거지."

"어디에서 열리는데?" 내가 물었다.

포피는 핸드폰으로 초대장을 보여 주었다. "브리타니아 조선소에서. 고등학생인 델마 메이저라는 선배가 여는 파티야. 그 언니가 여는 파티가 제일 화려하기로 소문이 자자해. 그런데 우리 엄마는 보호자 없이 가는 걸 허락해 주지 않을 거야. 그래서 말인데 책벌레, 너랑 있다고 말해도 될까?"

"나랑 같이 파티에 가자는 이야기야?"

"아니, 그냥 엄마한테 너희 집에 놀러 간다고 말할게. 우리 엄마가 너를 좋아하고 또 신뢰하거든. 엄마는 네가 똑똑해서 나한테 좋은 영향을 줄 거라고 하셔. 내가 너랑 같이 있는 줄 알면 이것저것 물어보지 않을 거야."

"어…." 포피네 엄마에게만큼은 거짓말을 하고 싶지 않았다.

"그건 별로 좋은⋯."

포피는 초대받은 사람 목록을 보여 주었다. 샘 개리슨, 하이디 홍, 스코트 이케다, 그리고 포피가 손가락으로 짚은 곳에는 콜 제임스도 있었다. "제발, 책벌레. 이게 마지막 기회가 될 수도 있어. 팬미팅 당첨자를 핼러윈에 뽑는대. 정말 중요한 일 아니면 이런 부탁 안 하는 거 너도 알잖아."

부담감이 다시 내 어깨를 짓눌렀다.

"너희 부모님이 나한테 전화하면 어떻게 해?" 내가 물었다.

아이비가 어이없다는 듯 말했다. "아무도 너한테 전화 안 해."

포피는 내 어깨에 손을 올렸다. "물론, 우리는 하지. 파티가 어떤지 꼭 알려 줄게."

내가 포피의 말을 거절할 수 없다는 걸 포피도 잘 알고 있는 것 같았다.

집으로 걸어오는 내내 나는 생각에 잠겼다. 내가 거절했다면 어떻게 됐을까? 여전히 나랑 같이 놀아 줬을까? 계속 나를 좋아해 줬을까? 아니, 나를 좋아한 적은 있었을까?

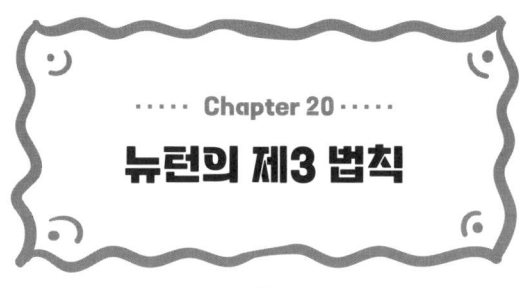

Chapter 20
뉴턴의 제3 법칙

**두 물체 사이에 상호작용이 일어나면
서로 반대 방향으로 같은 크기의 힘이 가해진다**

헬러윈 하루 전날, 집 전화가 울려 확인해 보니 화면에 포피의 번호가 떠 있었다. '포피가 마음이 바뀌어서 나도 데려가려는 걸까?'

"안녕, 책벌레. 파티 말인데…."

"응." 기대감에 심장이 콩닥거렸다.

"내가 요정 의상을 준비했는데 스타킹 올이 나가 버렸거든. 근데 그때 번뜩 그런 생각이 든 거야. 아무래도 콜의 시선을 끌 만한 옷을 입어야 할 것 같아. 요정 분장한 사람은 엄청 많을 게 분명하잖아. 네 생각에는 내가 어떤 걸 입는 게 좋을 것 같아?"

가장 먼저 든 생각은 그냥 편안한 옷을 입으라는 것이었다. 하지만 나는 양해를 구하고 전화를 끊었다. "있잖아, 포피. 내가 가스레인지에 뭘 올려놓고 왔거든. 조금 있다가 바로 전화할게."

나는 조지에게 바로 전화를 걸었다. "포피가 파티에서 콜이 관심

가질 만한 옷을 입고 싶다는데, 넌 뭐가 좋을 것 같아?"

"흠. 콜이 무슨 광고에 나왔었는지 알아?"

"쭉 늘어나요 치즈?"

"콜한테는 그게 특별한 경험이었거든."

"그러니까 치즈처럼 입고 가라는 말이야?" 포피가 이 제안을 좋아할지 걱정되었지만, 문득 콜이 나에게 했던 말이 떠올랐다. 콜이 가장 좋아하는 음식은 치즈가 듬뿍 들어간 피자였다. 제일 좋아하는 색깔은 석양빛 오렌지색이고, 치즈와 같은 색이었다. 어쩌면 효과가 있을 수도 있다. 내가 계속 엄마에 대한 기억을 떠올리는 걸 보면 그리움의 힘은 강력하니까 말이다. "그래, 고마워." 그리고 전화를 끊으려던 찰나….

"잠깐만." 조지가 말했다. "전에 포피가 책을 좋아한다고 말했잖아. 제일 좋아하는 책이 뭔지 알아?"

"『안녕하세요, 하느님? 저 마거릿이에요』야. 그중에서도 표지가 하느님에게 문자 보내는 그림인 걸 좋아한다고 했어. 그건 왜 궁금한데?"

"콜이 그걸 알고 있으면 좋잖아."

'포피가 곧 내 책의 다음 내용을 물어볼 거야.' "콜이 파티에서 포피한테 데이트 신청을 하게 하려면 어떻게 해야 할까?"

잠깐 정적이 흘렀다.

"과학 이야기 하나 해 봐. 그럼 좋은 생각이 날 것 같아." 조지가 말했다.

나는 곰곰이 생각하면서 집안을 돌아다니다가 그만 의자에 발을 부딪치고 말았다. "아!" 전화기가 바닥에 떨어졌고, 수화기 너머에서 조지의 목소리가 작게 들려왔다. "괜찮아?"

그때 갑자기 좋은 생각이 떠올랐다. 내가 의자에 부딪혔듯이 의자도 나에게 부딪힌 것이다. "뉴턴의 제3 법칙이야!" 나는 전화기를 얼른 들어 말했다. "모든 작용에는 반대 방향으로 똑같은 크기의 힘이 작용해."

한 번 더 정적이 흘렀다.

"포피에게 콜을 툭 치라고 해 봐. 그리고 콜이 같은 반응을 보이는지 기다리는 거지."

나는 얼굴을 찡그리고 말했다. "나도 잘 아는 건 아니지만, 누군가를 밀치는 게 도움이 될 리가 없지 않아?"

"전형적인 관심 끌기 방법이잖아, 몰라?"

"아, 친한 척 팔꿈치로 찌르거나 그런 건 들어본 것 같아."

나는 조지와 전화를 끊고 포피에게 다시 전화를 걸었다. "콜이 출연했던 치즈 광고 기억하지?"

"물론이지! 그 광고 때문에 팔로워가 무지 많아졌잖아."

"콜한테는 그게 엄청나게 좋은 기억으로 남은 것 같더라고. 있지, 네 평소 옷차림이랑 거리가 먼 건 아는데, 광고에 나온 치즈처럼 입는 건 어때?" 나는 잔뜩 긴장해서 이를 꽉 깨물었다.

"뭐라고?"

포피의 목소리로 예상하건대 내 제안에 전혀 동의하는 것 같지 않았다.

"그러면 분명 눈에 띌 거야!"

"잘 모르겠는데…."

"사람의 감각은 대뇌의 변연계와 연결되어 있는데, 변연계는 감정이 저장되는 곳이래."

"뭐?"

"예를 들면, 그리움 말이야. 가끔 어떤 냄새를 맡거나 노래를 듣거나 무언가를 보면 좋은 기억이 떠오른 적 있지?" 나는 포피가 예전에 했던 말이 기억났다. "책에 둘러싸여 있으면 아빠와 가까워진 기분이 드는 것처럼."

"흠…. 그런 것 같아. 오렌지를 보면 그럴 때가 있어."

"핼러윈 파티는 콜과 가까워질 완벽한 기회야."

"계속 설명해 봐." 포피가 말했다.

"뉴턴의 제3 법칙은 모든 작용에는 반작용이 있다는 뜻이거든. 네가 먼저 다가가서 툭 쳐보고, 콜도 같은 반응인지 보는 거지."

포피는 내 말을 바로 이해한 것 같았다. "아, 관심을 끌라는 거지? 드디어 때가 되었구나!"

"응, 맞아." 조지 말이 맞았던 것 같다.

포피와 전화를 끊은 후, 마음이 불안해진 나는 몸을 가만두지 못하고 읽을거리를 찾아 책장을 훑어보았다. 아빠가 옛날에 줬던 과학 교과서를 발견하고 펼쳐 보았더니 핼러윈 때 올리브와 내가 크레파스처럼 분장했던 사진이 툭 하고 떨어졌다. 올리브와 나에게 핼러윈은 중요한 행사였다. 3년 전 핼러윈에는 코코아와 마시멜로 분장을 했다. 나는 코코아였고 올리브는 마시멜로였다. 2년 전에는 이모티콘 분장을 했는데, 올리브는 메롱 하는 얼굴, 나는 웃는 얼굴이었다. 그리고 작년 핼러윈에는 올리브가 검은색 감초 사탕, 나는 빨간색 감초 사탕이었다.

올리브가 보고 싶었다.

설마 아직도 화가 났을 리가 없었다. 용기 내 전화기를 들었다가… 다시 내려놓고 컴퓨터로 향했다.

"올리브, 잘 지내?" 올리브에게 메시지를 보냈다.

전송됨. 나는 깊게 숨을 내쉬었다.

읽음. 심장이 콩닥거렸다.

…

'올리브가 메시지를 적고 있어.'

점 3개 표시가 잠깐 나타났다가 곧바로 사라졌다.

"핼러윈에 같이 사탕 받으러 다닐래?"

…

이번에는 점 3개가 더 오래 머물렀다가 다시 사라졌다.

"이번이 마지막이 될 수도 있어. 내년에는 우리 나이가 많아서 못 할 거야."

긴 침묵이 이어졌다.

'고민하고 있나 봐.'

…

이번에는 올리브가 뭔가를 길게 적고 있었다.

희망이 생겼다.

나는 답장을 기다렸다.

계속 기다렸다.

그러나 점이 다시 사라졌다.

"저기, 아직도 나한테 화나 있다면 미안해."

…

"내 말 좀 들어 줘. 그건 정말 별일 아니야."

…

…

…

"〈마법의 존재들〉 팬 미팅이 VTVZ 방송에서 생중계될 거래!"

나는 또 기다렸다.

올리브는 메신저를 종료하고 나가 버렸다.

"핼러윈에 나랑 놀 생각 있으면, 언제든 이야기해."

대기압

공기의 무게에 의해 생기는 압력

드디어 토요일이 되었고, 핼러윈인 오늘은 파티가 열리는 날이기도 했다. 올리브는 그 이후로도 답장을 보내지 않았다. 나는 텔레비전을 켜서 채널을 쭉 넘겨보았다. 핼러윈 특집 방송이 가장 많았고, 낚시 방송도 하나 있었으며, "여러분에게 선택권이 있어요."라고 설교를 늘어놓는 또래 압력(또래 집단으로부터 받는 사회적 압력-옮긴이)에 관한 공익 광고도 있었다. 배가 뒤틀리는 기분이 들어 화면을 꺼 버렸다.

우리 집 현관에는 작은 초콜릿 바가 담긴 통을 놓아 두었는데, 옆에는 빈 포장지가 몇 개 떨어져 있었다. 나도 초콜릿을 꺼내 혀 위에서 천천히 녹여 먹었다…. 그때 지독한 냄새가 코를 찔렀다.

코를 막고 주방으로 달려갔다. "으, 이게 뭐예요?"

아빠의 시선이 데시케이터(물질을 건조하거나 보존하는 데 쓰이는 실험용 기구—옮긴이)로 향했다. "낫토를 만들고 있어."

낫토는 끈적끈적한 콧물 같은 제형의 썩은 냄새가 나는 발효 콩 식품이다. "왜요?"

"일단은, 건강을 위해서지. 뼈에도 좋고 심장이나 면역체계에도 좋아. 그리고 끈적끈적한 음식이 필요해서야. 오늘 저녁으로 먹을 내장과 뇌를 요리하고 있거든." 아빠는 예전처럼 엉덩이를 흔들고 발을 이리저리 돌렸다.

"엄마랑 이야기하셨어요?"

아빠가 멈칫했다.

"제가 남긴 메시지 확인하셨대요?"

"엄마는… 미안하지만 좀 바쁘대." 아빠는 눈을 피하며 말했다. "하지만 엄마가 너한테 뭘 보냈더라." 아빠는 주방을 나가더니 슬라임 만들기 상자를 들고 들어왔다.

엄마보다는 아빠가 사 줄 만한 선물로 보였다. 하지만 아빠가 이렇게 덧붙였다. "엄마가 사랑한다고 전해 달래."

아빠의 말에 안도감이 밀려왔다. '엄마는 내가 집에 없을 때만 전화하는 것 같아.' "언제 집에 오시는지도 말해 주셨어요?"

"곧 너한테 연락하겠다고 했어." 아빠는 조리대 쪽으로 고개를 돌렸다. 아빠가 비커와 시험관, 작은 약수저에 둘러싸인 모습을 보니 나도 모르게 마음 한구석에서 따뜻한 온기가 느껴졌다.

"제가 뭐 도와드릴까요?" 내가 물었다.

"핼러윈인데 사탕 받으러 안 가니? 올리브랑?"

"올해는 안 가려고요."

"정말? 네가 가방 가득 사탕과 초콜릿을 받아올 기회를 놓칠 리가 없는데."

"아빠가 초콜릿 드시고 싶어서 그러는 것 아니에요?" 나는 다 안다는 듯한 미소를 지었다.

"네가 핼러윈을 얼마나 좋아하는지 잘 아니까 그렇지."

나는 핼러윈을 좋아했다. 그리고 지금도 좋아한다. "어쩌면 갈 수도 있고요."

방으로 돌아와서 입을 만한 의상을 찾아보았다. 다급하게 옷장과 서랍장을 뒤지고 있자니 등교 첫날 옷을 고르던 때가 생각났다. 엄마가 보낸 실험 가운과 고글을 꺼내서 입어 봤지만, 이건 핼러윈 분장이 아니라 그냥 나 같았다. '아야!' 발밑을 확인해 보니 수소의 H가 적힌 엘리멘터블 타일을 밟고 있었다.

H 타일을 보니 좋은 생각이 떠올랐다. 빨간색 티셔츠를 꺼내 커다랗게 산소의 O 기호를 적었다. 그리고 하얀색 티셔츠에서 큰 동그라미 모양 2개를 잘라 냈다. 멜론 크기의 풍선을 하얀색 천 조각으로 감싸고 그 위에 각각 H 기호를 적은 다음, 빨간색 옷 양쪽 어깨 위에 붙였다. "좋아." 완성된 핼러윈 의상을 들어보았다. H_2O, 즉 물이었다. 그리고 생각난 김에 실험용 화분에도 약간의 H_2O와 비료를 주었다. 식물은 여전히 살아남기 위해 애쓰고 있었다.

남은 천으로는 가면을 만들고 거울 앞에 섰다. 한껏 치솟은 어깨와 가면 때문에 슈퍼히어로처럼 보이긴 했지만, 급하게 만든 의상치고 꽤 괜찮았다.

아빠는 계단을 내려오는 나를 보더니 엄지를 들어 보였다. "오늘 저녁은 맛있는 내장과 뇌 요리란다." 나는 비명을 지르면서 집을 빠져나왔다.

이웃집들은 저마다 조각한 호박과 유령, 마녀, 좀비로 꾸며져 있었다. 공기 중에는 오래된 낙엽 더미 냄새와 불타는 호박 냄새가 퍼졌고 종종 폭죽이 터지는 소리도 들렸다.

신나는 핼러윈을 즐기기 위한 모든 게 갖춰졌다. 하지만 뭔가가 부족했다. 올리브가 없다면 예전처럼 재미있을 리가 없었다. 올리브 집 앞을 지나치려니, 올리브가 아직 집에 있는지, 아니면 나처럼 집

을 나섰는지 궁금했다. 우리는 항상 올리브 집 근처의 주택 단지를 돌아다니곤 했는데, 거리가 짧아서 걷기가 좋았다. 어쩌면 여기에서 올리브와 우연히 마주칠지도 몰랐다. 기분 좋은 상태의 올리브를 만났을 때 무슨 일이 있었는지 자세히 설명하면, 분명 나를 이해해 줄 거라는 생각이 들었다.

나는 로봇과 무당벌레, 고양이 분장을 한 사람들을 따라 주택 단지를 돌았다. 큰 거리로 다시 돌아왔을 때 모퉁이에 있는 어떤 집 발코니에서 연기가 뿜어져 나오는 커다란 솥이 눈에 들어왔다. 드라이아이스와 물로 만든 마녀 솥이었다. 한 무리의 사람들이 문을 열고 그 집으로 들어가자 시끌벅적한 소리가 새어 나왔다.

그때 파티에 간 포피가 나에게 전화한다고 했던 말이 떠올랐다. '얼른 집으로 가는 게 좋겠어.'

집에 도착했을 때쯤에는 가방 속에 들어 있던 10개가 넘는 초콜릿을 다 먹어 치운 상태였고, 머리가 아파지기 시작했다. 컵에 물을 담아 벌컥벌컥 마신 후 한 번 더 물을 채우고 있을 때 전화기가 울렸다. 화면을 확인하니 포피의 전화번호가 떠 있었다. '시간을 딱 맞췄네.' "여보세요." 나는 전화를 받고 물을 한 모금 마셨다.

"안녕, 엠마."

나는 그만 물을 뱉어 버렸다. "아, 안녕하세요. 아줌마." 쿵쾅거리는 심장 소리가 들릴까 봐 손으로 전화기를 덮었다.

"포피 좀 바꿔 줄 수 있니? 포피가 핸드폰을 깜빡하고 놓고 갔네."

내 머리는 바람 빠진 풍선처럼 빙글빙글 돌았다. "네, 뭐라고요?"

"포피 좀 바꿔 줄래?"

"어…. 그게, 잠깐 가게에 뭘 좀 사러 갔어요."

"이렇게 늦은 시간에? 뭘 사러 갔는데? 혼자 갔니?" 포피 엄마는 톡톡 튀는 사탕처럼 질문을 쏟아 냈다.

"그러니까… 갑자기 팝콘이 먹고 싶다는데 저희 집에는 없어서요." 나는 거짓말이 새어 나오지 않게 입술을 깨물었다. "괜찮을 거예요." 하지만 저절로 말이 튀어나왔다. 나는 손으로 입을 가렸다.

"포피가 돌아오면 전화 좀 해 달라고 전해 줄래? 그리고 혹시 모르니까 내 전화번호도 알려 줄게." 나는 떨리는 손으로 번호를 받아 적었다.

전화를 끊자마자 배가 부글대기 시작했다. 포피의 엄마는 그냥 아무나가 아니었다. 누구보다도 나를 편안하게 대해 준 분이었다. 나는 종이에 적힌 번호를 쳐다보았다. 나도 모르게 그 종이로 작은 물고기를 접고 있었다.

포피에게 어떻게 연락을 할 수 있을까? 포피는 지금 핸드폰이 없고, 나는 아이비나 수지의 전화번호도 모른다. 방을 계속 서성이면서 머리를 굴렸다. 무슨 일이 생겼으면 어떡하지? 종이를 다시 펴서 아줌마에게 사실대로 말해야 할지 고민했다. 그리고 다시 종이를 접었다. 고자질은 하고 싶지 않았다.

나는 《과학의 오늘과 내일》 잡지를 들어 대기압에 관한 글을 읽었다. 스코틀랜드의 벤네비스산부터 히말라야의 에베레스트산까지 유명한 산의 대기압이 그래프로 그려져 있었는데, 산이 높아질수록 대기압이 낮아졌다.

하지만 아무리 잡지를 읽어도 기분이 나아지지 않았다. 무릎을 끌어안고 바닥에 주저앉았다. 주변 공기가 나를 압박하는 느낌이 들 때마다 앞뒤로 몸을 흔들어 보았지만 소용없었다. 압력은 점점 높아지고 버거워졌다. '고도가 높아지면 대기압이 줄어들어.'

나는 밖으로 뛰어나가 눈에 보이는 가장 높은 걸 찾았다. 계속 뛰어다녔지만 충분히 높은 건 아무것도 없었다. 스티브스톤은 대초원처럼 평평한 지형이었다.

마침내 텅 빈 개발지 근처에서 계단을 찾았고 최대한 높게 올라갔다. 제일 높은 곳으로 올라가니 조선소에서 신나는 음악 소리가 들려왔다. 그곳에서 파티가 열리고 있었다.

'포피의 엄마한테 거짓말을 하고 말았어.' 포피가 잘 있다고 했는데, 실제로 포피한테 무슨 일이라도 생겼으면 어떡하지? 이대로 손 놓고 가만히 있을 수는 없었다. 나는 가면을 쓰고 음악 소리가 울리는 쪽으로 향했다.

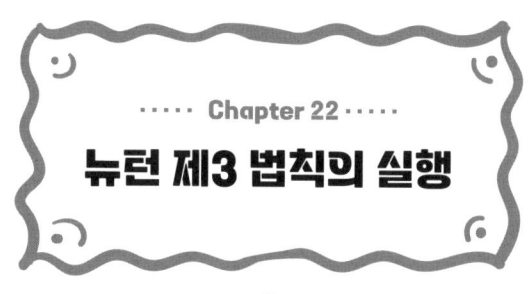

뉴턴 제3 법칙의 실행

물리법칙이 항상 통하는 건 아니다

브리타니아 조선소에 가까워지자, 폭죽이 터지면서 하늘을 환하게 밝혔다. 밤공기는 선선했지만 내내 뛰어오는 바람에 온몸이 후끈거렸다.

파티 장소로 들어가니 무대 위에서 밴드가 연주를 하고 있었다. 요란한 음악 소리와 관객의 함성, 시끌벅적한 웃음소리가 울렸고, 공기 중에는 축축한 나무와 고소한 팝콘, 따뜻한 체온 냄새가 한데 뒤섞였다. 다들 특이한 의상을 입고 있었는데, 대부분 〈마법의 존재들〉에 나온 요정이나 고블린, 마법사 캐릭터로 변장했다. 파티장에는 화려한 팝콘 기계와 솜사탕 기계, 심지어 구석에는 사진 부스도 있었다. 포피 말이 진짜였다. 이건 정말 화려한 파티였다.

여러 명의 요정이 와자지껄 사진 부스에서 나왔는데, 지팡이를 든 요정에게서 아이비의 목소리가 들렸다. "네 날개 때문에 내 얼굴이 가려졌잖아!"

"미안." 수지로 보이는 요정이 기죽은 목소리로 대답했다.

그 옆에 있는 주황색 사람이 눈에 띄었다. 치즈 의상을 입은 포피가 소심하게 머리를 배배 꼬고 있었다. 포피는 요정들 옆에서 같이 사진을 찍었지만 그다지 신나 보이지 않았다. 오히려 친구들을 피하려는 것처럼 보였다. 치즈 의상을 입은 걸 후회하고 있는 걸까? 내 입안은 소금을 뿌린 것처럼 메말랐다.

나는 포피에게 다가가려다가 멈칫했다. '포피는 내가 여기 있는 걸 몰라.' 포피는 지금 아무 문제가 없다. 적어도 이 부분에 대해서는 아줌마에게 거짓말하지 않은 셈이다. 그래서 포피가 날 알아보기 전에 집에 돌아가기로 마음먹었다.

파티장을 나가는 길에 테이블 위에 놓인 펀치(커다란 그릇에 과일, 탄산음료 등을 섞어 마시는 파티용 주스-옮긴이) 음료를 발견했다. 너무 목이 말라서 외면할 수가 없었다. 한쪽 펀치에는 리치와 블루베리로 만든 눈알이 들어 있었고, 다른 쪽에는 가짜 피가 덕지덕지 붙은 손가락 모양의 무언가가 들어 있었다. 깜짝 놀라서 서둘러 시선을 돌렸지만, 어떤 남자가 머리에 칼이 꽂힌 채 비틀거리며 내 방향으로 걸어오고 있었다. 남자의 얼굴에 흘러내린 피를 보자 속이 메스꺼웠다. '저건 가짜 피야. 정신 차려.'

나는 휘청거리는 다리를 겨우 붙잡고 밖으로 나가 벤치에 앉았다. 그리고 차가운 바람을 천천히 들이마셨다. 주기율표를 처음부터 외우다 보니 스물세 번째쯤에서 마음이 진정되었다.

그때 고블린 의상을 입은 한 남자가 팝콘 봉지를 들고 내 옆에 앉았다. 그 남자가 가면을 벗었다가 다시 쓰려고 할 때 얼굴이 슬쩍 보였다.

"콜?"

"엠마, 너야?" 콜은 내 옷을 위아래로 훑어보았다. "넌 뭐로 분장한 거야?"

"물 분자."

"아…." 콜이 키득거렸다.

"적어도 내 의상은 독창적이라고." 나는 혀를 쭉 내밀었다.

"내가 이렇게 입은 이유는, 독창적이지 않아서야. 이렇게 입으면 편하게 쉬면서 사람들한테 시달리지 않을 수 있거든." 콜은 가면을

머리 위로 올리고는 팝콘을 먹었다. "너도 먹을래? 체더치즈랑 캐러멜 맛이야."

"치즈 맛이 있다니 공간 낭비가 따로 없네." 나는 치즈 맛을 옆으로 치우고 캐러멜이 묻은 팝콘을 골라 냈다.

콜은 팝콘을 한 주먹 집었다. "짭짤한 치즈 맛이 있어야 진짜 팝콘이지." 그리고 입에 가득 넣었다.

사실 어찌 보면 당연했다. 콜은 치즈 광고를 찍었으니까 말이다. "나는 짠 것보다는 무조건 단 게 더 좋아." 내가 말했다.

"그러면 너는 감자튀김이 옆에 있어도 사과를 먹겠다는 거야?"

"단, 초콜릿이나 캐러멜이 잔뜩 발린 사과여야 해."

콜이 생긋 웃었다. "우리 가족은 핼러윈이면 캐러멜 사과를 자주 만들었거든. 그래서 내가 제일 좋아하는 날이 핼러윈이었어." 콜은 가면을 벗고 손으로 빙글빙글 돌리면서 말했다. "내가 어렸을 때 변장하고 연기하는 걸 엄청 좋아했는데, 아마 그래서 우리 부모님이 나를 연기 학원에 보내셨나 봐."

"그런데 너는 사람들의 시선을 받는 걸 안 좋아하는 것 같던데."

"맞아. 하지만 왜인지 모르게 카메라 앞에서는 편안해." 그리고 나를 보며 물었다. "네가 제일 좋아하는 날은 언제야?"

"원래는 핼러윈이었는데, 지금은 크리스마스가 더 기다려져."

"이유가 뭔데?" 콜의 눈을 보면 말이 술술 나왔다.

"우리 엄마가 제일 좋아하는 날이야. 크리스마스면 엄마가 집 전체를 예쁘게 꾸미고, 온 가족이 모여서 초콜릿 입힌 쿠키를 만들거나 보드게임을 했어. 그래서 올해에 특히 더 기대돼. 엄마가 지금 집에 안 계시거든."

"무슨 말인지 알겠어. 우리 부모님도 남동생이랑 자주 여행을 다니셔. 걔가 우리 집에서는 스타거든. 그래서 당연히…." 콜과 눈이 마주쳤다. "가족이 함께 보내는 시간이 기다려져."

파티장에서 들려오는 소음 말고는 우리 둘 사이에 침묵이 흘렀다.

"그건 그렇고 왜 여기 혼자 앉아 있었어?"

"내가 피를 보면 속이 메스꺼워지거든. 진짜 피가 아니어도. 피 분장을 한 사람들을 피해서 나와 있었어."

"나도 사실 어떤 사람을 피해서 나왔어." 콜이 말했다. "내가 광고를 찍다가 끔찍한 경험을 한 적이 있는데…."

그때 웬트워스 마법사 의상을 입은 한 남자가 밖으로 나와 폭죽을 터뜨리려고 해서 우리의 대화가 끊겼다. 남자가 폭죽 막대를 털자, 불똥이 우리 쪽으로 날아오더니 공중으로 휙 떠올랐다.

그때 콜이 순식간에 내 앞을 막았다. 콜의 손이 내 목덜미에 닿자 간질거리는 기분이 몸을 훑고 지나갔다. 나는 어색하게 숨을 들이쉬고 콜의 품에서 벗어났다. 만약 포피가 이 장면을 본다면 기겁해서 쓰러질지도 몰랐다. "나 가야겠어!" 나는 서둘러 자리를 벗어났다.

허둥지둥 얼마나 달렸을까, 책 분장을 한 사람과 부딪히고 말았다. 그 사람의 책 앞장이 펼쳐지면서 얼굴이 나타났다. "조지, 너야?"

"아, 엠마 안녕." 조지는 나를 보자 초조한 얼굴이었다. "포피가 너랑 나에 대해 물어보더라. 우리에 대해 잘못 알고 있는 것 같던데."

"아, 걱정하지 마." 나는 허공에 손을 휘둘렀다. "포피는 우리가 사귀는 줄 알아."

"뭐? 왜 그렇게 생각하는데?"

"네가 나를 도와주고 있다는 걸 숨기려다 보니 그렇게 얘기하게 됐어."

조지는 귀신이라도 본 것 같은 표정이었다. 두 손으로 얼굴을 감싸 쥐더니 천천히 쓸어내렸다.

"왜 그래?"

"우리가 사귄다고 오해하면 안 되는데." 조지가 초조하게 내 주위를 왔다 갔다 하는데, 얼굴에 달린 책 표지가 다시 닫혔.

나는 그때야 표지를 확인했다. 문자 메시지가 몇 개 적혀 있었다. "안녕하세요, 하느님?" 소리 내서 읽는 순간 머리가 핑 돌았다. "잠깐만… 포피가 그 책을 좋아한다고 내가 알려 줬잖아. 너 설마 포피를 좋아하는 건 아니지?"

조지의 얼굴이 창백해졌다.

그걸 본 내 얼굴도 창백해졌다.

이제야 머릿속에서 모든 게 정리되었다. 조지는 포피에 대해 많은 걸 물어봤다. 포피와 콜이 이야기를 할 때면 뚫어져라 쳐다보기도 했다. 게다가 조지의 조언이 실제로 통했던 적은 한 번도 없었다. 콜이 포피의 신발에 맞았고, 조지가 포피네 집에 올 때 화장 배우는 책을 가져왔고, 포피가 치즈처럼 입었고….

잠깐! 콜이 자기가 출연한 광고 때문에 숨어 있다고 했는데. 설마…? 오싹한 공포를 느낀 나는 조지에게 솔직하게 물었다. "조지, 너 설마 콜이 치즈 광고에 안 좋은 기억이 있는 걸 알고 포피에게 그렇게 입으라고 알려 준 거 아니지?"

조지는 입술을 깨물었다. "난 콜이 치즈 광고에 특별한 기억이 있다고 했지, 좋은 기억이라고는 안 했어." 조지는 수류탄을 피하는 사람처럼 몸을 휙 돌렸다.

"어떻게 네가 그럴 수 있어!" 내가 씩씩거리며 팔짱을 끼자 어깨에 붙은 풍선 하나가 터져 버렸다. '이런, 뉴턴의 제3 법칙.'

나는 정신없이 포피를 찾았다. 안으로 들어갔다가… 밖으로 나왔다가… 다시 안으로 들어갔다. 포피는 흔적은 어디에도 없었다.

'집으로 돌아간 게 분명해.' 치즈 의상을 입은 포피는 아마 눈에 띄지 못했을 것이다. 의상은 엄청 더웠을 테고, 콜이 어디에 있는지도 찾지 못했을 것이다. 여기 대부분의 사람들처럼 콜도 가면을 썼으니까. 다 괜찮을 거라고 나를 다독이면서 파티장을 떠날 수밖에 없었다.

밤공기는 제법 싸늘해졌고, 밖에 나온 사람도 별로 없었다. 한쪽에서는 남자아이들이 모여서 폭죽을 터뜨렸다. 하나는 굉음을 내며 하늘 높이 솟아올랐고, 다른 하나는 길 위를 밝게 비추었다. 그때였다….

치즈 옷을 입은 포피였다.

그 옆에는 가면을 위로 올려 쓴 콜이 있었다.

너무 늦어 버렸다. 포피가 콜을 발견하고 말았다.

포피가 콜 쪽으로 비틀거리며 몸을 기울였다. 공포로 가득한 콜의 얼굴은 마치 야생곰으로부터 공격을 받는 사람 같았다. 포피가 콜을 밀쳤고… 모든 장면이 느린 동작으로 보였다.

차마 끝까지 볼 수 없었다.

나는 집으로 도망쳤다.

움직이는 방향과 반대로 작용하는 힘

주말이 지나가고 월요일이 되자 하늘에는 내 머리 위에 떠 있는 것과 똑같은 먹구름이 드리웠다.

나는 무거운 발걸음을 이끌고 학교로 향했다. 복도에 들어서니 뒤에서 포피가 부르는 소리가 들렸다. "책벌레!" 포피의 화난 목소리가 귀를 찔렀지만, 나는 못 들은 척 재빨리 뛰어갔다.

그때 맞은편에서 조지가 소리쳤다. "엠마!"

'이런!' 조지가 나를 배신할 줄이야. 나는 씩씩거리며 눈을 바닥에 고정한 채 옆 복도로 급하게 방향을 틀었다.

"뛰지 말거라!" 고질라 선생님이 소리쳤다. 선생님의 호통에 흠칫 놀라서 빠른 걸음으로 계단 아래로 숨어들었다. 가방에서 구겨진 《과학의 오늘과 내일》 잡지를 꺼낸 다음, 아무 쪽이나 펼쳐서 기사에 집중하려고 노력했다. 마찰은 움직임에 저항하는 힘으로, 우리가 걷거나 뛸 때 신발과 땅 사이에 마찰력이 필요하다는 내용이었다. 마찰이 있어야 땅을 꽉 붙잡아 줘서 미끄러지지 않고 목적지에 도달할 수 있다고 했다. 하지만 한편으로는 마찰이야말로 속도를 늦추는 원인이기 때문에 역설적이라는 생각이 들었다.

그때 올리브의 목소리가 들렸다. 올리브는 몰리와 홀리에게 팬 미팅 이야기를 하고 있었다.

"팬 미팅 당첨자 결과가 나왔대." 몰리가 말했다.

"완전 실망이야." 홀리가 한숨을 내쉬었다.

"나도. 내가 뽑힐 수만 있다면 뭐든지 했을 텐데." 올리브가 말했다.

'휴, 다행이다. 다행히 나는 안 뽑혔나 봐.' 포피와 올리브 중에 한 명을 선택해야 하는 상황은 상상하기도 싫었다. 둘 다 나에게 화가 많이 나 있다. '어떻게 화해하지?'

점심시간이 되자 나는 고민 끝에 식당으로 향했다. 올리브에게 말해야 한다…. 포피에게도. 무슨 일이 있었는지 설명해야 한다.

올리브는 몰리와 홀리와 함께 앉아 떠들고 있었다. 기분이 좋아 보였다. 나는 용기를 내 올리브 쪽으로 한 걸음 내디뎠다. 그때 조지가 불쑥 나타나 그들 옆자리에 앉는 걸 보고, 자리에 우뚝 서서 가방에서 무언가를 찾는 시늉을 했다.

가방에서 C Ho Co La Te 공책을 꺼내자, 종이 몇 장이 같이 떨어졌다. 떨어진 종이를 집어 보니 모모 케쇼 상표를 그린 그림이었다. 조지가 자기 일처럼 나서서 상표를 그렸던 일이 생각났다. 조지가 포피에게 반했다는 걸 어떻게 모를 수 있었을까? 나는 나머지 종이를 모아

다시 넣으면서 가방을 정리해야겠다고 다짐했다.

머리 빗는 남자애와 브레이크 댄서가 함께 앉아 포피와 아이비, 수지를 보고 있었다. 그때 포피와 눈이 마주쳤고, 순간 배 속이 상한 우유처럼 굳어 버렸다.

포피는 나를 보고 미소를 지었다. 쿵쾅거리는 심장을 붙잡고 포피 쪽으로 한 걸음 내디뎠을 때 나를 향한 미소가 아니라는 걸 깨달았다.

콜이 내 뒤에 서 있었다. "안녕."

"안녕." 아무렇지 않게 대답했지만 배는 여전히 뒤틀렸다.

"파티에서 같이 이야기한 거 재미있었어."

얼른 포피의 눈치를 살피니 상처받은 얼굴을 하고 있었다. '안 돼! 내가 일부러 계획을 망칠 속셈이었다고 오해하면 어떡하지? 콜이랑 대화하는 모습을 들켜선 안 돼.' "미안해, 내가 이상한 걸 먹어서 속이 좀 안 좋아." 나는 배를 부여잡고 도망치면서 앞으로는 콜을 피해야겠다고 결심했다.

학교가 끝나고 나는 포피와 처음 만났던 부두로 향했다. 도대체 무슨 생각으로 남자에 대해 아는 척을 했을까? 어떻게 포피에게 거짓말을 하고도 책임을 회피할 수 있다고 생각했을까? 내 무덤을 내가 판 꼴이 되었고, 이제는 어떻게 빠져나와야 할지 몰랐다.

그때 물속에서 무언가가 떠올랐다. 바다사자 사울이었다. 사울은 일광욕을 즐기는 사람처럼 물 위에 뒤로 누워 있었다. 그날 포피가 물에 빠지지 않았더라면 모든 일이 잘 풀렸을까?

갑자기 사울이 눈을 뜨더니 내가 사기꾼이라는 걸 안다는 듯 나를 또렷이 쳐다보았다. 포피에게 모든 걸 실토하면 어떻게 될까? '사실 난 남자에 대해 잘 몰라. 그래서 조지가 나를 도와줬어. 큰 착오가 있었어.'

상상 속의 포피가 이렇게 말했다. "이제 너는 필요 없어." 그 말이 나를 조금씩 갉아먹었다.

"책벌레!" 포피의 목소리에 퍼뜩 정신이 들었다. 나도 모르게 뒷걸음질 치면서 포피가 나를 물로 확 밀어 버릴 거라고 생각했다.

"나는, 나는 그러니까…."

"파티에서 무슨 일이 있었는지 상상도 못 할 거야." 놀랍게도 포피의 목소리는 차분했다. "내가 콜을 발견하고 다가가려고 하는데 콜이 갑자기 비명을 지르더니 도망가는 거야. 나는 너무 당황스럽고, 또 화났어…. 너한테." 포피의 얼굴에 밝은 빛이 돌았다. "그런데 조지가 말해 주더라."

나는 혼란스러웠다. "뭐라고 말했는데?"

"콜이 나를 보고 도망친 게 아니라고. 생쥐 의상을 입은 남자를 보고 도망간 거래. 콜이 쥐를 무서워하나 봐."

"뭐?" 나는 입이 떡 벌어졌다.

"생쥐 옷을 입은 남자가 치즈인 나를 쫓는 척했나 봐. 내가 콜한테 다가갔을 때 콜은 내가 아니라 내 뒤에 있는 생쥐를 본 거지."

"조지가 그렇게 말했다고?"

"응. 그리고 네가 했던 말을 조지도 똑같이 하더라고. 콜이 치즈를 정말 좋아한다고."

'뭐라고?'

포피가 입을 오므리며 말했다. "넌 친구들까지 잘 챙겨 주는 남자 친구가 있어서 정말 좋겠다."

이해가 되지 않았다. 조지가 후회라도 한 걸까? 정말로 나를 도와주려고 한 변명일까? 아니면 또다시 안 좋은 일을 꾸미고 있는 걸까? 어느 쪽이든 간에, 나는 포피의 말에 동의했다. "그런 것 같아."

"그건 그렇고, 아까 식당에서 콜이랑은 무슨 이야기한 거야?"

"그게…." 나도 모르게 거짓말이 튀어나왔다. "사실 너에 대해 물어보더라고."

"정말이야?"

'빨리 머리를 굴려 봐.' 포피는 수줍게 머리를 꼬았다. "네 머리가 정말 예쁘다고 생각한대."

포피는 웨이브 머리를 털면서 씩 웃었지만, 곧 얼굴에서 미소가 사라졌다. "그런데 콜이 다른 사람을 좋아하는 것 같아."

"왜 그렇게 생각해?"

"파티에서 다른 여자애랑 이야기하는 걸 봤거든. 콜은 가면을 벗고 있었는데, 여자애는 뒷모습만 보였어. 슈퍼히어로 분장을 한 것 같더라."

나는 꿀꺽 침을 삼켰다.

"둘이 꽤 오래 가깝게 이야기를 나누더라고. 내가 용기를 내서 말을 걸려고 다가갔는데 콜이 여자애 뒷덜미에 손을 올리더라고."

'폭죽 터졌을 때구나.'

"콜이 키스를 하려고 한 건지는 모르겠어. 그래서 나는 그냥 돌아왔어."

나는 한 번 더 침을 삼키고 말했다. "분명 오해한 걸 거야."

포피는 이마에 손을 짚고 위를 올려다보았다. 희망을 잃은 표정이었다.

'포피가 포기하게 둘 순 없어. 그러면 더 이상 내가 필요하지 않을 거야.' "나한테 계획이 있어." 입이 저절로 움직였다.

"전에도 그렇게 말했잖아."

생각할 시간이 필요했다. "주말까지 시간을 줘. 실망시키지 않을게."

"좋아. 하지만 이번이 마지막이야. 알았지? 절박한 것처럼 보이는 건 나도 싫어."

"알겠어. 진짜 마지막이야."

시간이 빠르게 흘러 어느새 주말이 다가오고 있었지만, 아직 좋은 생각이 떠오르지 않았다. '엄마라면 이럴 때 어떻게 해야 할지 잘 알 텐데.' 엄마는 왜 나에게 전화하지 않을까? 어쩌면 핸드폰이 고장 났을지도 모른다. 나는 이메일을 보내기로 했다.

"사랑하는 엄마에게,
전화 좀 해 주세요. 급한 일이에요!"

나는 잠깐 고민하다가 글을 지웠다.

"엄마, 여쭤볼 게 있어요."

이렇게 중요한 이야기를 이메일에 쓰고 싶지 않았다.

"엄마의 조언이 필요해요. 제 친구가 어떤 남자아이에게 관심이 있어요. 친구가 그 남자애와 사귀려면 어떻게 해야 할까요?
전화 주세요. 사랑을 담아, 엠마가."

다 됐다…. 그리고 보내기 버튼을 눌렀다.
나는 엄마가 바로 답장을 보내길 바라며 초조하게 수신함을 새로 고침 했다. 마음을 비우기 위해 과학 기사를 연달아 읽어 보기도 했지만 나도 모르게 자꾸만 이메일에 손이 갔다. 그러다가 스팸 메일

함까지 확인하게 되었는데…. "축하드립니다, 엠마 사카모토 님!"

처음에는 그냥 광고 메일인 줄 알았다. 하지만 보낸 사람의 프로필이 눈에 익어서 메일을 열어 보았다.

"〈마법의 존재들〉 드라마 속 배우와 만나는 팬 미팅에 당첨되신 걸 축하드립니다."

'내가 뽑혔다고?' 나는 메일을 다시 읽었다. "…아주 가까이에서 배우와 개인적으로 만나는 자리… 웬트워스 마법사의 마법 공연… 옥타비아 황제의 액션을… 무대 위 단독석에서…."

'안 돼, 내가 뽑혔잖아.' 포피와 올리브의 얼굴을 떠올리자 머릿속에서 소용돌이가 몰아쳤다. 핼러윈 파티에서 불미스러운 일이 있었으니, 포피는 분명 팬 미팅을 이용하고 싶을 것이다. 콜과 함께 무대 위에 올라간다면 포피가 그렇게 원하던 관심을 받을 수 있을 테니까. 하지만 한편으로는 올리브에게 이 티켓을 주는 건 정말 큰 의미가 될 것이다. 틀어진 우리 사이가 예전으로 돌아갈 수 있다. 올리브는 드라마의 열혈 팬이지만, 포피는 콜의 열혈 팬이다. 올리브는 이 티켓을 원하지만, 포피는 이 티켓이 필요하다. 아니면 그 반대일 수도 있다. 도대체 누구를 선택해야 할까?

'아무도 이 메일을 못 봤어. 그냥 비밀로 하면 돼.'

Chapter 24
발열반응

**열이나 빛으로 에너지를
방출하는 화학반응**

토요일이 되자 나는 포피를 만나러 언제든 바다 책방으로 향했다. 어떤 조언을 해야 할지 결국 아무것도 떠올리지 못한 채 불안한 마음으로 조타 핸들을 잡고 문을 열었다. 먼저 와 있던 포피는 집중해서 책을 읽는 중이었다. 포피가 읽고 있는 책 표지에는 알파벳 타일이 가득했다.

포피가 나를 발견하고 신난 표정으로 손을 흔들었다. 나는 도대체 무슨 생각으로 아무 계획도 없이 여길 왔을까? 이번이 마지막 기회였다. '포피는 기발한 계획을 기대하고 있을 거야.'

포피는 다시 책에 얼굴을 파묻었다. "이 부분만 마저 읽을게. 지금 엄청 재미있어."

나는 긴장감에 땀이 멈추질 않았고, 서둘러 ≪과학의 오늘과 내일≫을 펼쳐서 영감이 떠오를 만한 부분을 찾았다. 이번에 읽은 건

열을 방출하는 화학반응에 대한 내용이었는데, 일상에서 볼 수 있는 예로는 물에 세제를 녹이거나 식초에 베이킹소다를 넣을 때, 그리고 쇠가 녹슬 때가 있었다.

책을 다 읽은 포피가 책장을 덮자, 나는 가슴이 다시 답답해졌다. 일단 포피에게 코코아를 마시자고 한 뒤 같이 카페 쪽으로 걸어갔다. 포피는 휘핑크림이 듬뿍 올라가고 별 모양 초콜릿이 뿌려진 코코아를 주문했다. 나는 아무런 토핑 없이 유당 없는 코코아만 주문했다.

그리고 우리는 닻이 그려진 의자 위에 앉았다. 포피는 내가 말을 꺼내길 기다리는 눈치였다.

나는 포피의 음료를 가리키며 말했다. "예쁘다."

포피는 멍하니 바라보다가 무슨 생각이라도 난 듯 갑자기 핸드폰을 꺼내 들었다. 그리고 책장을 배경으로 코코아 사진을 찍더니 자판을 두드리면서 중얼거렸다. "언제든 바다, 스티브스톤의 숨은 보석."

숨은 보석이라는 장소를 왜 SNS에 올리는지 궁금했다. 그냥 그대로 놔두는 게 더 좋지 않을까? '적어도 나는 그런데.'

"내가 인터넷에서 읽었는데…." 그 순간 핸드폰 알람이 울리자 포피는 말을 멈추었다.

'당첨자 이름이 인터넷에 올라와서 포피도 알게 되면 어떡하지?' 배 속이 뒤틀리더니 세탁기처럼 빙빙 돌았다.

포피는 마침내 핸드폰을 내려놓았다. "콜이 똑똑한 여자를 좋아한다고 하더라."

'휴, 다행이다. 그건 모르는구나.'

"이렇게 책이 가득한 장소를 찍어서 올리면 콜이 내 사진을 좋아할 것 같아." 그러고는 나에게 답이 있다는 듯 내 눈을 똑바로 바라보았다.

"콜이 네 머리가 예쁘다고 했어." 내가 말했다.

"왜 나한테 직접 말하지 않았을까?"

"부끄러운가 보지."

"하지만 콜은 배우잖아."

"배우라고 해서 수줍음이 없는 건 아니야." 포피의 표정을 보니 아직 설명이 부족한 것 같았다. "지금까지 제일 효과가 있었던 건 뭐라고 생각해?"

"신발 던졌던 거."

나는 침을 꿀꺽 삼켰다.

"빨간색 드레스랑 금색 하이힐."

입술을 잘근잘근 씹었다.

"그리고 콜이랑 조지가 놀러 와서 같이 비디오 게임 한 거."

'이런, 조지. 포피에게 팬 미팅 티켓을 줘야 할 것 같네. 일단 계속 질문을 해 보자.'

"콜의 어떤 점이 제일 좋아?"

"일단은 멋있잖아. 넌 그렇게 생각 안 해?"

콜은 정말로 멋있는 눈빛을 가지고 있었다. 눈을 보고 있으면 나도 모르게 빨려드는 것 같았다. 나는 머리를 움켜쥐었다. '정신 차려, 엠마.' "다른 건?"

핸드폰 알림이 울리자 포피는 잽싸게 핸드폰을 꺼냈다. "콜이 아직 '좋아요'를 안 눌렀어. 아무도 안 눌러." 포피는 땅이 꺼져라 한숨을 쉬었다.

"뭘 좋아하는데?"

"내가 방금 올린 사진 말이야."

"이제 막 올렸으니까 그렇지."

"안 돼, 팔로워가 줄어들었어." 포피는 마치 쳐다보기도 싫다는 듯 핸드폰을 내밀었다. "너무 스트레스야. 아무것도 안 올리면 나 혼자 뒤처지고, 사진을 올리면 다른 사람이 좋아해 주길 기다리게 돼. 모든 게 엉망이야." 그리고 포피는 정말 이해할 수 없는 말을 했다. "책벌레, 나는 네가 부러워."

'포피가 왜 나를 부러워할까?'

"넌 핸드폰이 없잖아. 나도 핸드폰이 없으면 너무 자유로울 것 같아."

"그럼, 잠깐 치워 두고 안 하면 되지 않아?"

"그럴 순 없어. 포모증후군 때문에."

"뭐?"

"나만 뒤처질까 봐 두려워한다는 뜻이야." 포피는 다시 핸드폰을 가져가더니 화면을 넘기기 시작했다. "난 인터넷에서 일어나는 모든 일을 하나도 빠짐없이 알고 싶어. 무슨 일이 일어나는지 모르면 나만 못 어울리는 것 같아. 그리고 내가 뭘 놓쳤다는 걸 알면 소외당하는 것 같고. 절대 빠져나갈 수가 없어."

포피의 마음이 이해됐다. 포피를 만난 이후로 나도 포피에게 일어나는 일을 하나도 놓치고 싶지 않았다. 포피가 나에게 속마음을 이야기해 줬으니, 마침내 나도 비밀을 털어놓을 수 있을 것만 같았다. "내가 우리 엄마 이야기했던 거 기억나?"

"엄마가 있어서 얼마나 다행인지 몰라!" 포피는 가방을 뒤졌다. "너도 알겠지만, 엄마 없이 이런 걸 어떻게 헤쳐 나갔을지 상상도 안 돼. 아, 여기 있네." 포피는 대형 생리대를 꺼냈다.

나도 언젠가 저런 게 필요해질 거라는 생각이 들어 머리가 어지러웠다.

포피가 동정 어린 목소리로 말했다. "맞다, 너희 엄마 출장 가셨다고 했지? 이런 걸로 궁금한 거 생기면 언제든 나한테 물어봐."

나는 곧바로 표정이 밝아졌다. 포피는 진심 어린 표정으로 날 보고 웃더니 화장실로 향했다. 나는 우리가 진짜 우정을 쌓고 있다고 확신했다. 내가 당첨되었다고 사실대로 말하고 이 티켓을 포피에게 줘야 할 것 같았다. 그러면 포피는 콜 문제로 더 이상 걱정할 필요가 없을 것이다.

포피가 화장실에서 돌아오자 나는 코코아를 한 모금 마시고 말을 꺼내기로 결심했다. 그런데 컵을 내려놓는 순간, 내 손목에 걸린 이중나선 모양의 DNA 팔찌가 테이블에 부딪히며 쨍하는 소리가 났다. 그 익숙한 소리는 올리브와 내가 얼마나 친한 친구였는지를 떠올리게 했다. 죄책감이 내 마음을 콕 찔렀다. 포피에게 당첨 티켓을 주면 올리브는 크게 실망할 것이다. 당첨 티켓을 받은 올리브의 신난 얼굴을 떠올리기만 해도 온몸에 따뜻한 기운이 돌았다. 포피와 콜을 만나게 할 다른 방법을 찾아야 했다.

"일단 콜이랑 친구부터 되는 건 어때?" 내가 물었다. "그리고 나머지 단계는 자연스럽게 이어지는 거지."

"흐음. 하지만 어떻게? 콜 옆에 있으면 너무 긴장된단 말이야." 포피는 무기력하게 창문 밖을 바라보았다. 그때 포피가 누군갈 보고 놀라길래 밖을 내다보니, 아이비와 수지가 책방 안으로 들어오고 있었다.

"안녕, 포피" 아이비는 나에게 눈길도 주지 않았다. 어떻게 이 장소를 찾았을지 궁금했는데, 수지가 먼저 포피의 SNS에서 봤다고 알려 줬다.

아이비는 내 어깨를 잡더니 손톱으로 살을 파고들 것처럼 힘을 주고 말했다. "나 휘핑크림 올린 따뜻한 코코아 좀 사 줄 수 있을까? 나중에 갚을게." 아이비의 말투는 다정했지만, 포피와 나 사이를 거칠게 비집고 들어오더니 내 자리를 빼앗았다.

"나도 같은 걸로." 수지가 말했다.

코코아를 들고 자리로 돌아왔을 때, 세 명은 이미 쇼핑몰에 가기로 정한 뒤였다. 아이비는 머리를 기울이며 문을 가리켰다. "가자." 수지는 곧장 일어났지만, 포피는 핸드폰에 정신이 팔려 있었다. 포피까지 핸드폰을 가방에 넣고 일어서자, 세 명은 다 같이 문으로 걸어갔다. 나는 멍하니 양손에 코코아를 든 채로 서 있다가 서둘러 컵을 내려놓고 뒤를 따라나섰다.

버스 정류장으로 가는 길에 펑퍼짐한 점퍼를 입고 얼굴에 딱 맞게 후

드를 조여서 쓴 어떤 사람이 우리 쪽으로 걸어왔다. 다른 친구들은 그 사람을 지나쳐 갔지만, 거리가 가까워지자 누군지 단번에 알 수 있었다. 난 올리브에게 말을 걸기 위해 발걸음을 멈추었다.

"이러다가 버스 놓치겠어." 아이비가 소리치고는 계속 걸어갔다.

수지는 뒤를 따라가면서 손을 맞잡고 문질렀다. "너무 춥다."

포피는 계속 핸드폰을 쳐다보면서 걸었다.

나는 손을 흔들며 말했다. "너희 먼저 가." 세 명은 아무 망설임 없이 계속 걸어갔다.

올리브와 나는 잠깐 말없이 서로를 쳐다보았다. 올리브의 슬픈 눈을 마주하자, 올리브도 나와 화해하고 싶다는 걸 알았다. 너무 보고 싶었다고 말하려던 찰나, 올리브가 주머니에서 구깃구깃한 종이 조각을 꺼냈다. 네모난 초콜릿 그림에 작은 낙서가 써진 종이였는데, 나는 한눈에 알아보았다. "너 그거 어디에서 났어?"

"바닥에서 주웠어. 시험 보던 날 무슨 일이 있는 것 같긴 했는데, 네가 이럴 줄은 정말 상상도…."

나는 종이를 낚아채려고 했지만, 올리브가 뒷걸음질 쳤다. "이것 때문에 문제가 심각해질 수도 있어."

화가 치솟았다. "네가 입 다물면 아무 일도 없어!"

"엠마, 난 널 도우려는 것뿐이야."

"날 돕고 싶다면 그걸 돌려주고 아무 말도 꺼내지 마." 나는 손을 내밀었다.

"난 널 잘 알아. 넌 원래 이렇지 않았어."

"네가 날 어떻게 알아? 계속 피해 다녔으면서."

"너한테 이런 일을 시키는 사람들이랑 왜 어울리는 거야?"

"아무도 나한테 시키지 않아." 등줄기를 타고 열기가 올라오는 게 느껴졌다. "그냥 좀 돌려주면 안 돼?"

"도대체 왜 이래?"

"넌 도대체 왜 이러는데?" 금방이라도 얼굴이 터질 것 같았다. 나는 날카로운 말을 아무렇게나 쏟아 냈다. "넌 질투하는 거야. 내가 너보다 잘나가는 애들이랑 친구라는 걸 인정하기 싫은 거라고!"

올리브의 얼굴이 붉으락푸르락해졌고, 나는 눈을 똑바로 쳐다볼 수 없었다.

올리브 때문에 이런 기분이 들 줄은 정말 몰랐다. '올리브에게 당첨 티켓을 줄 생각이었는데.'

**영양분과 산소를 활용하여 세포에 에너지를
공급하는 생화학적 과정**

나는 간신히 포피와 아이비, 수지가 탄 버스를 따라 탔다. 쇼핑몰에 들어서자 크리스마스 분위기가 물씬 풍겼다. 입구 한가운데에는 크리스마스 장식을 기다리는 커다란 나무가 서 있었고, 아치형 천장에는 색색의 리본과 방울이 달려 있었다. 포피는 핸드폰을 꺼내 무언가를 확인하더니 말했다. "리치먼드 옷 가게로 가자. 계절이 바뀌었으니 내 옷장도 바뀌어야지." 포피는 나를 보며 웃었다.

나도 따라 웃으며 속으로 생각했다. '올리브는 필요 없어. 이제 나에게는 다른 친구들이 있으니까.'

우리는 여러 가게를 지나친 뒤 포피가 제일 좋아하는 상점으로 들어갔다. 안으로 들어가자마자 수지는 산호색 스웨터를 집어 들었다. "포피, 이거 입어 봐. 잘 어울릴 것 같아."

그러자 아이비는 보라색 스웨터를 집어 둘 사이에 불쑥 밀어 넣었다. "그거 말고 이거 입어. 이 색이 더 잘 어울려."

하지만 포피는 아무것도 받지 않고 진열된 옷을 훑어보았다. 나는 선명한 색감의 옷이 눈에 들어왔다. 테이블 위에는 빨간색, 초록색, 하얀색, 그리고 은색의 크리스마스 스웨터가 쌓여 있었다. 예전에 엄마가 나와 아빠를 위해 크리스마스 커플 스웨터를 사 왔던 때가 떠올랐다. 엄마는 그 옷이 우리한테 딱 어울리는 이상하지만 사랑스러운 스웨터라고 말했다. 그러면서 엄마가 재킷을 벗었는데, 우리와 똑같은 스웨터를 입고 있었다. 엄마는 항상 크리스마스가 가족과 함께 보내는 소중한 시간이라고 믿었다.

스웨터를 들어 보니 앞면에는 커다란 진저브레드 쿠키가 순록과 춤을 추고 있었다. 그리고 작은 방울들이 어깨부터 손목까지 쭉 이어졌다. 그때 포피가 내가 들고 있던 옷을 가져가 입어 보더니 신나게 웃으며 방울을 딸랑거렸다. 나는 동그란 화환 가운데에 산타 얼굴이 그려진 스웨터를 입었다. 포피와 나는 거울 앞에서 웃긴 표정을 지으며 장난을 쳤다.

저 멀리서 아이비가 눈동자가 안 보일 정도로 매섭게 우리를 노려봤다. "나 배고파졌어." 아이비가 대뜸 말했다. "식당으로 가자."

포피와 아이비, 수지는 피자 코너로 갔지만, 나는 달콤한 게 먹고 싶었다. 그래서 크레이프 코너로 가서 초콜릿을 바른 유당 없는 크레이프를 사려고 마음먹었다.

주문하는 줄에 서서 미리 자리 잡은 세 친구를 쳐다봤다. 다닥다닥 붙어 있는 뒤통수들을 보니 조각 피자 하나를 셋이서 나눠 먹는 것 같았다.

그러다 주문할 차례가 되어서야 돈이 부족하다는 걸 깨달았다.

어쩔 수 없이 빈손으로 돌아왔는데, 내가 나타나자 세 명은 기다렸다는 듯이 얼굴을 떨어뜨렸다. "무슨 얘기 하고 있었어?" 내가 물었다.

"매니큐어를 좀 살 생각이야." 아이비가 말했다.

'그 얘기가 다였을까?'

포피와 아이비, 수지는 잡화점으로 들어가더니 화장품 코너로 곧장 향했다. 몇 개의 샘플을 골라 손톱에 발라보더니 손을 내밀고 색깔이 예쁘다며 감탄했다.

포피는 청록색 매니큐어와 금색 매니큐어를 하나씩 들었다. 아이비는 두 가지 색조가 섞인 보라색 매니큐어와 살구색 매니큐어 큰 통을 집었다. 수지는 빨간색 매니튜어와 거기에 어울리는 빨간색 립스

틱도 골랐다.

"빨간색은 너한테 안 어울려." 아이비가 비웃자 수지는 회색 매니큐어와 옅은 립글로스로 바꾸었다.

포피는 '공주 핑크'라고 적힌 매니큐어를 나에게 건넸다. 돈이 부족하다는 걸 알았지만 포피가 주는 매니큐어를 받았다.

고개를 들어 보니 아이비와 수지는 이미 계산대로 걸어가고 있었다. "안 올 거야?" 포피가 물었다.

"그게…." 나는 말을 잇지 못하고 매니큐어를 꽉 쥐었다. "사실은 돈이…."

내가 말을 끝내기도 전에 포피는 슬쩍 뒷걸음질하더니 내 귀에 속삭였다. "그냥 가져." 주위를 둘러보니 세 명의 손에는 아무것도 없었다. 난 그제야 친구들이 계산하려던 게 아니라는 걸 깨달았다.

숨이 가빠지기 시작했다. 산소 공급이 끊긴 것처럼 머리를 굴릴 에너지가 부족했다. 떨리는 손으로 주머니 깊숙이 매니큐어를 쑤셔 넣고 친구들 뒤를 따랐다. 계산원은 다른 손님이 고른 치약을 계산하고 있었다. 내 심장 소리가 저들에게도 들릴 것만 같았다.

한 걸음, 또 한 걸음. 가게를 빠져나갈 때까지 나는 숨도 제대로 못 쉬었다.

Chapter 26
관성

**어떤 물체가 외부의 힘을 받지 않는 한
현재 상태를 유지하려는 경향**

바깥 공기는 평소와 다르게 바람 한 점 없었다. 나뭇잎이 너무 고요한 나머지 나무가 마치 그림 같았다. 하지만 내 심장은 아직도 벌렁거렸다. 학교로 걸어가면서도 내 신경은 온통 주머니 속에 숨겨 놓은 핑크색 매니큐어에 가 있었다.

영어 수업에 일찍 도착한 나는 자리에 앉아 관성에 관한 글을 읽었다. 테이블보를 잡아당겨도 테이블 위의 컵은 그대로 있다. 공은 잡기 전까지 계속 굴러간다. 하지만《과학의 오늘과 내일》도 예전처럼 내 마음을 다독여 주지 못했다.

어느새 교실 안은 학생으로 가득 찼다. 포피와 수지, 아이비는 모두 손톱에 매니큐어를 바르고 왔다. 몰리와 홀리는 콜이 촬영 중이라 학교에 오지 않았다며 아쉬워했다. 나는 고개를 돌려 올리브를 찾았지만 보이지 않았다.

고질라 선생님이 크게 손뼉을 치며 수업 시작을 알렸다. 교실은 곧바로 잠잠해졌다. "오늘은 글을 쓸 거야. 각자 주제를 자유롭게 고르고 창의성을 발휘해 보자." 교실 전체가 한 번 더 웅성거리자, 선생님이 다시 조용히 시켰다. "이건 개별 과제다." 선생님은 집게손가락을 들어 입에 댔다.

몰리와 홀리는 재빨리 글을 쓰기 시작했다. 코딩하는 애는 관자놀이를 문질렀다. 아이비는 손톱을 보고 있었고, 수지는 머리를 긁적였다. 조지와 브레이크 댄서, 머리 빗는 애는 포피에게서 눈을 떼지 못했다.

나는 좀 전에 읽은 기사를 요약해서 적으려고 했지만 집중하기가 어려웠다.

"엠마!"

"네, 엄마."

교실 곳곳에서 웃음이 터져 나왔고, 내 얼굴은 실험용 가열기처럼 뜨거워졌다. "그러니까, 그게…."

"엠마." 고질라 선생님이 내 텅 빈 종이를 내려다보며 다시 말했다. "수업 끝나고 나 좀 보자."

선생님이 왜 나를 부르신 걸까? 물건 훔친 걸 들켰나? 내가 매니큐어를 주머니에 넣을 때 선생님이 그 자리에 있었으면 어떡하지? 나는 떨리는 손으로 연필을 잡고 뭐든 적어 보려고 했다. 여기에 내 잘못을 인정하고 이유를 잘 설명하면, 고질라 선생님이 나를 이해해 주실지도 모른다. 하지만 겨우 몇 단어를 적기 무섭게 다시 연필로 북북 지워 내기 바빴다.

어느샌가 수업이 끝나 버렸고, 내 종이에는 미완성 문장과 연필로 지운 단어만 남아 있었다.

나에게 다가온 고질라 선생님은 놀랍도록 다정한 목소리로 괜찮냐고 물어보았다. "요즘 들어 기운이 없어 보이던데. 지난번 발표 이후로 엠마 너의 과제들이, 그러니까, 기대에 못 미치는 것 같더구나." 선생님은 따스한 눈빛으로 나를 쳐다보았다. "너는 잠재력이 아주 많은 아이야."

나는 처음으로 고질라 선생님과 맘 편히 대화할 수 있겠다는 생각이 들었다. "선생님은 후회한 적이 있으세요?"

"오, 엠마. 후회할 일은 늘상 있지."

내 숨소리가 차분해졌다. "예를 들면요?"

"오늘 아침만 해도 마지막 커피 캡슐로 커피를 내려서 나 혼자 다 마셔 버렸어. 평소라면 내 남자친구가 크게 개의치 않았을 거야. 원래 에너지가 넘치는 사람이거든. 하지만 오늘은 뭔가 신경 쓰이는 일이 있었나 봐. 남자친구도 커피를 원했는데 내가 다 마셔 버린 거지."

선생님의 문제는 나만큼 심각한 것 같지 않았다. 그래도 선생님은 속상해 보였다. "그래서 어떻게 하셨어요?"

"남자친구에게 사과하고 출근길에 커피를 사 줬어."

사과는 나에게 도움이 되는 해결책이 아니다. "제가 한 일은 훨씬 나쁜 거예요." 무슨 말을 한 건지 깨닫자마자 나는 입을 꽈 단아 버렸다.

"그 이야기를 하고 싶니?"

내가 저지른 모든 일을 선생님에게 말할 수는 없었다. 선생님은 이 사실을 신고할 테고, 그러면 내 미래는 끝장날 것이다. '대화 주제를 바꿔야 해.'

"남자친구랑은 어떻게 만나셨어요?"

선생님의 뾰족한 코가 꿈틀거렸다. "그건 왜 물어보니?"

"어떤 남자아이를 좋아하는 제 친구를 돕고 싶거든요. 그 남자아이가 제 친구에게 데이트 신청을 하면 좋겠어요. 하지만 어떻게 그렇게 만들 수 있을지 모르겠어요. 저는 남자에 대해서는 잘 모르거든요."

선생님은 내 옆자리에 앉았다. "그 친구를 돕고 싶은 건데 왜 남자에 대해 알아야 하는 거니?"

'무슨 뜻이지?'

"소녀에 대한 선입견을 이야기한 건 너잖아. 소년에 대한 선입견도 있지 않을까?"

"그게 무슨 뜻이에요?"

"누가 누구에게 데이트 신청하는지가 정말로 중요할까?"

선생님 말씀이 일리가 있었다. 지금껏 나는 포피가 콜의 관심을 끌어야 콜이 포피에게 데이트 신청을 할 거라고 생각했었다. 어쩌면 꼭 그래야 하는 건 아닐지도 모른다.

"네가 여자든 남자든 그건 중요하지 않아. 모든 사람이 정말로 원하는 건 진짜 관계를 맺는 거야." 선생님이 말했다.

'진짜 관계라.' "그렇게 생각해 본 적은 한 번도 없어요. 감사합니다, 그리말디 선생님."

내가 과학실에 도착했을 때는 이미 교실이 꽉 차 있었다. 나는 곧장 포피에게 가서 방금 알게 된 사실을 말하고 싶었다. 하지만 팀버랙 선생님이 내 앞을 막더니 선생님 바로 앞의 책상에 앉으라고 했다. 선생님 목에는 검은색 나비넥타이가 단단히 매여 있었고, 평소보다 더 심각한 표정을 하고 있었다.

나는 포피에게 쪽지를 쓰기로 마음먹었다. "너에게 해 줄 말이 있어. 콜과 진짜 관계를 맺어야 해. 수업 끝나고 이야기해. 엠마가."

종이를 네모나게 접은 뒤 맨 앞에 '포피에게'라고 적었다. 포피에게 쪽지를 주려던 그때, 누군가가 내 손에서 종이를 낚아챘다. 팀버랙 선생님이 거대한 버드나무처럼 내 앞에 서 있었다. "엠마, 수업 끝나고 얘기 좀 하자." 그리고 뒤로 걸어가 포피와 아이비, 수지를 가리켰다. "너희 셋도 같이."

우리가 커닝한 걸 선생님이 알고 계신 건가?

혹시 올리브가…. 아니, 그럴 리가 없다.

하지만 한편으로는 올리브가 나한테 그런 말을 듣고도 사실대로 말하지 않았을 리 없다는 생각이 들었다. 피를 본 것처럼 속이 메스꺼워졌다.

수업 끝을 알리는 종이 울리자, 우리 네 명은 자리에 앉아 기다렸다. 팀버랙 선생님은 천천히 커피를 마시며 우리 쪽으로 걸어왔다.

"너희 모두 이번 시험을 아주 잘 봤더구나. 하지만 주관식 답이 이상하게도 전부 비슷했어."

'올리브가 말한 게 아니었어.' 서로 조금씩 답을 다르게 적어야 한다는 생각은 미처 하지 못했다.

선생님은 팔짱을 끼고 계속 말을 이었다. "나한테 할 말 있는 사람 있니?" 나와 눈이 마주치자, 선생님은 묘한 표정을 지었다.

아무도 말을 꺼내지 않았다. 포피와 아이비, 수지는 급속 냉동된 것처럼 미동도 없이 앉아 있었다.

"너희들 각자 아주 신중하게 이 문제에 대해 생각해 보길 바란다. 시간을 조금 주겠어." 선생님은 커피를 들고 교실 밖으로 나갔다.

"이제 어떻게 해?" 포피의 목소리에 두려움이 가득했다.

수지는 손톱이 옥수수라도 되는 것처럼 물어뜯기 시작했다. "우리 부모님이 알면 날 죽일 거야."

"징징대지 좀 마, 수지!" 아이비가 나무라자 수지는 이빨로 손가락 관절을 꽉 물었다.

"솔직하게 털어놓는 게 좋겠어." 내가 말했다.

"절대 안 돼!" 수지가 말을 더듬었다. "우리 엄마 아빠가 날 쫓아낼 거야."

"선생님이 직접 알아내면 문제가 더 심각해져." 내가 말했다.

"증거가 있었으면 이미 밝혀졌을 거야." 아이비는 아무 걱정도 없는 목소리로 말했다.

올리브에게 커닝 페이퍼가 있다는 건 비밀로 해야 할 것 같았다.

포피까지 창문 밖을 보며 고개를 젓는 걸 보니 아무도 내 말에 설득된 것 같지 않았다.

잠시 후 팀버랙 선생님이 다시 돌아왔고, 아이비는 살가운 목소리로 우연임이 틀림없다고 설명했다. "저희가 같이 모여서 공부했거든요." 아이비가 말했다. "서로 마음이 통했나 봐요."

나는 애써 선생님의 눈을 피했다.

그날 밤, 나는 잠들지 못하고 계속 뒤척였다. 생각에 생각이 꼬리를 물었다. '걸리면 어떡하지? 이 일이 영구적으로 기록에 남으면?' 먼 훗날 대학 면접을 보는 내 모습이 상상됐다. "엠마 양, 학교 성적은 흠잡을 데 없네요. 하지만 안타깝게도 우리는 부정행위를 한 기록이 있는 지원자는 좋게 보지 않아요."

지금껏 나는 세상에 변화를 가져오는 과학자가 되고 싶었다. 그런데 언제부터 꿈보다 친구가 더 중요해진 걸까? 무슨 일을 저지른 건지 실감이 날수록 몸이 점점 뻣뻣해졌다. 긴장을 풀기 위해 좌우로 몸을 뒤집으며 여러 근육에 힘을 줬다 풀기를 반복했다. 점진적 근육 이완법이라는 이 기술에 대해선 예전에 읽어 본 적이 있었다. 그리고 팔에 힘이 빠질 때까지 플랭크 자세를 했다.

마지막으로 등을 대고 누운 뒤 눈을 감고 양을 셌다. 하지만 양은 곧 털 뭉치로 바뀌더니 다시 복숭아가 되었다. 모모 케쇼 상표가 불쑥 떠올랐다. 나를 좋아해 주길 바라는 마음 하나로 내가 지어낸 화장품 브랜드였다.

아무리 해도 잠이 오지 않자 나는 읽을거리를 찾기 위해 아빠의 서재로 내려갔다. 그리고 바닥에 물건이 없는 공간만 밟으며 깡충깡충 뛰어 아빠의 책상까지 갔다. 서랍을 열자 분자 모형과 빈 초콜릿 포장지가 뒤섞여 있었다. 아래 서랍에는 종이 뭉치와 엘리멘터블 타일 몇 개가 들어 있었다. 탄소의 C와 산소의 O, 질소의 N이 모여 나에게 '사기꾼(CON)'이라고 손가락질했다. 서둘러 타일을 섞어 버리고 엄마 아빠의 침실로 향했다.

그 방으로 들어간 정확한 이유는 모르겠지만, 아빠의 불도저 같은 코 고는 소리 때문은 아니었다. 엄마의 옷장으로 가서 옷들을 손으로 훑다가 실크 스카프를 발견했다. 매끈한 스카프를 목에 걸쳐 보니 기분이 좋아졌다. 엄마 냄새를 계속 맡고 싶어서 스카프를 챙겨 내 방으로 돌아왔다.

그때 갑자기 누군가가 노크하는 소리가 들렸다. 노크 소리는 쾅쾅 두드리는 소리로 바뀌었다. 그리고 방문이 벌컥 열리자 특공대 옷을 입은 경찰 두 명이 들어왔다. 또 다른 경찰 두 명은 벽을 타고 창문으로 들어왔다. 난 완전히 독 안에 든 쥐였다. 경찰들은 내 방을 전부 뒤집어엎고, 서랍을 비우고, 옷장을 뒤지고, 침대까지 던져 버렸지만, 나는 계속 누워만 있었다. 베개를 낚아채서 베갯잇 속으로 손을 밀어 넣고 미친 듯이 그것을 찾았다. 내가 손바닥을 꽉 쥐고 있자 경찰은 손을 펼치라고 명령했다.

공주 핑크 매니큐어였다.

나는 땀에 흠뻑 젖은 채 꿈에서 깼다.

Chapter 27
가역과정과 비가역과정

**어떤 변화를 원래대로 되돌릴 수 있으면 가역과정,
되돌릴 수 없으면 비가역과정이다**

다음 날 아침, 기분 나쁜 감정이 뒤섞인 채 잠에서 깼다. 먹다 남은 젤리 봉지가 된 기분이었고, 내 안에는 아무도 먹고 싶어 하지 않는 걱정, 죄책감, 두려움의 맛만 남아 있었다. 나는 애꿎은 핑크색 매니큐어만 꽉 움켜쥐었다.

올리브가 가지고 있는 커닝 페이퍼에 대해 생각해 봤다. 어떻게 그 종이를 손에 넣었을까? 난 분명 시험 본 그날 바로 주워서 가방에 넣었다. 아, 이제야 기억났다…. 식당에서 조지를 피하려고 하다가 가방에서 종이 뭉치를 떨어뜨렸을 때 빠뜨린 것 같았다. '왜 나는 증거를 바로 없애지 않았을까?' 정신이 나갈 것 같아 뭐라도 해야만 했다. 가방을 정리하기 위해 내용물을 전부 쏟아 냈다. 종이들은 대부분 쓰레기통으로 직행했지만, 반듯한 글씨가 적힌 구겨진 종이 한 장이 눈에 들어왔다. 그건 포피네 엄마에게 배운 크랜베리 오렌지 머핀 레시피였다.

이것이야말로 지금 나에게 꼭 필요한 것이었다. 나는 손날로 구겨진 종이를 펼쳤다. 그리고 주방으로 가서 재료를 모았다. 설탕, 버터, 우유는 있었지만…. 아쉽게도 오렌지는 없었다.

하지만 우리 집에는…. 나는 냉동실을 열어 확인했다. '그렇지.' 엄마의 하이힐 뒤에 빼꼼 고개를 내밀고 있는 오렌지 주스 농축액을 발견했다. 엄마는 이 하이힐을 제일 좋아했는데 아직도 찾지 않는 게 의아했다. '엄마가 돌아오시기 전에 꼭 정리를 해야겠어.' 하이힐을 잡아당겨 보니 끈적끈적한 얼룩과 함께 냉동실 바닥에 달라붙어 있었다. 나는 꽁꽁 언 주스를 꺼내서 따뜻한 물을 담은 그릇에 올려놓았다. 그런 다음 마른 재료들을 계량했다. 밀가루 2컵, 베이킹파우더 작은 숟갈로 2개, 소금 한 꼬집.

다시 돌아와 오렌지 주스를 흔들어 보았지만 아직 절반이 얼어 있었다. 쳐다본다고 해서 빨리 녹을 리 없으니 그냥 다음 재료를 준비했다. 신선한 크랜베리. 우리 집에는 신선한 크랜베리 역시 없었지만, 탁자 위에 말린 크랜베리 한 통이 있었다. 그리고 크랜베리 뒤에서 완전히 녹아 있는 오렌지 주스를 발견했다. '아빠가 꺼내 놓고 까먹었나 보다.'

반쯤 녹은 주스를 다시 냉동실에 넣으려고 할 때 냉동실 불빛이 탁 켜지더니 내 머릿속에도 조명이 반짝하고 켜졌다. 일부만 녹은 오렌지 주스는 쉽게 다시 얼릴 수 있다. '변화를 되돌릴 수 있어.'

바로 그거다! 그렇다면 내 선택도 되돌릴 수 있을 것이다. 나는 방으로 뛰어가 핑크색 매니큐어를 집어 들고 대문을 뛰쳐나갔다.

버스 안은 아빠의 책상 위 분자 모형처럼 사람으로 가득 차 있었고, 나는 비 오듯 땀을 흘렸다. 한참을 달려 쇼핑몰 앞에 도착하자마자 버스에서 뛰어내렸다. 마음이 바뀌기 전에 서둘러야 했다. 두 다리에 모든 걸 맡긴 채 가게에 도착했다.

가게에 들어서자 심장이 어찌나 쿵쾅거리는지 눈알에서도 심장 박동이 느껴지는 것 같았다. 최대한 빨리 움직이려고 했지만, 진흙투성이의 강을 거슬러 올라가는 듯 발걸음이 무거웠다.

나는 지금 나쁜 짓을 하는 게 아니라는 걸 계속 되새기면서 화장품 코너로 걸어갔고, 아무도 나를 보지 않는지 확실히 하기 위해 이리저리 고개를 돌려 살폈다. '지금 아니면 못 해.' 나는 주머니에 손을 넣고 매니큐어를 잡았다. 하지만 바로 그때 누군가가 내 쪽으로 다가왔다. 잔뜩 겁에 질린 나는 매니큐어를 다시 주머니에 밀어 넣고 가게를 뛰쳐나갔다.

겨우 몇 발짝을 내디뎠을 때 뒤에서 누군가가 나를 불렀다. "잠시만요, 학생. 잠깐 이리 와 볼래요?" 뒤를 돌아보니 야구모자를 쓰고 색깔 렌즈 안경을 낀 남자가 서 있었다. 심장이 입 밖으로 튀어나올 것 같았다.

남자는 가게 뒤로 나를 안내하더니 '관리자'라고 적힌 명찰을 단 여성에게 말을 걸었다. 관리자가 뭐라고 말을 꺼내기 전에 나는 얼른 주머니에 손을 넣고 땀범벅이 된 매니큐어를 꺼냈다.

"영수증 가지고 있나요?" 여성이 물었다.

"어, 아니요. 정말로 제자리에 가져다 놓으려고 그랬어요."

"물건값을 내지 않고 가게를 그냥 나갔죠. 그건 절도예요." 관리자는 고개를 절래절래 저으며 종이와 펜을 들었다. "여기에 부모님 전화번호 적어요."

아빠는 출근하셨고 엄마는 집에 안 계신다. 나는 초조하게 발을 굴렸고, 관리자도 발을 구르며 나를 기다렸다. 주머니 속에서 꼼지락거리던 손에 무언가가 잡혔다. '포피네 엄마 전화번호다.' 나는 물고기 모양으로 접은 종이를 펼쳐서 관리자에게 건넸다. 관리자는 아무 말도 없이 가게 구석으로 가서 전화를 걸었다. 그리고 팔을 휘적거리며 통화를 했지만 무슨 대화를 나누는지는 알 수 없었다.

얼마 지나지 않아 포피의 엄마가 도착했다. 둘은 빠르게 몇 마디를 주고받더니 나에게 걸어왔다. "뭐 하고 싶은 말 있니?" 아줌마의 목소리는 차분하고 침착했다.

나는 관리자에게 고개 숙여 사과했다. "다신 이런 일 없을 거예요. 약속드릴게요."

"학생 말을 믿을게요." 관리자는 너그럽게 고개를 끄덕였다. 아줌마가 어떤 말을 했는지 궁금했다.

아줌마와 관리자는 악수를 했다. "신고하지 않아 주셔서 정말 감사드려요." 그리고 아줌마는 다정하게 내 어깨를 감싸더니 나를 데리고 가게를 나왔다.

차를 타고 집으로 돌아오는 길은 너무 길게 느껴졌다. 서로 아무 말이 없어서 더 그랬다.

우리 집 앞에 도착했을 때 나는 아줌마의 눈을 피하며 말했다.

"오늘 일 정말 죄송해요."

"엠마, 고개 좀 들어보겠니?"

'어쩐지 일이 너무 쉽게 풀렸어.' 나는 입을 꽉 다물고 천천히 고개를 들어 아줌마를 쳐다보았다.

"훔치는 건 범죄야."

'이제 시작이구나.'

"하지만 너도 그건 알고 있지?"

'그게 다라고?'

"너는 똑똑한 아이야."

나는 반신반의하며 고개를 끄덕였다.

"네가 아닌 다른 누군가가 되기 위해 그렇게 애쓸 필요 없어."

'아줌마는 나한테 왜 이렇게 친절할까?'

"너 자체로도 이미 훌륭해."

'더 이상 못 참겠어!'

"아줌마…." 목이 따끔해졌다. "포피 찾으러 전화하셨던 날, 사실 제가 거짓말했어요."

나는 아줌마가 매우 화를 내며 내가 나쁜 친구니까 다시는 포피와 어울리지 말라고 할 줄 알았다.

"엠마…." 나는 눈을 질끈 감았다. "이미 알고 있었어."

"알고 계셨다고요?" 나도 모르게 고개를 홱 돌려 아줌마를 쳐다보았다.

"그날 밤 너랑 이야기하고 난 뒤에 뭔가 이상한 느낌이 들어서 나 나름대로 조사를 해 봤지. 포피가 브리타니아 조선소에서 열리는 핼러윈 파티에 갔더구나."

"어떻게 아셨어요?" 내가 물었다.

"나도 다 방법이 있지." 아줌마가 미소를 지으며 핸드폰을 흔들었다. 그 순간 나는 포피에게 화가 나지도, 뒷일이 두렵지도 않았다. 그저 포피가 부러웠다.

"포피도 아줌마가 알고 계신다는 걸 알아요?"

"승산이 있는 싸움을 고를 줄도 알아야 한단다. 포피가 집에 돌아왔을 때 포피의 얼굴을 보고 지금은 싸울 때가 아니라는 걸 알았지."

'포피는 정말 운이 좋아.'

"포피가 결국에는 모든 걸 다 이야기하더구나." 아줌마는 내 손을 꼭 잡았다. "그래서 네 잘못이 아니라는 것도 알고 있어. 참으로 곤란했겠구나."

나도 아줌마의 손을 꼭 잡았다. 이 손을 놓고 싶지 않았다.

집으로 들어가자, 위층에서 아빠의 발소리가 들렸다. 나는 아래층에 남아 주방으로 향했다. 모든 재료가 그대로 있었다. 나는 오븐을 예열한 다음 오렌지 주스를 마저 넣고 섞었다. 포피의 엄마가 알려 준 대로 마른 재료에 구덩이를 판 다음, 그 안에 액체를 붓고 마른 크랜베리 1컵도 넣었다. 그리고 부드럽게 모든 재료를 잘 섞은 뒤 틀에 반죽을 채웠다.

머핀이 구워지기를 기다리면서 가게에서 있었던 일을 계속 떠올렸다. 내가 겁에 질리지만 않았어도 일이 훨씬 잘 풀리지 않았을까? 그러면 문제없이 매니큐어를 제자리에 돌려놓았을 테고, 아무도 눈치채지 못했을 것이다.

타이머가 울리고 나는 오븐에서 틀을 꺼냈다. 그리고 머핀을 가만히 쳐다보았다. 이 머핀은 이제 다시는 반죽으로 돌아갈 수 없다. 세상에는 되돌릴 수 없는 것도 있다. 하지만 그렇다 해도 괜찮을 것 같았다. 나는 갓 구운 머핀 냄새를 가득 들이마시며 포피의 엄마를 떠올렸다.

Chapter 28
응결

기체가 액체로 바뀌는 과정

아침에 일어나 거울을 보니 난생처음 이마에 여드름이 나 있었다. 오늘따라 초콜릿을 더 많이 먹었고, 몸은 풍선처럼 부풀어 오른 느낌이었다.

학교로 가는 길에 개리 포인트 공원을 지나가다가 영화 제작진을 또 목격했다. 공기가 축축한 걸 보니 곧 비가 쏟아질 것 같았다. 그때 갑자기 어디선가 머리가 뾰족한 트롤 몇 마리가 굴러 나왔고, 검은색 옷을 입은 남자가 전투 자세를 취했다. 그 모습을 보니 올리브가 떠올랐다. 올리브가 나에게 했던 말도 생각났다. 어쩌면 올리브 말이 맞을지도 모른다. 요즘의 나는 나답지 않았다. 게다가 어떻게 올리브를 의심할 수 있었을까? 올리브가 절대 나를 고자질할 리가 없다. 머리에 빗방울이 떨어지기 시작했다.

학교에 도착했을 때는 옷이 흠뻑 젖어 버려서 물기를 털기 위해 곧장 화장실로 향했다. 화장실 안에는 올리브가 거울 앞에 서서 배를 움켜쥐고 훌쩍이고 있었다. 올리브는 나를 보자마자 화장실 칸막이로 쌩하고 들어갔다.

"올리브, 내가 나쁜 친구였던 거 미안해." 올리브는 물을 내렸다. 나는 물 내리는 소리가 잦아들기를 기다렸다. "진심으로 한 말이 아니라는 거 너도 알지."

칸 안에서 올리브가 웅얼거리며 말했다. "아니야, 네 말이 맞아. 걔네들이 나보다 더 인기가 많잖아."

"그건 상관없어."

"나는 상관있어."

지금으로선 올리브가 내 말을 귀담아들을 것 같지 않았다. 내 진심을 보여 줄 만한 게 필요했다. "팬 미팅에 내가 당첨됐어."

침묵이 흘렀다.

"티켓 갖고 싶지 않아?"

"당연히 갖고 싶지. 하지만 우리 사이가 예전 같지 않잖아."

"나는 너를 위해서 응모한 거야."

"정말이야?"

"넌 나의 가장 친한 친구잖아."

올리브는 상처 가득한 얼굴로 문을 열고 나왔다. "그런데 왜 빨리 말해 주지 않았어?"

난 뭐라고 할 말이 없었다.

"어쨌든 그건 중요하지 않아. 이미 늦었어." 올리브는 세수를 하고 화장실을 나갔다.

'그게 무슨 말이지?'

화장실을 나가 과학실로 들어갔지만, 올리브는 자리에 없었다. 올리브가 한 말이 대부분 옳았다. 부정행위도 그랬다. '나답지 않은 행동이었어.' 솔직하게 고백하는 게 좋을지 고민하고 있으니 이마에 난 여드름이 욱신거렸다.

내가 한 짓을 인정하면 다른 친구도 곤란해질 것이다. 나에게 불같이 화를 낼 수도 있다. 만약 내가 입을 다문다면…. 올리브가 오기를 기다렸지만, 수업 종이 칠 때까지 나타나지 않았다.

팀버랙 선생님은 평소보다 더 이상하게 행동했고, 수업은 영원히 끝나지 않을 것 같았다. 형광등이 지직거리는 소리와 초침이 째깍거리는 소리가 내 귀에 파고들었다.

과학 수업이 끝났을 때쯤 나는 결국 진실을 말하기로 결심했다. 수업 종이 울리고 모두가 나가기를 기다렸다. 입 안은 바짝바짝 말랐지만, 손바닥에는 땀이 흥건했다. 모두가 교실을 나간 걸 확인한 나는 선생님을 향해 걸어가다가 문밖의 아이비와 눈이 마주쳤다. 아이비는 나를 노려보더니 포피와 수지와 함께 교실 안으로 들어왔다.

"너 이게 무슨 짓이야?" 아이비가 낮은 목소리로 물었다. 포피와 수지도 걱정스러운 표정이었다. 세 명은 나에게 교실 밖으로 따라오라고 손짓했고, 나는 그 뒤를 따라가려고 했다.

그때 팀버랙 선생님이 자리에서 일어나 헛기침했다. "나한테 뭐 하고 싶은 말 있니?" 선생님은 나를 뚫어져라 쳐다보았다.

"어…." 나는 천장과 바닥을 번갈아 쳐다보았다.

"아무것도 아니에요." 아이비가 대신 대답했다.

선생님은 눈을 가늘게 떴다. "거짓말은 대기 중에 떠다니는 기체와 같아서 평소에는 보이지 않지만, 가끔 응결되어 그 진실이 드러난단다." 선생님은 구겨진 커닝 페이퍼를 내밀었다.

막힌 배수관으로 물이 내려가듯 꿀꺽 침 삼키는 소리가 여러 번 들렸다. 더 이상 거짓말을 할 수는 없었다. "제가 썼어요."

아이비는 당장이라도 달려들어 내 목을 조를 듯했다. 포피의 얼굴은 창백해졌고, 수지의 눈에는 눈물이 차올랐다.

"답을 적은 건 저예요. 친구들은 잘못 없어요."

팀버랙 선생님은 이마를 문지르며 말했다. "너희 모두 이 일에 가담한 거야."

"저희는 낙제 당하나요?" 포피가 애처롭게 물었다.

"부모님에게 말씀하실 거예요?" 수지도 울먹거렸다.

"화장실 다녀와도 될까요?" 아이비가 말했다.

선생님은 손가락을 턱에 붙이고 앉아 의자를 빙글빙글 돌렸다. 의자가 한 바퀴씩 돌 때마다 내 몸의 긴장도가 한 단계씩 올라갔다.

영원 같은 시간이 흐르고 선생님이 움직임을 멈췄다. "이 문제는 너희 부모님과 상의하도록 하겠다." 선생님은 자리에서 일어나 교실을 나갔다.

포피는 손으로 머리를 짚었다. 수지는 곧 눈물이 터질 것 같은 표정이었다. 아이비는 매섭게 입꼬리를 올리면서 수지를 돌아보았다. "부모님한테 사실대로 말해. 네가 멍청해서 커닝이 필요했다고."

수지의 볼이 산성 용액에 넣은 리트머스 시험지처럼 붉게 변했다.

나는 아이비를 보며 눈살을 찌푸렸다.

"뭐야?" 아이비는 머리를 뒤로 휙 넘겼다.

"지금 농담할 때가 아니야." 포피가 말했다.

아이비가 포피의 등을 쓰다듬으며 말했다. "별일 아니야."

"별일 아니라고?" 포피가 아이비의 손을 뿌리쳤다. "낙제 당하거나 이 일이 영원히 기록에 남을 수도 있어." 포피는 머리를 쥐어뜯으면서 교실을 떠났다.

"그러니까 입 다물고 있으면 좋았잖아." 아이비의 눈초리가 너무 따가워서 안전 고글을 써야 할 것 같았다. "넌 진짜 얼간이야!" 그리곤 내 어깨를 확 밀치더니 씩씩거리며 나갔다.

나도 조금은 올리브를 탓하고 싶었지만, 마음 한편에서는 올리브에게 아무 잘못도 없다는 걸 너무나 잘 알고 있었다.

아빠의 표정을 보니 팀버랙 선생님이 왜 아빠를 학교로 불렀는지 전혀 모르는 것 같았다. 한편으로는 아빠가 잘못을 저지른 것처럼 보이기도 했다. 아빠는 예전에 직장 때문에 내 과학 경진대회 결승전에 오지 못했을 때처럼 죄책감이 서린 얼굴이었다.

아빠와 학교로 들어가는 길에 부모님 사이에 끼어서 나가고 있는 수지를 마주쳤다. 퉁퉁 부은 수지의 눈은 빨갛게 충혈되어 있었다. 말을 걸고 싶었지만 수지 엄마는 수지를 혼자 내버려 두라는 듯 나에게 눈빛으로 경고했다.

교실에 도착하자 포피와 포피의 엄마가 이미 와 있었다. 차마 포피를 똑바로 볼 수 없었다. 아빠는 팀버랙 선생님과 악수한 뒤 포피의 엄마와도 눈으로 인사를 나누었다. 알 수 없는 두려움이 공기를 가득 채웠다.

"안녕하세요, 저는 앤이에요. 엠마 아빠시군요."

"직접 뵙는 건 처음이네요." 아빠가 말했다.

'직접?' 이미 두 분이 이야기를 나눈 적이 있나? 혹시 아줌마가 절도 사건을 아빠에게 알린 거 아니야? 그러면 아빠는 왜 나에게 아무 말도 하지 않았지?

그때 팀버랙 선생님이 말을 꺼냈다. "제가 전화로 설명해 드렸다시피, 우리 아이들이 학기 성적의 중요한 부분을 차지하는 시험에서 부정행위를 저질렀습니다."

아빠도 알고 있었던 걸까? 왜 오는 내내 아무 말도 하지 않았을까?

"이해할 수가 없군요. 엠마가 어쩌다가 이런 일에 가담하게 된 거죠?" 나는 아빠를 쳐다보았지만 아빠는 나에게 질문한 게 아니었다.

팀버랙 선생님도 아빠가 자기 쪽을 쳐다보게 유도하려는 것 같았다. "엠마가 다른 친구들에게 정답을 알려 주었습니다." 그리고 포피와 나를 쳐다보며 말했다. "부정행위는 아주 중대한 범죄입니다."

가슴이 꽉 막힌 것 같았다. 포피와 포피의 엄마는 얼굴에 걱정이 가득했지만, 아빠만큼은 아무 감정이 없어 보였다. '아빠는 왜 화를 내지 않는 걸까?'

"너희 둘 다 이번이 처음 있는 일이니, 생활기록부에 남기지는 않을 생각이다."

포피와 포피의 엄마는 긴 안도의 한숨을 내쉬었지만, 아빠는 이번에도 아무 반응이 없었다.

"하지만…." 선생님은 팔짱을 꼈다. "자기가 왜 부정행위를 했는지 이유를 적어 제출해라. 과학 수업이니까 과학적인 설명을 덧붙이면 좋겠구나."

나는 겨우 포피와 눈을 마주쳤다. 포피가 무슨 생각을 하는지 표정을 읽을 수 없었고, 그래서 더 두려웠다.

부모님들은 처벌이 적절하다는 데 동의했고, 선생님에게 깊은 감사의 마음을 전했다.

교실 밖으로 나가던 도중에 아빠와 포피의 엄마는 문 앞에 멈춰 서서 대화를 나누었다. 나는 천천히 숨을 들이쉬고 포피를 쳐다보았다.

"너한테 그 일을 부탁하지 말았어야 했어…. 어떤 일이든 말이야." 포피가 말했다. 포피의 눈에 죄책감이 가득한 걸 보자, 우리 사이가 틀어지지 않았다는 걸 알 수 있었다.

아빠와 포피의 엄마는 함께 문을 나섰다. "다시 한번 감사드립니다."

"언제든지요." 그리고 아줌마는 내 쪽으로 몸을 낮췄다. "엠마, 하고 싶은 이야기가 있으면 언제든 찾아오렴." 아줌마의 말이 나를 꼭 껴안아 주는 것 같았다. 하지만 아빠는 함박눈처럼 침묵했다. 집으로 돌아오는 차 안에서도 아빠는 말 한마디 꺼내지 않았다.

"선생님이 하신 말 들으셨죠? 제가 커닝을 했다고요! 관심 없으세요?"

"나는…. 이해가 안 된다, 엠마." 아빠 이마에 잡힌 주름이 옆자리에서도 보일 정도였다. "왜 그런 행동을 한 거니? 내가 모르는 무슨 일이라도 있었니?"

"우리가 이야기하지 않은 일들이 많이 있었죠. 저한테 더 이상 관심 없으시잖아요." 우리 동네에 들어서자, 아빠는 차를 세웠다.

드디어 아빠와 대화를 나눌 수 있었다.

"왜 그냥 나에게 말하지 않았니?"

"직장을 잃으신 뒤로 아빠가 달라지셨잖아요."

아빠는 다시 말을 잃었다.

"그냥 인정하세요!" 내가 소리 질렀다. "예전 직장이 좋았고, 그때가 그리우시잖아요. 그걸 인정해야 현실을 또 살아가죠!"

아빠는 천천히 고개를 돌려 나를 봤다. 이제 돌파구에 거의 다다른 것 같았다. "엠마." '이제 드디어 온다.' "직장이 문제가 아니야."

"거짓말 그만 하세요!"

아빠는 창문을 바라보며 이마를 문질렀다.

"아빠?"

내 목소리가 아빠의 마음속 말풍선을 터뜨린 것 같았다. 아빠는 고개를 흔들고 다시 나를 쳐다보았다. "아빠는 지금 일이 좋아."

"허!" '정말 이러기야?' "아빠랑 말 못 하겠어요!" 나는 차에서 내려 문을 쾅 닫았다. '우리 사이가 어쩌다 이렇게 된 걸까?'

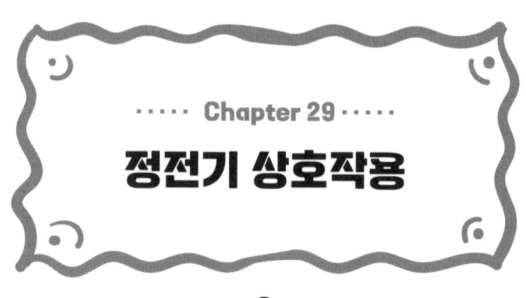

Chapter 29
정전기 상호작용

반대 전하를 띠는 입자가
서로 끌어당기는 현상

다음 날 아침, 잠에서 깬 나는 아빠가 솔직하게 털어놓지 않으면 나도 아빠에게 아무런 말도 하지 않겠다고 다짐했다. 아빠가 방 안에서 돌아다니는 소리가 들렸지만, 나는 문 앞을 그냥 지나쳤다.

어제보다 초콜릿을 먹고 싶은 마음이 훨씬 커진 나는 지젤네 젤라토 가게에서 이런 발표를 하는 행복한 상상을 했다. "저희 가게의 이번 신제품은 유당 없는 초콜릿 아이스크림입니다."

나는 주방으로 내려가서 아빠의 초콜릿을 찾았다. 선반 맨 아래에서 겨우 하나를 발견했는데, 겉에 하얀 가루가 묻어 있었다. 오래된 초콜릿이라는 걸 알았지만 그래도 입에 털어 넣었다.

몸이 무겁게 느껴졌다. 나는 소파에 길게 누워서 달팽이처럼 머리가 바닥에 닿을 때까지 몸을 미끄러뜨렸다. 내가 부정행위를 저지른 과학적인 이유? 거기에는 과학적인 건 물론이고, 이유도 없었다.

심지어 하고 싶지도 않았다. '나는 왜 부정행위를 했을까?'

나는 머릿속으로 지금까지 일어난 사건들을 분석했다. 후회되긴 했지만, 또 같은 일을 겪는다고 해도 나는 아마 같은 선택을 할 것 같았다. 소외당하기 싫었고, 무리에 어울리고 싶었다. 다리를 아래로 내려서 제대로 앉은 다음 종이에 적기 시작했다.

"또래 압력은 실제로 존재한다. 또래 압력은 잘못되었다는 걸 아는 행동도 하게 만든다." 나는 방금 쓴 글을 지우고 첫 문장을 다시 적었다. "중학교는 인기가 많은 학생도 적응하기 힘들다. 더구나 인기가 없다면 훨씬 힘들어진다."

모든 걸 사춘기 호르몬 탓으로 돌리는 방법도 있었다.

"호르몬은 우리 몸의 중요한 화학물질 전달자다. 호르몬은 배고픔이나 기분과 같은 몸의 기능을 조절한다. 또는 행동을 조절하기도 하는데, 이는 청소년기에 특히 잘 나타난다."

나는 아빠의 컴퓨터로 '호르몬', '청소년기', '행동'을 검색했다. 어떤 기사에서는 학교 성적을 높이려면 또래 수용이 중요하다고 이야기했다. 내 경우는 성적과 관련 없는 일이었지만, 그래도 다른 사람의 생각을 신경 쓰는 게 평범하다는 걸 알고 나니 마음이 편해졌다.

또 다른 기사에서는 옥시토신이라는 뇌 호르몬이 소속감과 어떤 관련이 있는지 설명했다. 옥시토신은 '사랑의 호르몬'이라고도 불렸는데, 사랑하는 사람을 껴안을 때 이 호르몬이 분비되어 애정을 느끼기 때문이라고 했다. "옥시토신은 다른 사람과 깊은 유대감을 느꼈을 때 뇌에서 분비된다." 나는 기사를 소리 내서 읽었다. "즉, 옥시토신은 인간관계, 심지어 사회적 입지까지도 단단하게 한다."

'바로 이거야!' 나는 계속 글을 썼다. "나는 무리에 어울리고 싶어서 부정행위에 가담했다. 친구들과 강한 유대감을 형성하고 싶었다. 사람은 옥시토신이 분비될 때 소속감을 느낄 수 있다고 한다. 그러니까 나는 뇌에서 옥시토신이 나오게 만들고 싶었던 것이다."

호르몬과 몸의 변화를 생각하다 보니, 지금 내 몸에서도 무슨 일이 일어나고 있다는 생각이 들었다. 얼굴은 평소보다 더 기름졌고, 배는 우유를 양동이 가득 마신 것 같았고, 가슴은 매우 부드러웠다. 가슴 크기가 커지는 기분이었다. '엄마는 어디에 있을까?' 나는 이메일을 다시 확인했지만 여전히 답이 없었다.

숙제를 다 하고 선생님께 메일까지 보내고 나면 기분이 좀 나아질 줄 알았지만, 오히려 마음이 더 가라앉았다. '기분도 좋아지고, 인간관계도 단단하게 해 줄 옥시토신이 간절히 필요해.' 분명 내 인간관계는 단단해질 필요가 있었다. 나는 그리말디 선생님이 알려 준 진짜 관계 맺기를 떠올렸다.

'두 사람이 어떻게 진짜 관계를 맺고…. 유대감을 쌓을 수 있을까? 화학적 결합은 어떻게 일어나지?'

그때 아빠가 서재로 들어오더니 입을 열었다. "어…."

"왜요?"

"글쓰기 숙제는 어떻게 돼 가니?"

"다 했어요."

"잘했구나." 아빠는 미소를 지었다가 심각한 표정이 되었다. "아빠가… 할 말이….." 아빠는 말을 더듬거리다가 종이 뭉치를 떨어뜨렸다. 아빠가 몸을 숙여 종이를 줍자, 조끼 뒤에 달린 양말 한 짝이 눈에 들어왔다. 좋은 생각이 번쩍 떠올랐다. '음전하와 양전하는 서로 끌어당긴다.' "반대가 끌리는 거야!" 내가 소리쳤다.

아빠가 의아한 표정을 지었지만, 설명할 시간이 없었다. 방으로 뛰어 올라가서 포피에게 전할 마지막 조언을 적기 시작했다. 나는 정전기와 정전기 상호작용에 관한 설명을 휘갈겨 쓴 다음, 이렇게 덧붙였다. "그러므로 반대가 끌린다는 말에는 과학적인 근거가 있다."

이러한 예시는 영화 속에 아주 많았다. 못생긴 사람이 아름다운 사람의 마음을 빼앗거나 가난한 주인공이 부유한 왕족과 결혼에 성공하고, 가냘픈 주인공이 덩치 큰 사람에게 마음의 위안을 얻기도 한다. 엄마와 아빠도 마찬가지였다. 아빠는 내성적이고 엄마는 외향적이다. 아빠는 정리를 못 하지만 엄마는 깔끔한 성격이다. 아빠는 괴짜고 엄마는 패셔니스타다. 칠칠찮은 아빠와 우아한 엄마. 아빠는 머리카락이 빠지는데 엄마는 머리가 풍성하다. 이것 말고도 다른 점은 아주 많다. 엄마와 아빠는 너무 다른 사람이었고, 애당초 그래서 두 사람이 만났던 것이다.

현실적으로 따져봐도 앞뒤가 딱 들어맞았다. "두 사람에게 다른 점이 많으면, 서로에게 흥미가 생긴다. 대화할 것도 많고 배울 점도 많다. 말다툼을 하더라도 흥미로운 토론으로 이어질 것이다."

그리고 내 실제 경험담도 덧붙였다. "치즈 맛과 캐러멜 맛이 섞인 팝콘을 둘이 나눠 먹는다고 가정해 보자. 한쪽은 짠맛을 좋아하고 다른 쪽은 단맛을 좋아한다면, 둘 다 원하는 맛을 먹을 수 있다. 모두가 만족스러울 것이다."

과학적이면서 실용적이다. "그러므로 서로 성향이 반대일수록 사랑의 감정이 싹트기 쉽다."

나는 공책을 챙겨서 포피네 집으로 향했다. 개리 포인트 공원에 들어섰을 때 긴 코트를 입은 여성이 하늘을 보며 서 있었다. 보자마자 그리말디 선생님이라는 걸 깨달았다. 선생님의 얼굴에는 늘 쓰던 안경이 없었고, 머리는 단정하게 내려 묶었다.

"그리말디 선생님, 안녕하세요. 뭘 보고 계세요?"

선생님은 하늘에서 방향을 바꾸고 있는 주황색 문어를 가리켰다. "남자친구가 연을 날리고 있어." 반대쪽 끝에는 한 남성이 얼레를 풀고 있었다. 그 사람의 얼굴을 확인하자 머리를 꽝 얻어맞은 듯 얼얼했다.

'팀버랙 선생님?'

나는 서둘러 손을 흔들고는 자리를 벗어났다. 팀버랙 선생님이 내 숙제나 부정행위 이야기를 꺼낼까 봐 두려웠다.

하지만 두 선생님을 마주쳐서 기분이 좋았다. 차분한 영어 선생님과 통통 튀는 화학 선생님이 반대가 서로 끌린다는 이론을 확인시켜 준 셈이었다.

그런데 포피의 집에 거의 도착할 무렵, 더 이상 빨리 걸을 수가 없었다. 누가 배를 쥐어짜는 것 같았다. 전에는 한 번도 겪어 보지 못한 통증이었다.

마침내 대문에 도착해 초인종을 누르자 포피의 엄마가 문을 열어 주었다. 아줌마를 껴안으며 다시 한번 감사하다고 말하고 싶었지만 그러면 분위기가 이상해질 것 같아서 쭈뼛거렸다. 그때 아줌마가 먼저 나를 껴안아 주었고 모든 게 다 괜찮아진 것 같았다. 내 배만 빼면 말이다. 나는 찌릿한 통증을 느끼고 앓는 소리를 내며 배를 움켜쥐었다.

"괜찮니?" 아줌마는 걱정스러운 목소리로 물어보았다.

"배가 아파서요." 아줌마는 나에게 차를 내준 뒤 따뜻한 물병을 배 위에 올려 주었다. 배는 계속 아팠지만 긴장이 조금 풀렸다.

포피는 자기 방에서 고개를 푹 숙이고 핸드폰에 정신이 팔려 있었다. 포피의 엉망인 머리 못지않게 얼굴도 피곤해 보였다. 나와 비슷한 상태인 것 같았다.

"무슨 일이야?" 내가 물었다.

"일단은 팀버랙 선생님이 내준 숙제를 뭐라고 써야 할지 모르겠어. 생각하느라 머리를 다 쥐어뜯었네." 그리고 한 손에는 피자 한 조각과 다른 손에는 차 한잔을 든 자기 사진을 나에게 보여 주었다. "방금 콜 인터뷰를 읽었어. 제일 좋아하는 음식은 피자고 차 마시는 걸 좋아한대. 그런데 내 사진에 '좋아요.'를 안 눌러." 포피는 베개에 얼굴을 파묻었다. "아무것도 되는 게 없는데, 팬 미팅은 일주일밖에 안 남았어."

"콜이 좋아하는 걸 똑같이 좋아하지 말고, 반대를 좋아하려고 해 봐." 내가 말했다. "그럼 너에게 관심을 보일 거야."

"하지만 피자의 반대는 뭐야…. 차의 반대는?"

나는 어깨를 으쓱하고 내가 쓴 글을 건넸다. 포피는 눈을 찌푸리며 읽었다. "콜에 대해 제대로 아는 게 없는데 어떻게 내가 콜의 반대인지 알 수 있어?"

포피의 질문을 듣자마자 이런 생각이 들었다. '제대로 알지도 못하는 사람을 왜 좋아하는 거야?' 포피는 핸드폰을 보며 콜의 사진을 넘겨 보았다. "이런 것만 봐서는 콜이 뭘 좋아하는지 모르겠어."

나는 내가 도와주겠다고 말했다. "네가 미리 준비할 수 있게 내가 콜에게 물어볼게." 그때 갑자기 내 배에서 오래된 나무 바닥처럼 꾸르륵거리는 소리가 나서 급하게 몸을 웅크렸다. 포피는 이상하다는 표정을 지었고 나는 횡설수설 말을 내뱉었다. "나는 유당을 못 먹어. 근데 요즘 초콜릿을 너무 많이 먹었어. 특히 밀크초콜릿. 그래서 배가 조금 아프네."

나는 배를 붙잡고 화장실로 피했다. 문을 닫고 변기에 앉아 눈을 감았다. 그리고 다시 눈을 떴을 때 나는 미처 마음의 준비가 되지 않은 것을 보고 말았다. 눈앞에는 붉고, 갈색을 띠는 얼룩이 있었다. 안 돼. 나는 현기증이 났다. '피는 혈액세포가 만들어 낸 것일 뿐이야. 다른 세포랑 비슷해. 근육세포, 신경세포, 피부세포, 줄기세포.' 하지만 아무런 도움이 되지 않았다.

갑자기 눈앞의 모든 게 하얘지고 파란 윤곽선만 남았다. 나는 기절하는 중이었고, 내가 할 수 있는 건 아무것도 없었다.

어느샌가 눈을 떠 보니 나는 침대에 누워 있었고, 포피와 아줌마가 내 옆에 앉아 있었다. 무슨 일이 일어난 건지 정신이 들자, 팔로 지탱하고 몸을 일으켜 세웠다. "아마도 제가…." 여전히 아무 말도 할 수 없었다.

"생리가 시작됐나 봐." 포피가 내 말을 이었다. "그런 것 같았어. 일단 여드름이 났잖아. 나는 네 얼굴에서 여드름 난 거 처음 보거든. 그리고 평소보다 초콜릿을 더 먹고 싶었고, 복통도 있었고."

아줌마는 내 등에 손을 올렸다. "아주 정상적인 일이란다." 그리고 둘은 서로를 마주 보고 미소 짓더니 마치 새로운 그룹에 들어온 걸 환영한다는 듯 나를 쳐다보았다.

연소

어떤 물질이 산소와 급격하게 반응하면서
열을 방출하는 과정

팬 미팅이 일주일도 남지 않은 시점에서 포피의 반대 매력을 발산하려면 콜에 관한 정보가 더 필요했다. 하지만 일단 다른 문제가 시급했다. 나는 엄마의 화장실로 뛰어가서 생리대를 찾았다. 찬장을 살피고 있을 때 아빠가 오는 것 같아서 서둘러 문 뒤로 몸을 숨겼다. '아빠가 알게 되면 얼마나 어색할까?' 엄마가 내 옆에 있다면 참 좋을 텐데. '엄마가 꼭 돌아와야 해.' 아무것도 찾지 못한 나는 찬장을 쾅 하고 닫았다. 고개를 돌려 거울을 보니 이마에 난 여드름이 터져 있었다.

엄마의 파운데이션이 남아 있던 게 생각나서 화장대로 가 이마에 조금 발라 보았다. 엄마가 거울 앞에 앉아서 볼에 블러셔를 바르던 모습이 떠올랐다. 나도 발라도 되냐고 물어보니 엄마는 내 코에 부드럽게 발라 주면서 말했다. "나중에 엄마가 화장하는 법 알려 줄

게…. 엠마가 청소년이 되면."

이제야 이해가 됐다. 내 생일은 크리스마스 이틀 뒤고, 엄마는 항상 크리스마스가 가족과 함께 시간을 보내는 날이라고 말했었다. 엄마는 제일 좋아하는 하이힐을 신고 아빠 회사에서 열리는 파티에 가기 위해, 그리고 내 열세 번째 생일을 맞아 나에게 화장하는 법을 알려 주기 위해 시간 맞춰 집으로 돌아올 것이다. 이제 곧 엄마가 올 것이다!

'엄마가 이렇게 지저분한 집에 오게 할 순 없어.' 나는 먼저 청소기를 꺼내 집안을 굴러다니는 먼지를 빨아들였다. 그리고 주방으로 가서 접시를 모아 설거지를 했다. 아무렇게나 널린 아빠의 분자 모형과 엘리멘터블 타일도 원래 있던 상자에 넣었다. 그다음 제일 큰 화장실을 청소했고, 거기에서 대형 생리대를 발견했다. 마지막으로

내 방으로 돌아와서 작은 장식품을 제자리에 두고 옷을 개서 옷장에 넣었다. 실험 식물이 죽어 가고 있었지만 차마 버릴 수는 없었다. 그래서 옆으로 밀어 놓고 창틀을 닦은 다음 정리를 마쳤다.

엄마가 돌아와도 괜찮을 만큼 집이 정리가 되었으니, 이제 포피와 콜에게 집중할 수 있다.

콜의 전화번호를 몰랐기 때문에 내키진 않았지만 조지네 집에 전화를 걸었다.

불행하게도 조지가 전화를 받았고, 나는 바로 용건부터 이야기했다. "콜 어디에 있어?"

"공원에서 영화 찍고 있어."

나는 전화를 끊으려고 했다.

"잠깐만! 너한테 거짓말한 거 미안해. 포피 같은 애가 나 같은 남자를 좋아할 리가 없잖아. 너를 돕다 보면 포피가…."

"너를 좋아하게 될 거라고?" 나는 고개를 저었다. "다른 사람이 억지로 널 좋아하게 만들 수는 없어."

"네가 지금 그러고 있는 거 아니야?"

"이건 완전히 달라." 나는 다른 사람이 날 억지로 좋아하게 할 생각이 없다. 음, 혹시 내가 지금 그러고 있는 걸까? 나는 얼른 화제를 바꾸었다. "파티에서 쥐가 콜한테 달려든 거라고 네가 지어냈다면서? 기발했어." 키득키득 웃음이 새어 나왔다.

"엠마, 정말로 너한테 상처를 줄 생각은 아니었어." 조지의 목소리에는 후회가 가득했다. "내가 너무 절박했나 봐."

나는 조지의 심정이 어떤지 정확히 알 수 있었다.

내가 공원에 도착했을 때는 고블린 분장을 한 배우들이 들판 위를 잽싸게 가로질러 요새 아래로 몸을 숨기고 있었다. 콜과 다른 배우들은 망토를 입고 그 뒤를 쫓았다. 그러더니 갑자기 "펑!" 하는 커다란 폭발이 일어났다. 감독이 "컷" 신호를 보내자마자 나는 콜이 괜찮은지 상태를 확인하러 갔다.

콜을 보자마자 왠지 모르게 심장이 쿵 내려앉았다. 나는 애써 무시하고 손을 흔들었다.

"이제야 나랑 말하는 거야?" 콜이 말했다.

"그게 무슨 말이야?"

"계속 나를 피해 다녔잖아."

'그렇긴 하지.' "미안, 너무 바빠서 그랬어."

"괜찮아. 용서해 줄게." 콜의 웃는 얼굴을 보니 마음이 편안해졌다.

"너한테 뭐 좀 물어봐도 돼?"

콜은 손을 비비며 입김을 불었다. "물론이지. 그런데 여기 너무 춥지 않아? 따뜻한 음료나 마시러 가자."

우리는 언제든 바다 책방으로 갔다. 콜은 캐모마일 차를 주문했고, 나는 코코넛우유가 든 코코아를 주문했다. 그리고 우리는 닻이 그려진 탁자로 향했다. "물어보고 싶은 게 뭔데?"

'너에 대해 뭐든지 말해 줘. 포피에게 알려 줘야 해.' "사과랑 오렌지 중에 뭘 좋아해?"

"사과. 넌?"

"오렌지. 과즙이 많고 더 맛있어."

"하지만 사과로는 다양한 걸 만들 수 있잖아." 콜이 반박했다.

"좋은 지적이야. 하지만 오렌지에는 비타민과 미네랄이 더 많아."

"그냥 이렇게 사과랑 오렌지 가지고 싸우기만 할 거야?"

나는 웃음이 터질 뻔했지만, 꾹 참았다. 지금은 정보를 얻는 데 집중해야 한다. "다음 질문. 너는 아침형 인간이야, 저녁형 인간이야?"

"저녁형 인간. 밤이 훨씬 평화로워. 그때 제일 생각을 많이 해. 너는?"

"아침형 인간. 아침도 고요해. 게다가 일찍 일어나는 사람들이 더 건강한 편이야. 회복에 도움이 되는 깊은 수면, 즉 비렘수면은 일찍 잠자리에 들었을 때 주로 나타나거든."

이번에는 콜이 반박하지 않았다.

"다음 질문. 고양이파야 강아지파야?"

"고양이지! 더 똑똑하잖아." 콜이 대답했다.

"실제로는 강아지의 대뇌 피질에는 약 5억 3천만 개의 뉴런이 있지만, 고양이는 절반도 안 되는 2억 5천만 개뿐이래."

"넌 정말 다른 것 같아." 콜이 히죽 웃었다. "좋은 뜻으로."

머릿속이 번뜩였다.

잠깐만….

지금까지 우리의 대답이 전부 달랐다.

'게다가 콜은 키가 크고, 나는 작아. 콜은 짠맛을 좋아하고 나는 단

맛을 좋아해. 콜은 배우고 나는 과학자야. 오, 이런, 안 돼, 안 돼…. 그럴 수 없어. 포피가 콜을 좋아한단 말이야.'

용액을 섞을 때 쓰는 자석 교반기처럼 내 머릿속은 소용돌이쳤다. 포피와 콜이 사귀어야 하는데. 시간이 얼마 없는데.

나는 일어섰다.

콜도 따라 일어섰다.

콜은 내 눈을 보며 말했다. "너한테 할 말이 있어." 내 심장은 북을 치듯 쾅쾅 뛰었다. "엠마, 난 네가 정말 좋아."

'이러면 안 돼.' 나는 서둘러 공책과 나머지 물건을 챙겨 자리를 벗어나려고 했다. 하지만 허둥지둥하다가 그만 발을 헛디디고 말았다. 콜이 나를 향해 팔을 뻗었고, 나는 콜의 품 안으로 넘어졌다.

그때 누군가가 아주 높은 주파수로 비명을 질렀다. 소리가 나는 쪽으로 고개를 돌려보니 포피가 입을 떡 벌린 채 서 있었다. 나는 허겁지겁 콜에게서 떨어졌다. "네가 생각하는 그런 거 아니야."

"어떻게 네가 나한테 이럴 수 있어?" 포피의 입술이 파르르 떨렸고, 얼굴은 붉게 달아올랐다. 금방이라도 폭발할 것 같았다.

"내가 다 설명할게."

하지만 내 말을 듣기도 전에 포피는 문을 박차고 나가 버렸다.

콜은 혼란스러운 표정으로 우리 둘을 번갈아 쳐다보았다. 이 상황을 어떻게 설명하지? 나는 뒤도 돌아보지 않고 책방을 뛰쳐나갔다. 이 모든 게 악몽이기를 빌었다.

Chapter 31
블랙홀

우주에서 아무것도 빠져나가지 못할 정도로
중력이 강하게 작용하는 공간

그날 밤 나는 밤새 뒤척이느라 한숨도 자지 못했다. 도무지 이 악몽에서 깨어날 수가 없었다. 포피의 격분한 얼굴이 계속 머릿속에 맴돌았다.

'엄마, 도대체 어디에 있어요? 엄마가 필요해요!' 왜 나에게 전화도 하지 않고, 메일 답장도 보내지 않는 걸까? 엄마는 분명 곧 보자고 말하며 집을 떠났지만, 이미 그 이후로 시간이 많이 흘러 버렸다. 희망이 점차 사라지고 있었지만, 그래도 마지막으로 엄마가 답장을 보냈는지 확인하고 싶었다. 나는 컴퓨터를 켜서 받은 메일함을 열었다.

답장이 있었다.

"엠마에게."

그 순간 나는 모든 걱정을 잠시 잊었다.

"그동안 이야기할 기회가 없었던 점 미안하구나. 너의 질문에 답을 하자면, 친구에게 아무것도 하지 말라고 전하렴." 뭐라고? "남자나 다른 사람을 위해 자기 자신을 바꾸지 마. 진짜 너의 모습이 아니라면 그 관계는 절대 오래갈 수 없어. 엄마는 네가 너무 보고 싶고, 네 생각을 자주 한단다. 지금은 많은 일이 일어나고 있어. 때가 되면 전부 설명해 줄게.

사랑을 담아, 엄마가."

내 마음은 안도감에 터질 것 같았다. 역시 엄마도 나를 보고 싶어 할 줄 알았다.

"엄마에게,

충고 감사해요! 완전히 이해했어요."

지금까지 있었던 일을 전부 말하고 싶었지만, 나중에 직접 만나서 이야기하기로 결심했다. 크리스마스도 얼마 안 남았으니, 엄마가 곧 돌아오실 것이다.

"얼른 만나고 싶어요! 저도 너무 보고 싶어요!

사랑을 담아, 엠마가."

보내기.

엄마의 충고를 읽고 깊은 생각에 잠겼다. '나답게 행동해라.' 나는 포피에게 솔직하지 못했다. 모든 사실을 털어놓고, 포피가 이해해 주길 바라는 수밖에 없었다. 포피에게 이메일을 쓰려다가 멈췄다. 손 글씨가 훨씬 마음을 전달하기 좋다는 글을 읽었던 게 떠올라서 C Ho Co La Te 공책을 꺼냈다. 그리고 최대한 처음부터 끝까지 있었던 모든 일을 설명하는 편지를 적었다.

다음 날 포피는 표지에 화분이 그려진 책을 들고 사물함 앞에 서 있었다. 포피를 향해 발을 옮기려던 찰나, 아이비와 수지가 불쑥 나타나 포피 옆에 섰다. 나는 잠깐 망설였지만, 용기 내 다시 발을 움직였다. '포피가 이 편지를 꼭 읽어야 해.'

나를 본 포피는 눈에 불이 붙은 것처럼 화를 냈다. "네가 어떻게 나한테! 나는 약속한 대로 너한테 패션 조언도 해 주고 심지어 내 옷도 줬어." 포피는 잔뜩 격분해서 공중에 두 팔을 휘둘렀다. "네가 전부 망쳤어! 너는 처음부터 콜을 좋아했고, 그래서 나를 방해한 거야. 내가 네 말만 듣고 그 끔찍한 치즈 옷을 입었다는 게 믿기지 않는다. 내가 널 믿었다는 게 충격적이야!"

"제발 이것 좀 읽어 줘." 나는 편지를 내밀었다.

포피는 편지를 받더니 내 눈을 똑바로 쳐다보면서 갈기갈기 찢었다. "난 정말 우리가 친구라고 생각했어."

"내가 쟤 멍청이라고 말했잖아." 아이비가 큰소리쳤다.

수지는 아무 말도 하지 않았지만, 마찬가지로 내 눈을 피했다.

포피는 머리를 휙 넘기며 돌아섰다. "가자. 우리 시간만 아까워."

내 심장이 편지처럼 산산조각이 나는 것 같았다.

나는 화장실로 달려가 가장 끝 칸으로 들어가 눈물을 참았다. 코를 훌쩍거릴 때마다 물을 내려서 소리를 감췄다.

난 왜 그렇게 거짓말을 늘어놓았을까? 왜 엄마 이야기까지 지어낸 걸까? '엄마가 지금 어디에 있는지도 모르는데.'

마치 덫에 갇힌 것처럼 두려움이 몰려왔다. 마음을 진정시킬 기사를 찾았지만, 아무것도 눈에 들어오지 않았다. 그때 발소리가 들려 틈으로 슬쩍 살펴봤다. 올리브가 거울을 보며 머리를 정리하고 있었다. 거울을 비친 올리브의 눈을 보자 지금 당장 올리브를 껴안고 싶었다.

올리브가 나를 봐도 무시할 것 같았지만 그래도 문을 열고 나왔다.

"엠마, 왜 울고 있어?"

더는 참을 수 없어서 눈물이 터지고 말았다. 올리브는 그런 나를 안아 주었다.

그렇게 한참을 운 뒤에야 울음이 잦아들었다.

"팀버랙 선생님에게 커닝 페이퍼 드린 거 미안해."

"그건 상관없어. 있잖아, 우리 엄마가 집에 안 돌아오면 어떡해?"

"괜찮을 거야." 올리브가 부드러운 목소리로 말했다.

"그걸 어떻게 알아?"

"왜냐하면 너는 내가 아는 사람 중에 가장 강하거든."

나는 올리브를 쳐다보며 용서를 구했다. "정말 미안해. 전부 다. 우리 다시 시작하면 안 될까?"

"나는 너한테 너무 크게 실망했어."

"다시는 그런 일 없을 거야."

"그걸 내가 어떻게 믿어?"

"네가 너무 보고 싶었단 말이야!"

"나도 보고 싶었어." 올리브가 진심이라는 걸 나는 알 수 있었다.

"당첨 티켓 가져 가. 팬 미팅에서 즐거운 시간 보내."

올리브는 멈칫하더니 DNA 팔찌를 낀 내 손목을 잡았다. "있잖아,

너와 너희 엄마 일이 다 잘 풀리기를 진심으로 바라. 다만…. 난 우리 사이에 있었던 일들을 잊을 수가 없어." 올리브는 그렇게 화장실을 나가 버렸고 내 팔은 무거운 쇳덩이처럼 쿵 하고 떨어졌다. 나는 올리브에게 내 마음을 내주었다. 올리브가 그 마음을 가지고 가 버리고 나서야 그 사실을 깨달았다.

나는 최대한 빨리 밖으로 뛰쳐나와서 바람에 눈물을 말렸다. 학교 운동장을 지나 뒷길로 정신없이 달렸다. '엄마가 집에 돌아오지 않으면 어떡하지?' 한 번도 이 말을 내뱉어 본 적은 없었다. 엄마가 다시 한번 집을 떠난 기분이었다. 자동차 경적에 화들짝 놀라 인도로 뛰어올랐다. 이렇게 길을 잃은 기분은 처음이었다. '난 최악이야. 그러니 모두가 나를 떠나는 게 당연해.' 바람이 사납게 불었고 애써 억누르고 있던 기억이 숨통을 조이며 밀려왔다.

Chapter 32
증발

액체가 기체가 되는 과정

그날, 우리 집 마당의 체리 나무는 예쁘게 만개했다. 내 방 창문에서 밖을 내려다보며 기분 좋은 바람을 느끼고 있을 때 문밖에서 고함치는 소리가 들렸다. 서둘러 방을 나가 보니 엄마와 아빠가 복도에 서 있었다. 나를 보자 엄마 아빠는 급하게 방으로 들어갔다.

나는 엄마 아빠 방문에 귀를 댔다. "이렇게는 안 되겠어." 엄마가 말했다.

침묵이 이어졌다.

"예전의 우리가 그립다." 아빠가 말했다.

"나도."

'예전의 우리.' 나는 주방으로 달려가 주전자를 불에 올렸다. 그리고 엄마의 제일 예쁜 찻잔 2개를 꺼낸 다음, 특별한 날에만 먹었던 초콜릿 입힌 쿠키를 접시에 꺼냈다.

그때 문이 쾅 닫히며 벽이 살짝 흔들렸다. 엄마 아빠의 목소리는 집 밖에서 들리고 있었다. 엄마는 체리 나무로 걸어갔고 아빠는 그 뒤를 따라갔다. 때마침 거센 바람이 불어와 꽃잎이 함박눈처럼 떨어져서, 엄마 아빠가 흥분한 듯 팔을 마구 흔드는 것밖에 보이지 않았다. 그때 아빠가 두 팔을 불쑥 들어 올리며 말했다. "그래서, 이렇게 그냥 떠나겠다는 거야?"

나는 엄마 아빠 방으로 뛰어갔다. 침대 위에 옷과 신발로 꽉 찬 여행 가방이 열려 있었고, 거기에는 엄마가 제일 좋아하는 금색 하이힐도 있었다.

나는 하이힐을 들고 주방으로 내려갔다. 주전자에서 김이 올라오고 있었다. 밖을 내다보니 엄마 아빠는 아직 그대로 있었다. 나는 서둘러 냄비에 재료를 넣기 시작했다. 물과 물엿, 식초 몇 방울을 넣고 가스레인지에 올려 불을 켰다. 내용물이 파르르 끓어오르자 불을 끄고 옥수수 전분과 차가운 물이 담긴 그릇에 부었다.

그다음 냉동실을 열어 하이힐을 던져 넣고 그 위에 내가 만든 접착제를 부었다. "됐다." 손을 털며 중얼거렸다. "엄마는 이 신발 없이는 절대 떠날 수 없을 거야."

몇 분 후에 대문이 열리고 엄마가 들어오더니 계단 위로 뛰어 올라갔다. '엄마는 하이힐이 어디로 갔는지 모를 거야. 집안 곳곳을 뒤지다가 나한테 물어보겠지.'

아빠는 한껏 피곤한 얼굴로 주방으로 들어왔다.

나는 아빠에게 차를 건넸다. "무슨 일이에요?"

"나중에 이야기하자, 엠마."

"엄마 어디 가세요?"

아빠가 눈을 비비며 말했다. "우리한테 알려 주실 거야."

"아빠, 무슨 말씀인지 모르겠어요."

"다 괜찮아질 거다." 아빠의 목소리에는 확신이 없었다. "아빠가 새로운 직장을 찾았단다." 아빠는 쿠키를 집어 들었지만, 손으로 만지작거리기만 했다.

엄마는 하이힐이 어디로 갔는지 나에게 물어보지 않았다. 계단을 올라가 엄마의 방문을 두드렸을 때 엄마는 누군가와 통화하고 있었다. "언제 데리러 올 거야?"

엄마의 목소리에 가슴이 덜컥 내려앉았다. 나는 문을 벌컥 열었다. "엄마 정말 떠나실 거예요?"

엄마는 말없이 표정으로 답을 하고는 여행 가방을 닫았다. '하이힐이 어디 있는지 상관없는 걸까? 엄마는 그 신발을 정말 좋아하는

데.' 가슴에 찌르르한 통증이 느껴졌다. "엄마, 왜요?"

엄마가 잠깐 멈칫했다. "설명하기가 어렵구나."

"어디 가시는 거예요? 언제 돌아오시는데요?"

"시간이 좀 필요하단다. 생각이 정리되면 알려 줄게." 엄마는 내 이마에 머리를 맞대며 말했다.

'도대체 뭘? 왜? 어디로?' 나는 아무것도 이해할 수 없었다.

정신을 차리고 보니 엄마는 이미 방을 나간 뒤였다. 창문 밖에서 불빛이 비치는 걸 보고 서둘러 밖을 내다보았다. 평화의 상징과 비슷한 로고가 달린 고급 자동차가 우리 집 앞에 차를 세웠다.

복도에서 여행 가방이 구르는 소리가 들렸다. '안 돼!' 나는 서둘러 소리가 나는 쪽으로 달려갔다. 엄마가 지나간 길에는 엄마의 달콤한 향수 냄새가 남아 있었다.

엄마는 문 앞에서 잠깐 멈춰 섰다.

머리카락이 얼굴을 가리고 있어서 표정을 알 수 없었다.

'분명 고민하고 있을 거야.

큰 실수라는 걸 알고 있을 거야.

이제 뒤를 돌아설 거야.'

엄마는 뒤를 돌아 나를 쳐다보았다. 엄마의 얼굴에 망설이는 표정이 스쳤다.

"엄마?"

"곧 보자, 우리 딸." 엄마는 고개를 떨구더니 문을 열고 집을 나가 버렸다.

나는 한 발짝도 움직일 수 없었다.

겨우 발을 옮겨 밖으로 나갔을 때는 이미 우리 집 앞에 아무도 없었다.

엄마가 떠났다. 향수 냄새와 함께 그대로 증발해 버렸다.

'곧 보자, 우리 딸.'

그게 8개월 전의 일이었다.

Chapter 33
결정화

고도로 구조화된 결정이 만들어지는 과정

하염없이 걷다 보니 어느새 나는 항구에 도착해 있었고, 그제야 오늘 학교를 빼먹었다는 걸 깨달았다. 올리브와 포피에게 내가 저지른 짓을 생각하니 속이 메스꺼웠다. 머리는 핑핑 돌았지만, 처음으로 모든 게 분명해졌다. '엄마는 절대 집에 돌아오지 않을 거야.' 햇빛에 바랜 그림처럼 내 주위의 색이 희미해졌다. '이제 나는 어떻게 하지?' 엄마도 나를 사랑하지 않는데, 누가 나를 사랑할까? 등골이 오싹해지면서 차가운 눈을 맞은 듯 몸의 감각이 둔해졌다.

나는 다음 날도 학교에 가지 않았다. 아빠가 내 방문을 두드렸지만, 들어오지 말라고 말했다. 몇 분 후 아빠는 다시 두드리더니 방문 밑으로 뭔가를 밀어 넣었다.

천장을 보고 누운 채로 얼마나 시간이 흘렀을까, 문 아래를 보니 아빠가 놓고 간 초콜릿이 있었다. 나는 그 뒤로도 한참을 침대에서 뒹굴다가 한 번 더 노크 소리를 들었다. 이번에는 문이 살짝 열렸고, 달콤하고 익숙한 냄새가 문 사이를 비집고 들어왔다. 문이 닫힐 때까지 기다렸다가 고개를 돌려 확인해 보니, 아빠표 팬케이크와 삼각 플라스크에 담긴 메이플 시럽이 놓여 있었다.

자리에서 일어나 팬케이크를 한 입 먹었다. 그러자 또다시 알 수 없는 감정이 밀려왔다. 서둘러 침대로 돌아가 이불을 덮어쓰고 잠이 들었다….

"엠마." 나는 얼굴을 베개로 덮었다. "보여 줄 게 있어."

베개에 묻힌 머리 위로 이불을 끌어 올렸다.

"일어나렴. 분명 네가 좋아할 거야." 아빠는 한동안 들어보지 못했던 활기찬 목소리로 말했다.

나는 마지못해 이불을 살짝 내렸다. 아빠는 실험 가운과 안전 고글을 쓰고 환하게 웃고 있었다. 조금 호기심이 일어 몸을 일으켰다. 그러자 아빠는 주방으로 오라는 말을 남기고 나보다 먼저 계단을 내려갔다.

주방에는 연기가 자욱했지만, 뭔가를 태운 것 같지는 않았다. 아빠는 액체 질소가 담긴 보온병을 들고 금속 그릇에 붓더니 휘젓기 시작했다. 꼭 마법 약을 제조하는 것 같았다.

그리고 곧바로 나에게 비커 모양 컵을 건넸다. "유당 없는 초콜릿 아이스크림이야." 아빠가 말했다.

나는 아이스크림을 받아 들고 한 입 떠먹었다. 달콤한 초콜릿이 입안에 퍼지면서 지금껏 있었던 모든 일을 잠깐이나마 잊을 수 있었다. 아빠와 나는 각자 아이스크림 한 그릇씩 들고 식탁에 말없이 마주 앉았다. 우리는 예전처럼 다정한 눈빛으로 서로를 바라보았고, 우리 사이에 있던 얼음벽이 사르르 녹아내렸다.

마지막 한 입을 다 먹고 나자, 나는 현실로 다시 돌아왔다. 더는 버틸 수 없었다. "엄마가 돌아오실까요?" 내 목소리가 떨렸다.

아빠는 그릇을 내려놓고 밖을 내다보았다. 상황을 회피하고 싶을 때마다 아빠가 늘 하는 행동이었다. 아빠에게 받은 따스함이 단숨에 식어 버리는 기분이었다. "아빠, 제발 솔직하게 말해 주세요."

아빠의 표정이 바뀌었다. 눈썹이 축 처지고 입술은 뻣뻣해졌다. 너무 고요해서 아빠가 내쉬는 숨소리까지 들리는 것 같았다. "엄마랑 아빠는 헤어지기로 했단다. 엄마는 집에 돌아오지 않을 거야."

내 몸이 동시에 뜨거워지고 차가워졌다. 마치 고통과 안도가 한꺼번에 밀려오는 것 같았다. "왜 저한테 말씀 안 하셨어요?"

"어떻게 말해야 할지 몰랐어."

"그래서 포기하신 거예요?"

"포기는 절대 해결책이 될 수 없어." 아빠의 말은 진심이었다.

"그러면 이제 싸워 나가실 거죠?"

"안타깝지만 내가 무엇을 위해 싸워야 할지 깨달았을 때는 이미 너무 늦었더구나."

"무슨 일인지 알았다면 제가 도울 수 있었을 거예요."

"엄마 아빠는 너에게 우리 둘의 문제를 안겨 주고 싶지 않았어."

"하지만 엄마 아빠 두 분 사이의 문제라면 왜 엄마가 저를 떠나셨어요?" 내 몸이 떨리기 시작했다. "왜 엄마는 금방 오겠다고 하신 거예요? 왜 사실대로 말하지 않은 거죠?" 나는 식탁을 쾅쾅 때리며 아이처럼 울기 시작했다.

아빠는 내 등을 쓰다듬었다. "우리가 아무리 원해도 일이 마음대로 풀리지 않을 때가 있어." 아빠는 내가 울음을 멈추길 기다렸다. "엄마랑 아빠는 네가 친구들이 있는 이 동네에서 아빠와 같이 사는 게 가장 좋을 거라고 생각했어. 엄마도 자리를 잡고 나면 너를 보러 올 거야."

"엄마가 저한테 직접 말할 생각은 있으셨던 거예요? 작별 인사 말이에요."

아빠는 표정이 경직되더니 눈에 눈물이 차올랐다. "누가 너한테

작별 인사를 하겠니?"

"전 엄마가 너무 보고 싶단 말이에요!" 다시 한번 왈칵 눈물이 쏟아졌다.

아빠는 나에게 휴지를 한 장 건네주더니 아빠 것도 챙겼다. "나도 보고 싶구나." 아빠는 눈물을 닦고 나를 쳐다보았다. "하지만 아빠에게는 네가 희망이야."

그때야 나는 아빠에게도 나와 똑같은 먹구름이 떠 있다는 걸 깨달았다. "아빠는 직장 때문에 슬펐던 게 아니었어요?"

아빠는 고개를 끄덕였다. "이전 직장은 관리 업무가 너무 많아서 과학을 좋아하는 마음도 사라지더구나. 물론 집에도 잘 오지 못했고."

그때 아빠가 집에 자주 오지 못했던 건 사실이었다.

"지금은 정말 달라졌다고 생각해. 그리고 제일 좋은 건, 너랑 오붓한 시간을 더 많이 보낼 수 있다는 거야."

"오붓한 시간이요?" 나는 이마를 치켜올렸다.

"요즘 내가 정신없었던 거 인정해. 하지만 앞으로는 너랑 시간을 더 많이 보내겠다고 약속할게." 우리는 서로를 꼭 껴안았다. 아빠의 진심을 느낄 수 있었다.

아빠와 따뜻한 포옹을 끝낸 뒤 내가 말했다. "정말로 저랑 오붓한 시간을 많이 보내고 싶다면, 학교를 안 가는 게 좋겠어요…. 이번 학년 동안이요."

"아빠한테 하고 싶은 이야기 있니?"

"아니요." 모두가 나를 싫어했고, 어떤 말과 행동으로도 이 일을 해

결할 수 없었다.

"그럼 포기하는 거니?"

"하하하, 아빠. 포기는 절대 답이 될 수 없어요." 나는 아빠가 한 말을 그대로 따라 했다. 하지만 그 말을 내뱉는 순간, 아빠와 나는 다르다는 걸 깨달았다.

나는 아직 늦지 않았다. 나에게는 팬 미팅 티켓이 있었다.

Chapter 34
세포 이론

모든 생물은 하나 이상의
세포로 이루어져 있다

나는 과학실에 들어오자마자 고개를 푹 숙인 채 빈자리를 찾았다. 교실 맨 앞에 놓인 리본 달린 커다란 선물 상자가 계속 시선을 사로잡았다. 여자아이들 몇 명은 콜이 촬영을 마무리하느라 오늘도 학교에 오지 못했다며 불평했다. 슬쩍 고개를 들어보니 올리브가 포피 책상 옆에 서 있었다. 둘이 나를 최악의 친구라고 비난한다고 상상하니 배가 꼬여 왔다.

잠시 뒤 종이 울렸고, 별안간 선물 상자 안에서 팀버랙 선생님이 불쑥 튀어나왔다. "짜잔!" 재킷을 입고 넥타이를 맨 선생님은 게임 쇼 사회자 같았다. "선생님이 읽어 오라고 숙제 낸 부분 모두 읽었지? 오늘은 쪽지 시험이 있을 거야." 교실이 웅성거렸다. 연휴를 코앞에 두고 시험을 치는 건 팀버랙 선생님밖에 없을 것이다.

나는 빈자리를 찾아가다가 누군가의 발에 걸려 넘어지고 말았다.

고개를 들어보니 바닥 창이 보라색인 아이비의 신발이 보였다. 아이비는 그런 나를 내려다보더니 의자 아래로 발을 슬쩍 넣었다. 나는 옷을 털고 일어났고, 아이비는 손으로 입을 가렸지만 분명 입꼬리가 슬쩍 올라가 있었다.

"안 다쳤니?" 팀버랙 선생님이 물었다.

"네, 괜찮아요." 내 몸속의 모든 세포가 당당하게 맞서 싸우라고 말하고 있었다. 하지만 나는 입을 꾹 다물고 내 자리를 찾아갔다. 이 교실에서 남은 학년을… 아니, 남은 학교생활을 어떻게 버틸 수 있을까? 나는 시험지를 확인했다.

첫 번째 질문: 모든 인간 세포에 들어 있는 것은 무엇인가?

a. DNA

b. 리보솜

c. 세포질

d. 위 세 가지 전부

전학 가면 어떨까? 홈스쿨링도 괜찮지 않을까? 나는 손에 얼굴을 파묻었다.

"에헴!" 팀버랙 선생님이 나를 내려다보았다. "무슨 문제 있니?"

나는 고개를 젓고 시험지에 답을 적었다. d. 위 세 가지 전부. 팀버랙 선생님이 내 자리 쪽 통로를 왔다 갔다 해서 시험에 집중할 수밖에 없었다.

두 번째 질문: 세포 이론의 기본 원칙은 다음 중 무엇인가?

a. 모든 유기체는 세포로 이루어져 있다.

b. 세포는 모든 생명체를 구성하는 기본 단위다.

c. 세포는 이미 존재하는 세포로부터 형성된다.

d. 위 세 가지 전부

나는 d에 동그라미를 한 다음, 다시 한번 사람들을 세포 유형에 비교해 보았다. 줄기세포, 근육세포, 뼈세포, 피부세포, 신경세포. 서로 매우 다르지만, 또 매우 비슷했다. 우리의 차이점이 중학교에 와서 더 많이 드러난다는 사실이 애석하게 느껴졌다.

수업이 끝나고 교실을 나오자 많은 아이들이 학교 현관에 모여서 대화를 나누고 있었다. 나는 그 사이를 비집고 나오면서 누구랑도 눈을 마주치지 않으려고 했지만, 귀에 들리는 대화까지 모른 척 할 수는 없었다. 코딩하는 레이먼드와 브레이크 댄스를 추는 잭이 방금 출시된 새로운 춤 애플리케이션에 관해 이야기를 나누었다. 껌 씹는 피터와 머리 빗는 마이크는 연휴 동안 휘슬러로 떠날 스키 여행을 기대하고 있었다. 박자에 맞춰 머리를 까딱거리던 체이스는 무선 이어폰을 끼고 음악에 맞춰 몸을 흔들었다.

놀랍게도 조지는 포피와 대화를 나누고 있었다. 포피가 〈마법의 존재들〉 팬 미팅에 대해 이야기하며 걱정스러운 표정을 지었다. 조지가 어떤 말을 하자 포피가 웃음을 터뜨렸다.

올리브도 몰리, 홀리와 팬 미팅 이야기를 하고 있었다. "생방송

전에 당첨자의 이름이 공개될 거래." 몰리가 말했다.

"우리 학교 학생일 것 같지 않아?" 홀리가 물었다.

올리브가 사실대로 말할 줄 알았지만 그렇지 않았다. "우리 학교 면 이미 알지 않을까?"

그때 아이비가 반대편에서 수지와 함께 걸어오더니 올리브에게 말했다. "네가 아니라서 다행이다, 올리브오일. 요즘 거울은 보고 있는 거야?" 수지가 아이비의 팔을 잡아당겼지만 아이비는 멈추지 않았다. "너 꼭 풍선 같아."

올리브의 얼굴이 빨개졌다. 올리브는 입술을 파르르 떨 뿐 아무 말도 하지 않았다.

'말보다 행동이 더 중요해.' 나는 크게 숨을 들이쉬고 어깨를 쫙 펴고 걸어갔다. "아이비, 넌 왜 그렇게 못되게 굴어?" 주변에 있던 사람들이 모두 우리를 쳐다봤다. "올리브는 너한테 아무것도 안 했어. 나를 지켜 준 것 빼고는."

아이비는 윗입술을 삐죽 들어 올렸다. "여기 더 심각한 패배자 오셨네."

눈을 피하고 싶은 마음이 들었지만, 고개를 빳빳이 세우고 아이비의 눈을 똑바로 바라봤다. "있잖아, 아이비. 너도 너 나름대로 힘든 일이 있다는 거 알아. 하지만 네가 행복하지 않다는 이유로 우리의 행복까지 뺏어 갈 이유는 없어."

아이비는 깜짝 놀란 표정을 지었다. 그리고 수지의 팔을 붙잡았다. "여기서 시간 낭비하지 말자."

하지만 수지가 아이비의 팔을 밀어 냈다. "사실 나도 여기에 있을까 해."

"뭐라고?" 아이비가 코웃음 쳤다. "이런 범생이들 옆에 있겠다는 거야?"

"얘네들은 범생이도, 패배자도, 얼간이도 아니야. 그냥 좋은 친구들이라고." 수지가 목소리를 높였다. "너는 들어 본 적 없는 말이겠지만."

아이비는 처음으로 말문이 막힌 것 같았다. 하지만 오래가지는 않았다. "마음대로 해!" 아이비는 고개를 휙 돌려 발을 쾅쾅 구르며 가 버렸다.

"아이비한테 올리브 대신 화내고 큰소리치다니 정말 멋있었어." 수지가 다정하게 고개를 끄덕이고는 아이비와 반대 방향으로 걸어갔다.

나는 올리브를 쳐다봤다. "네가 날 용서해 주길 바란다는 게 아니야. 그래도 네가 이 티켓을 받았으면 좋겠어."

"말했잖아. 안 받을 거라고."

"있지, 네가 내 친구라서 주는 게 아니라 그냥 이건 네 거야. 난 방송국에 일찍 가서 이름을 바꿀 거야. 거기로 올지 안 올지는 네가 선택해."

"알겠어." 올리브가 살짝 미소 지으며 대답했다.

집으로 오는 길에 콜을 만났다. 콜의 얼굴을 보니 알 수 없는 감정이 밀려왔다. "그날은 그냥 가 버려서 미안해."

콜은 내 설명을 기다리고 있었다. 콜의 눈을 보자, 나는 더 이상 콜에게 거짓말할 수 없다는 생각이 들었다. 그래서 포피와 어떤 계약을 했는지, 거짓말을 숨기기 위해 얼마나 많은 거짓말을 해야 했는지 모든 사실을 이야기했다.

긴 침묵이 이어졌다.

별안간 콜이 크게 웃음을 터뜨렸다. "아, 그래서 그때 치즈가 나를 쫓아왔던 거구나." 그러고는 미소를 지우고 진지한 얼굴로 물었다. "그것 때문에 나한테 그렇게 궁금한 게 많았던 거야?"

"응, 맞아. 하지만 나도 다른 감정을 느끼기 시작했어."

"내가 너한테 느끼는 감정이야?"

나는 목 뒤를 주물렀다. "사실은, 나도 잘 모르겠어. 너무 많은 일이 있었거든." 나는 먼 곳을 응시하다가 다시 콜을 돌아봤다. "그래

도 내가 후회하지 않는 한 가지는 너를 알게 된 거야." 나는 손을 내밀었다. "우리가 아직 친구이길 바라."

우리는 잠깐 아무 말이 없었다.

"사실," 콜이 내 손을 맞잡으며 말했다. "난 정말 친구가 필요해."

불어오는 바람을 맞으며 나는 생각에 잠긴 채 부두를 바라보았다. 사람들은 내가 생각한 것보다 훨씬 많이 닮아 있었다. 어떤 세포와 가장 비슷한지는 중요한 게 아니었다. 결국 가장 중요한 건 우리가 모두 같은 세포로 만들어졌고, 누구나 자기만의 어려움이 있다는 사실이었다.

햇볕은 강렬했지만 바람은 차가웠다. "책벌레!" 포피였다. "네가 당첨됐어?"

내 이름이 공개된 게 분명했다. "응."

"너무 신난다. VTVZ 프로그램 사회자인 카고 데이비스가 배우랑 당첨자를 같이 인터뷰할 거래." 포피는 고개를 들어 하늘을 쳐다봤다. "그 사람은 팔로워가 백만 명이 넘어. 말도 안 되지?"

나는 침을 꿀꺽 삼켰다. "난 이미 올리브에게 그 티켓을 주겠다고 말했어."

"아, 그렇지." 포피는 머리를 긁었다. "내가 너한테 화났다고 생각해서 이러는 거야? 나 화 풀렸어. 조지가 다 설명해 줬거든. 넌 정말로 나를 도우려고 했다면서. 조지가 나를 좋아해서 일부러 반대로 조언해 준 거라고 고백하더라." 포피는 가슴에 손을 얹었다. "나를 위해 그런 일을 해 준 사람은 너밖에 없어."

나는 말을 잃었다.

"이제 우리는 다시 친구야. 당첨 티켓은 기쁘게 받을게. 네가 직접 가서 당첨자 이름을 바꿔야 하는지는 모르겠지만, 혹시 모르니까 방송국에 너도 오는 게 좋겠어. 나는 머리랑 화장 준비해서 갈게."

나는 입이 떡 벌어졌다. '뭐라고 말 좀 해.' "난 정말로…."

"정말 기분 전환하기 딱 좋을 거야. 요즘 우리 부모님이 좀 이상하게 행동하거든. 엄마는 이번 연휴에 며칠 동안 오두막집을 빌렸어. 방해받지 않고 '여자끼리' 시간을 보내면서 초콜릿 쿠키도 굽고, 매니큐어도 바르면서 재미있게 놀자고 말이야. 너도 같이 와도 되는지 엄마한테 물어볼게."

"포피…."

"어쨌든, 이쯤 하고 인터뷰하러 가야지! 준비할 게 너무 많다고!" 내가 무슨 말을 꺼내기도 전에 포피는 쌩하고 가 버렸다.

Chapter 35
녹는점

**어떤 물질이 고체에서
액체로 변할 때의 온도**

VTVZ 방송 스튜디오에 도착하니 친절한 남자 직원이 나를 맞이하며 팬 미팅에 당첨된 걸 진심으로 축하해 줬다. 복도를 따라가니 환한 조명과 네온사인 아래에서 헤드폰을 낀 여성과 콜이 대화를 나누고 있었다. 콜은 나에게 손을 흔들고는 좁은 골목으로 들어갔다.

얼마 안 지나서 딱 붙은 드레스와 복고풍의 낮은 구두를 신은 포피가 복도를 활보하며 들어왔다. 포피는 평소보다 더 화려해 보였다. 안으로 들어오자마자 핸드폰을 꺼내서 내부 사진을 마구 찍더니 카메라 방향을 바꾸고 VTVZ 로고 쪽으로 목을 쭉 빼서 셀카를 찍었다.

나는 서둘러 포피에게 갔다. "너한테 할 말이 있어."

"나도 알아. 내 입술이 좀 생기 없지." 그리고 립글로스를 꺼내 발랐다. "같이 사진 하나 찍자." 포피는 내 어깨에 팔을 둘렀다.

바로 그때 올리브가 헝클어진 머리로 숨을 헐떡이며 안으로 들어왔다. 나는 포피와 올리브를 번갈아 보며 눈치를 살폈다.

헤드폰을 낀 여성이 다가왔다. "엠마 사카모토 양. 나 따라올래요?"

"잠시만요." 내가 대답했다. "제 당첨 티켓을 친구에게 양보하려고요." 포피가 너무 환하게 웃어서 보조개까지도 신나 보였다.

여성은 어깨를 으쓱하며 물었다. "어떤 친구요?"

포피는 코를 찡그리고 입술을 깨물더니 평소답지 않게 긴장한 표정을 지으며 말했다. "내가 엄마한테 물어봤는데 너도 오두막에 놀러 와도 된대. 그 있잖아, 여자들끼리 재미있는 시간 보내기로 한 거."

올리브의 얼굴에 상처받은 표정이 번져 왔다.

나는 숨을 크게 들이마셨다. "포피." 그리고 천천히 숨을 내뱉고 말했다. "미안해. 하지만 난 이미 올리브에게 티켓을 줬어. 너한테 계속 말하려고 했어."

"내가 너 주려고 새로운 립글로스를 가져왔거든…." 포피의 목소리가 잦아들었다. 포피는 눈썹을 찡그리며 눈을 여러 번 깜빡거렸다. 처음에는 당황한 듯 살짝 얼굴이 붉어졌다. 포피의 얼굴은 더 빨개졌고 이번에는 화가 난 것 같았다. 눈에 불이 붙은 듯 부글부글 끓어오르더니 점차 진정되었다. 꼭 포피에게 화학반응이 일어나는 것 같았다. 안정을 되찾은 포피는 올리브를 보며 부드럽게 말했다. "알겠어."

어디로 튈지 모르는 불안한 분위기 속에서 포피는 가방을 열어 브러시를 꺼내더니 올리브의 얼굴에 붙은 머리카락을 떼 주었다. 그리고 화장품을 꺼내 블러셔를 발라 주려고 했다.

"고맙지만 난 괜찮아. 원래 볼이 빨갛거든." 올리브는 씩 웃으며 포피를 두 팔로 안아 주고는 무대 위로 뛰어 올라갔다.

나는 포피를 보며 말했다. "정말 너에게 말하려고 했어."

"나도 알아. 그냥 듣고 싶지 않아서 그랬어." 포피가 인정했다. "올리브와 너의 그런 우정이 너랑 나 사이에도 있기를 바랐어."

나는 할 말을 잃었다.

"있잖아, 내가 너한테 아직 화가 나 있을 때 올리브가 너한테 시간을 좀 주라고 하더라. 네가 힘든 일을 겪고 있다면서." 핸드폰 알람이 울렸지만, 포피는 신경 쓰지 않았다. "조지도 자기가 한 행동을 후회한 건 당연하고, 너에게 진 빚을 갚을 수 있다면 뭐든 하려고 했을 거야. 그렇게 좋은 친구들이 있다니 넌 정말 좋겠어. 이번 계기로 내가 뭘 놓치고 있는지 생각해 보게 됐어."

포피의 말이 맞았다. 올리브와 조지의 곁에 있으면 나답게 행동할 수 있었다. 나를 누군가에게 맞춘다고 해서 친밀감을 느낄 수 있는 건 아니었다. 나를 상대에게 맞추려고 하다 보면 진짜 나를 잃어버리기 쉽다. 누군가와 친밀해지고 싶다면 그냥 나답게 행동하면 된다. "그러면 이제 콜 문제는 화 풀린 거야?"

"솔직히 콜이랑 잘 되지 않아서 조금 아쉽긴 해. 하지만 중학교 첫 짝사랑이었으니까. 잊을 수 있을 거야." 그러고는 키득키득 웃음을 터뜨리기 시작했다. "네가 남자에 관한 과학책을 쓴다고 하다니 진짜 웃겨. 너도 나처럼 잘 모르잖아."

"아무것도 모르지." 우리는 배가 아플 정도로 웃었다.

촬영이 끝나고 올리브가 무대에서 내려왔다. "내 인생 최고의 순간이었어! 정말 고마워, 엠마!"

"이 정도는 별것도 아닌데, 뭘."

"전부 네 잘못은 아니었어." 올리브가 입을 오므렸다. "사실 나도 너를 질투했고, 우리 사이가 예전으로 돌아가길 바랐어." 올리브는 DNA 팔찌를 낀 손목을 들었다. 나도 내 팔찌를 들어 기분 좋게 부딪혔다.

방송국을 나오자 콧잔등에 차가운 눈송이가 떨어졌다. 버스를 타고 우리 동네에 도착하니 바닥에 설탕을 쏟은 것처럼 눈이 쌓여 있었다. 우리는 서로 인사를 나누었다. 올리브는 나를 꽉 껴안았고, 포피도 똑같이 나를 꽉 껴안았다. 그리고 포피와 올리브도 서로를 껴안았다.

주택가에는 크리스마스 조명과 장식이 집집마다 반짝이고 있었다. 거기엔 우리 집도 포함이었다. '아빠가 장식했나 봐!' 우리 집 지붕에는 고드름이 달려 있었고, 〈마법의 존재들〉에 나오는 요정 인형이 현관의 산타 모자 위에서 뛰어놀고 있었다.

서둘러 안으로 들어가니 문 앞에 쌓인 상자가 보였다. 나는 크리스마스 장식이 든 상자가 아니라는 걸 한눈에 알았다. 엄마의 스카프가 슬쩍 보였기 때문이었다.

하지만 아빠가 엘리멘털 게임을 꺼내놓은 걸 보자 가슴을 짓누르던 답답함이 눈 녹듯 사라졌다. 아빠가 먼저 단어를 만들어 놓았다. 칼슘의 Ca, 질소의 N, 디스프로슘의 Dy가 모여 '사탕(Candy)'이 되었다.

주방에서 아빠 목소리가 들렸다. "이번에는 네 차례야. 금방 갈게."

나는 불소의 F와 우라늄의 U, 그리고 아빠가 쓴 질소의 N을 붙여서 '재미(Fun)'를 만들었다.

아빠는 초콜릿을 입힌 쿠키와 유당 없는 휘핑크림이 올라간 따뜻한 코코아를 가져왔다. 그리고 단어를 만들기 시작했다. 불소의 F, 란타늄의 La, 칼륨의 K, 아인시타이늄의 Es를 붙여서 '괴짜(Flakes)'를 만들었다. 아빠는 단어를 만들고 매우 만족스러워했다.

"황의 S, 질소의 N, 산소의 O, 텅스텐의 W." 나는 '눈(Snow)'을 만들어서 아빠가 만든 단어 앞에 놓았다. "'눈송이(Snowflakes)', W는 점수 세 배인 글자예요."

아빠는 뿌듯한 표정을 짓고는 내 단어 앞에 타일 2개를 놓았다. 루

테튬의 Lu, 바나듐의 V.

"그건 단어가 아니잖아요(Luv는 사랑을 뜻하는 love의 축약형이다─옮긴이)?" 내가 삐죽거렸다.

"이건 날 위한 거야." 아빠는 몸을 기울여서 내 이마에 입을 맞췄다.

아빠와 게임을 마무리한 뒤, 나는 큰 결심을 하고 주방으로 향했다. 바깥 날씨도 오늘만을 기다렸다는 듯 완벽했다. 나는 냉장고와 냉동실 속의 음식들을 전부 꺼낸 다음, 집 밖으로 가져가 쌓인 눈 위에 올려놓았다. 그리고 냉장고 코드를 뽑았다.

얼음이 모두 녹은 후 냉동실 문을 열었다. 끈적한 덩어리가 아직 엄마의 금색 하이힐에 붙어 있었지만, 나는 신발을 잡아당겨 꺼낸 다음 깨끗하게 씻었다.

물기가 다 마르자 엄마에게 보낼 상자 안에 신발을 고이 넣었다.

Chapter 36
광합성

식물이 성장하기 위해 물과 햇빛으로부터 스스로
영양분을 만들어 내는 자연적인 과정
물 + 햇빛 + 이산화탄소 → 포도당 + 산소

온 마을에 쌓인 눈은 비가 내리자 빠르게 녹아내렸다. 잠시 뒤 비는 금방 그쳤고, 먹구름도 걷혔다. 나무는 푸른 잎을 드러냈고, 집들은 저마다의 색깔을 드러냈으며, 하늘은 새파랗게 빛났다. 나는 이제 숨쉬기가 버겁지 않았다.

올리브와 지젤네 아이스크림 가게에 같이 가기로 했지만 역시나 올리브는 오늘도 늦었다. 나는 편안한 초록색 재킷을 걸쳐 입고 올리브를 기다리면서 《과학의 오늘과 내일》 잡지를 넘겨 보았다. 그러다가 싱그러운 식물 사진을 발견했다. 옆에 그려진 말풍선에는 이렇게 적혀 있었다. "식물이 자라기 위해서는 물과 햇빛이 모두 필요해요." 나는 자리에서 일어나 실험 식물을 들여다봤다. 전보다 훨씬 싱싱한 모습이었다. 알고 보니 내가 청소하려고 화분을 옆으로 밀어

놓으면서 햇빛을 더 잘 받은 모양이었다.

잠시 뒤 올리브가 샛노란 셔츠를 입고 나타났다. 우리는 서로 팔 찌를 부딪치고 아이스크림 가게로 향했다.

"검은색 옷은 이제 안 입는 거야?" 내가 물었다.

"노란색이 내 피부랑 잘 어울리거든."

"어떤 색을 입는지에 따라 분위기나 행동이 바뀐다는 글을 읽은 적이 있어."

올리브는 씩 웃으며 내 옷을 잡아당겼다. "그래서 말인데, 이 초록색 너한테 잘 어울려."

"고마워. 아빠가 내 생일 선물로 사 주셨어."

"아, 맞다." 올리브가 눈을 피했다.

"괜찮아, 까먹을 수도 있지. 올해 너무 많은 일이 있었잖아."

우리는 아이스크림 가게 앞에 도착했다. 올리브는 잠깐 멈춰 서더니 팔찌를 만지작거렸다. "네가 문 좀 열어 줄래?"

"팔찌 떨어졌어?"

"괜찮아. 그냥 문 좀 열어 줘."

"서프라이즈!" 문을 열자 여러 명의 목소리가 동시에 터져 나왔다. 가게 안에는 포피와 조지, 콜, 몰리, 홀리, 수지가 서 있었다. 그리고 다 같이 "엠마, 생일 축하해!"라고 적힌 커다란 종이를 들고 있었다. 친구들은 번갈아 가며 나를 안아 주었고, 모두에게서 따뜻한 마음이 느껴졌다. 우리는 좁은 테이블 하나에 옹기종기 모여서 아이스크림을 먹으며 이야기를 나누었다. 너무 신나게 웃느라 눈물이 찔끔 나기도 했다. 우리는 모두 자기다운 모습이었고, 그래서 기분이 아주 좋았다.

'가끔 머리 위에 먹구름이 떠오르기도 하지만, 이제는 별로 신경 안 써. 어떻게 비 한 방울 안 맞고 자랄 수 있겠어?'

감사의 글

학창 시절 나의 친구들인 크리스티나 켄트, 크리스티 뱅거, 재스민 가너, 에이미 로스타드, 제니퍼 도허티에게. 어린 시절 잊지 못할 추억을 만들어 준 여러분께 감사를 전합니다. 우리의 영원한 우정을 소중히 지킬게요. 캐럴린 나카데에게, 나를 당신이 아는 가장 똑똑한 사람으로 만들어 줘서 고마워요. 그리고 가깝거나 멀리에 있는 내 소중한 모든 친구들에게, 이 책을 쓰게 해 준 여러분의 응원과 자극이 저에게는 아주 큰 의미예요.

나의 첫 소설 쓰기 수업에도 감사를 전합니다. 그곳에서 나눈 대화 덕분에 이 책을 시작할 수 있었어요. SCBWI 캐나다 서부의 글쓰기 모임 멤버들에게, 특히 소설 시작 부분에 대한 피드백에 감사드립니다. 소피아 시마다와 힐러리 렁, 레베가 브루어, 존 케네디에게도 단어 선택에 고심하고 있던 이 소설의 초고를 읽어 주셔서 감사하다는 뜻을 전하고 싶습니다. 그리고 시간을 내서 여러분의 이야기를 들려주고 제 질문에 답해 주었던 모든 중학교 학생들에게, 여러분의 독특한 관점을 흔쾌히 보여 주셔서 감사합니다. 그리고 이 책의 독자 여러분, 이야기 속 캐릭터에게 공감한다는 말 한마디면 저는 더 이상 바랄 게 없어요. 자세한 피드백을 주신 키란 바시에게도 특별히 감사드립니다.

적절한 질문을 던지고 모든 과정에서 신중한 피드백을 해 준 편집자 킴 아이퍼스바흐에게 매우 감사드립니다. 특히 차와 페이스트리 빵을 먹으며 깊은 대화를 나누었던 때가 즐거웠어요. 뛰어난 편집자 인턴인 에이단 파커에게, 당신의 고무적인 대화와 통찰력은 정말 값진 선물이었어요. 당신이 없었다면 이 책은 지금과 같지 않았을 거예요. 교열에 도움을 준 빅토리아 체흐와 교정에 도움을 준 매리 앤 톰슨에게도 감사드립니다.

마이클 카츠, 당신은 처음부터 저를 믿어 주셨어요. 저와 이 책을 믿어 주셔서 감사드립니다. 당신의 통찰력을 보여 준 캐럴 프랭크에게도 감사를 전합니다. 두 분 모두 뒤에서 궂은일을 도맡아 주셔서 매우 감사드려요. 엘리사 쿠티에레스에게, 첫 표지부터 마지막 표지까지 이 책의 모든 디자인을 맡아 주셔서 감사드립니다. 이야기 속 캐릭터에게 생명을 불어넣어 준 그레이시 장에게도 감사드립니다. 당신의 재능은 믿을 수 없이 놀라워요.

저를 지지해 주고 조건 없는 사랑을 주신 부모님께 감사드립니다. 저에게 많은 가르침을 주셨고, 그래서 진심으로 감사드려요. 항상 나를 믿어 주고 글을 쓰는 동안 활기를 불어넣어 준 나의 남편에게도 감사의 말을 전합니다. 마지막으로 사랑하는 나의 엘라와 레오나르도, 너희는 매일 나에게 새로운 영감을 안겨 줘. 너희를 향한 내 사랑은 자연의 모든 힘을 합친 것보다 강력하단다.